KB261706

저,
할말
있습니다

지은이 | 인터넷뉴스 바이러스
펴낸이 | 김성실
편집기획 | 최인수 · 여미숙 · 이정남
마케팅 | 곽홍규 · 김남숙 · 이유진
편집디자인 | (주)하람커뮤니케이션(02-322-5405)
인쇄 | 중앙 P&L(주)
제본 | 대홍제책
펴낸곳 | 시대의창
출판등록 | 제10-1756호(1999. 5. 11)

초판 1쇄 | 2007년 7월 1일 펴냄
초판 5쇄 | 2012년 8월 1일 펴냄

주소 | 121-816 서울시 마포구 연희로 19-1 (4층)
전화 | 편집부 (02) 335-6125, 영업부 (02) 335-6121
팩스 | (02) 325-5607
이메일 | sidaebooks@hanmail.net

ISBN 978-89-5940-070-6 (03800)
책값은 뒤표지에 있습니다.

저요, 할말 있습니다

인터넷뉴스 바이러스 지음

시대의창

왜 이제야 오셨어요?
할 말이 얼마나 많은데……

"청소년 뉴스?
아, 그럼 돈이 되겠네요."

2005년 3월, 10명의 젊은이들이 의기투합, 인터넷뉴스 바이러스를 창립했다. 돈 한 푼 없이 열정과 의리만으로 언론사 하나를 만든 우리는 주변 사람들을 설득하여 1000만 원이라는 거금을 만들었다.

우리의 첫출발을 바라보는 사람들은 대체로 긍정적이었다.

"청소년 매체라고요? 아, 그럼 돈이 되겠네요."

세상 물정에 밝은 사람들은 이런 축하의 말로 안도의 한숨을 내쉬었다. 돈과는 인연 없이 살아온 우리의 삶을 알았기에 다행이라고 생각하는 것 같았다. 세상 사람들이 보기에 청소년은 이미 자본주의 문화의 꽃이었다. 날마다 새롭게 변하는 문화를 기꺼이 돈을 주고 사는 세대, 그 빠르고 새로운 호흡에 예민하게 반응하며 거꾸로 자본주의 문화를 비꼬기도 하는 세대가 바로 청소년이었다.

하지만 안타깝게도 우리는 아직 "돈이 되겠다"고 한 그분들의 기대에 다 부응하지 못하고 있다. 바이러스는 여전히 돈과 거리가 있다.

또 다른 부류의 사람들은 '청소년'이라는 세 글자에 희로애락을 느끼며 살아가는 순수파 어른들이었다. 참교육을 꿈꾸는 교사, 척박한 환경에도 굴하지 않고 자리를 지키고 있는 청소년 시설 관계자들, 청소년 지도사들이었다.

'청소년' 계층은 여전히 교육의 수혜자이자 사회적 약자로 인식되는 현실이다. 이런 현실을 바꾸려고 끊임없이 노력하는 어른들, 청소년들에게 인권을 찾아주고 싶고 꿈을 찾아주고 싶다며 눈동자를 빛낸 분들은 바이러스처럼 가난하긴 했으나 기꺼이 바이러스에 후원금까지 내주었다.

다행히 여기에 바이러스는 어느 정도 부응하고 있다. '청소년을 사랑하는' 우리의 꿈은 아직 너무 소박하지만 그 소박한 꿈이 자라 청소년들에게 희망을 주기까지 우리는 멈추지 않을 것이다.

주위 분들의 기대와 우려로 시작된 바이러스가 최고의 카타르시스를 느꼈을 때는 바로 청소년들을 직접 만날 때였다.

2005년 청소년들이 두발 자유를 외칠 무렵, 학교에서 만난 청소년들은 바이러스 기자들에게 자신들의 이야기를 쏟아부었다. 그간 아무도 들어주지 않았고 아무도 세상에 알리지 않았던 두발 규제, 그들에게는 단지 '두발'의 문제가 아닌 '인간선언'의 문제였다. 기자들이 학교에 찾아가 인터뷰를 요청하기도 전에 청소년들은 기자들에게 기막힌 자기 현실을 토로했다. 그때 어느 학생이 한 이야기, 그 이야기를 들은 기자는 그날 저녁 동료 기자들과 소주잔을 기울이며 먹먹한 가슴을 달래야 했다.

"그런데 기자 아저씨, 왜 이제야 오셨어요? 우리가 할 말이 얼마나 많았는데……."

그렇게 수명의 기자들이 서울을 비롯해 전국 방방곡곡을 누비며 많은 청소년들을 만나왔다. 그 와중에 그냥 묻힐 뻔했던 사건들을 세상에 알리고, 억울한 일을 당한 학생들이 제자리를 찾아가도록 하기도 했다. 특종을 터뜨릴 때마다 기자로서의 본능적인 쾌감에 짜릿한 기쁨을 느끼기도 했다. 또 우리가 제기하는 청소년의 현실이 사회적으로 이슈화하는 걸 보면서 나름대로 자긍심을 느끼기도 했다.

그러나 한편으로 우리는 우울함에 빠질 때도 있었다. 학교는 여전히 답답하고, 세상은 청소년을 틀에 박힌 시각으로 바라보거나 자극적인 뉴스로 다루는 것을 멈추지 않았다. 청소년을 만나며 청소년의 현실을 변화시키려는 어른들의 노력이 눈물겹게 아름답지만 때론 진부하기도 했다.

청소년을 알면 희망이 보인다!

그럴 때마다 우리 기자들을 우울의 늪에서 건져준 힘이 있다. 그것은 바로 '현장의 힘'이었다. 죽음의 트라이앵글이라 불리는 교육제도는 학생들을 더욱 옥죄었다. 하고 싶은 일이 있어도, 꿈이 있어도 학원과 과외, 야자에서 학생들은 쉽게 벗어나지 못했다. 학생을 너무너무 사랑하는 교사조차 착한 얼굴에 슬픔을 가득 머금은 채 "우리 아이들에게 정말 희망이 있을까요?" 하며 절망하는 모습을 보면서 우리도 참담해지기는 마찬가지였다.

그런데 딱 1년을 하고 나니까 보이기 시작했다. 학생들이 모여 있는 곳, 학교는 엄청난 에너지와 창조적 힘이 무한히 솟아나오는 곳이었다. 가만히 들여다보니 청소년들은 결코 제자리에 멈춰 있는 법이 없었다. 어른들이 고정된 사고를 하거나 아주 느리게 변화한다면 청소년들은 참으로 생기발랄하게 모든 것에 반응하고 또 자신의 것으로 만들어가고 있었다.

또 어른들에게는 이미 유토피아가 되어버린 '친구'라는 한마디에 그들은 자신의 모든 것을 걸기도 했다. 그래서 청소년들은 소통을 단절시키는 모든 것에 강하게 저항하는 것이 아닐까. 언뜻 보기에 그저 엽기적인 청소년의 문화에 불과한 모든 것들이 어느 날인가부터 엄청난 에너지와 창조적 힘으로 보이기 시작했다.

이때부터 동료 기자들은 행복해졌다. 아니, 세상을 살아가는 희망 하나가 더 생겼다. 희망이 없는 미래는 얼마나 불행한가. 온갖 불평등과 인간소외, 허욕과 탐욕으로 정상적인 인간관계가 불가능한 우리 사회에 조그마한 가능성이라도 주는 이들이 있다는 사실이 얼마나 큰 다행인가.

《저요, 할 말 있습니다》는 지난 2년 동안 기자들이 발품을 팔며 만난 청소년들의 이야기다. 때론 전모를 밝힐 수 없는 안타까움도 있지만, 우리가 느꼈던 가슴 벅찬 희망을 독자들과 느끼고 싶다. 이 책을 다 읽고 났을 때, 독자들의 가슴 한쪽이 따뜻해지면서 동시에 우리 청소년들에게 그들만의 행복을 되돌려주어야겠다는 작은 깨달음이라도 얻는다면 우리는 더없이 기쁠 것이다.

인터넷뉴스 바이러스 일동

차례

나는 대한민국 청소년입니다

희망을 갖고 싶다

세상을 향해 외치다

이제 우리도 희망을 갖고 싶다

희망을 갖고 싶다

우리의 희망은 우리 스스로 키운다

나는 대한민국 청소년입니다*

친구들과 뛰어놀기를 좋아하고
멋지게 멋도 내보고 싶고
가끔은 방송국에서 스타를 만나고도 싶고
예쁜 사랑도 하고 싶지만
차마 고백할 용기를 내지 못하는 평범한 청소년입니다.

점심시간에는 급식을 먹기 위해 매일 달리기를 하고
체육대회에선 온 힘을 다해보고
패배의 쓴 맛도 맛보는
이 모든 순간이
저에겐 소중한 기억입니다.

저에겐 친구라는 가장 큰 보물이 있습니다.
가끔 엽기적이기도 하지만
같은 옷을 입고
같은 신발을 신고
같은 음식을 먹으며
서로에게 힘을 주는 친구입니다.
가끔은 친구들과 놀러가고도 싶고
마음껏 소리쳐 보고도 싶습니다.
어려울수록 함께 가는 나의 친구들은
가장 소중한 보물입니다.

하지만 우리의 삶은
마음 놓고 친구들과 얘기할 수 있는
여유조차 없습니다.
공부가 전부인 세상에서
숫자 몇 개로 평가받고 서로 경쟁하며
살아갑니다.

이제 친구들은 눈에서 멀어지고
오직 문제집만 바라보는
내가 있습니다.

아침 등굣길에는
머리가 잘려나가고
벌 받는 것도 모자라
짐승처럼 맞아야 하는
내가 있습니다.

그러던 중 한 달 전
가장 친했던 친구가 제 곁을 떠났습니다.
그저 하루만 쉬고 싶다던 나의 친구는
제 곁을 떠났습니다.
점수 하나에 서로를 미워하는 동안
저는 너무 많은 것을 잃었습니다.

하지만 이젠
더 이상 잃지 않으려 합니다.
살아가며 진정 배우고 얻어야 할 것들을
절대로 잃지 않으려 합니다.

---

* "나는 대한민국 청소년입니다"는 인터넷뉴스 바이러스 소속 기자가 2005년 취재 중 찍은 사진과 글, 그리고 청소년들이 인터넷에 올린 사진들을 바탕으로 만든 포토 에세이의 제목이다. 처음에 개인 블로그에 올린 이래 각종 포털사이트의 게시판과 미니홈피 및 블로그 등에 소개되면서 수백만의 조회 수를 기록했다. 청소년들의 마음을 잘 담아낸 이 포토 에세이의 글은 2년이 지난 지금도 시험기간만 되면 각종 포털사이트 등에 다시 나타나 청소년들에게 위로와 힘을 주고 있다.

내가 어떻게 7교시를 견뎌냈는지 놀랍다.
하지만 아직 끝난 게 아니야. 곧바로 학원에 가야지.
빠른 걸음을 재촉하며 앞만 보고 걷는다.
그리고 나도 모르게 중얼거리지.
"학교가 끝나면 곧장 학원으로, 지옥이 따로 있는 게 아니야."

난 친구에게 고민을 털어놓을 시간이 없어.
잠시라도 쉴 시간이 없고 마음의 여유도 없으니까.
또 말 못하고 내 마음에서 삭혀야만 해.

오늘도 학교와 수능이라는 탁 막힌 공간 속에서
하루하루 쉴 새 없이 쳇바퀴만 돌리고 있는 나.

난 대한민국에 사는 인문계고등학교의 평범한 여고생이다.

입시경쟁에 내몰린 청춘,
이제 우리도 희망을
갖고 싶다

Hope

입시경쟁에 내몰린 청춘, 이제 우리도 **희망**을 갖고 싶다

아침 7시에서 밤 11시까지,
'세븐일레븐 체제'를 폐지하라

매일 아침 7시 30분까지 우리를 조그만 교실로 몰아넣고

전국 900만의 아이들의 머릿속에 모두 똑같은 것만 집어넣고 있어.

막힌 꽉 막힌 사방이 막힌 널 그리고 우릴 덥석 모두를 먹어 삼킨

이 시꺼먼 교실에서만 내 젊음을 보내기는 너무 아까워.

좀 더 비싼 너로 만들어 주겠어.

네 옆에 앉아 있는 그 애보다 더 하나씩 머리를 밟고 올라서도록 해.

좀 더 잘난 네가 될 수가 있어.

— 서태지와아이들, 〈교실 이데아〉 중에서

　　우리 교육의 모순을 신랄하게 비판했던 가수 서태지와아이들의 노래 〈교실 이데아〉는 1996년 당시 청소년의 정서에 직접 호소하며 사회적인 반향을 불러일으켰다. 하지만 10년이 지난 지금도 우리네 학교 현실은 달라진 게 없다. 초등학교부터 중고교로 이어지는 치열한 경쟁과 입시 위주의 교육, 대학에서도 반복되는 취업의 스트레스는 대부분의 청소년들이 겪어야 할 고통스런 통과의례가 된 지 오래다. 학교에서는 내 바로 옆에 친구를 밟고 올라가야 승자가 되는 약육강식, 적자생존의 논리가 팽배하다.

창살 없는 감옥의 교실 이데아, "나도 광합성을 하고 싶다"

　　7시에 등교해 밤 11시까지 학교에서 보내야 하는 청소년들. 고3 교실 칠판에 적힌 "○○교도소 출소 D-16" 이라는 글은 '창살 없는 감옥'에 살고 있는 죄수를 보는 듯한 느낌을 준다. 하루 종일 제대로 된 햇살 한번 보지 못한 채 교실에만 틀어박혀 공부해야 하는 그들에게 '자유'는 어둠에 갇힌 식물이 "광합성을 하고 싶다"고 외치는 절규에 가깝다.

2005년부터 주5일제 수업이 도입되면서 매월 둘째, 넷째 토요일은 학교에 가지 않고 기타 체험활동을 하는 '놀토'로 지정되었지만, 대한민국 고등학생에게 휴일은 없다. 심지어 공휴일, 개교기념일까지도 죄다 등교시키니…… 학교가 무슨 연중무휴 24시간 편의점인가.

오직 대학입시를 목표로 돌아가는 빡빡한 학교생활로 인해 학생들은 하고 싶은 것을 할 자유도, 자기 꿈이 무엇인지 진지하게 고민해볼 시간도 없다. '고등학교 3년 동안 죽은 셈 치고 열심히 공부해 대학 가 놀자'는 것이 대다수 학생들의 생각이다.

대구 동구 Y고등학교에 재학 중인 김무곤(고3)은 "학교에 잡아두지 않아도 알아서 공부할 수 있는데 학교에서는 무조건 나오라고 해요. 집에서 인터넷 강의를 들으며 편하게 공부하고 싶어요"라고 말한다. 이들은 추석 명절에도 추석 당일만 빼고 모두 등교했다. 수능을 코앞에 둔 고3에게는 명절을 쇨 여유도 없다.

10월 3일 개천절, 청주에 있는 모 고등학교 학생들도 오후 6시까지 야간자율학습에 참여했다. 말로만 '자율'학습이지 고3은 모두 등교했다. 이 학교 학생들은 한 달에 한 번 쉬는 날을 빼고, '놀토'는 물론 모두가 쉬는 일요일에도 학교에 나간다.

서울이나 수도권지역은 상대적으로 덜하긴 하지만, 아침 일찍 등교하고 늦게까지 강제 '야자' (야간자율학습)를 실시하는 것에는 지방과 별반 차이가 없다. 서울 동대문구 D고등학교는 0교시가 부활해 전 학년이 7시 20분까지 등교한다. 서윤진(가명, 고2)은 "학생들 의견은 묻지도 않고 강제로 실시해서 너무 열 받아요. 자율학습이나 강제보충이라면 빠질 수도 있지만, 0교시에 수업을 진행하니 빠지지도 못하고, 주위 친구들도 난리에요"라고 토로한다.

서울 인문계고등학교에 재학 중인 다영의 하루 일상을 통해 대한민국 청소년의 현실을 알아보자.

인문계 여고생 다영의 학교생활 25시

매일 똑같이 반복되는 하루, 오늘 나의 삶을 통해 모든 '고딩'들을 대표해 울분을 토해볼까 한다. 나는 인문계고등학교를 다니고 있는 평범한 여고생이다. 다만 남들과 달리 난 하루 '25시간'을 살고 있다.

"♬띠리릭~띠리릭"

6시 40분, 자명종이 울린다. 힘겹게 뻗은 손은 시계를 향한다. 자명종은 멈추고 다시 잠에 빠진다.

"변다영, 일어나!" 날 깨우는 엄마 목소리가 잠결 가운데 꿈인 듯 들려온다. 그러면 나는 온갖 신경질 가득한 목소리로 "일어났어요"라고 말하지만 아직도 정신이 하나도 없다. 그저 몸에 밴 대로 습관처럼 잠에서 깨고 움직일 뿐이다. 내 몸은 머리와 상관없이 기계처럼 움직인다. 일어나면 화장실로 직행, 밥을 빨리 먹는 버릇이 생겨서 10분 만에 아침식사를 끝낸다. 나의 아침은 항상 이렇게 시작된다.

✤ 다람쥐 쳇바퀴 돌 듯 반복되는 일상, 오늘도 전쟁이다

등교 준비를 서둘러보지만, 학교에 도착하는 시간은 언제나 똑같다. 그래서 나는 매일 달린다. 지각을 해서가 아니라 지각을 하면 얻어맞기 때문이다. 선생님들은 지각을 해도 교장 선생님한테 맞지 않는데……. 학생이나 선생님이나 지각을 하는 건 마찬가지 아닌가.

등교 후, 화장실 다녀오기가 무섭게 수업종이 울린다. 이럴 때마다 허무함을 느낀다. 요즘 들어 고민이 많다. 고민을 들어줄 상대보다는 고민을 털어놓을 시간이 필요하다. 수업은 종이 쳐도 끝나질 않고, 쉬는 시간은 말도 꺼내기 전에 끝나버린다. 이렇게 나의 고민들은 머릿속에서 마음속으로 점점 쌓여만 간다.

수업을 마치는 종이 쳤건만 수업은 끝나질 않는다. 이미 내 마음은 급식실로 간 지 오래다. "딱 1분만 더하자"는 선생님의 말씀에 나는 거의 포기 상태다. 1분은 2분이 되고 2분은 3분이 된다. 드디어 수업이 정말로 끝났다.

뒤늦게 열심히 뛰어보지만, 이미 줄은 식당 건물을 한 바퀴 휘감았다. 기다리는 동안 속이 타들어간다. 아까운 시간은 흐르고, 아무것도 하지 않은 채 차례만 기다린다. 밥을 받고 나서 시계를 보니 종이 울리고 나서 이미 30분이 흘렀다. 늦은 점심을 서둘러 먹어보지만, 다 먹기도 전에 예비종이 울린다. 선생님들은 서두르라며 우리들 마음을 초조하게 한다. 입에는 밥이 한 가득, 그렇게 점심시간은 끝난다. 수업종이 울리자 소화되지 않은 배를 움켜잡으며 또 다시 뛴다.

빡빡한 학교생활에 지친 우리들은 쉬는 시간이면 모두 전멸한다. 밤새 모자라는 잠을 이렇게 채워나가는 것이다. 10분이라는 시간은 우리에게 너무나도 짧다.

✢ 학교가 끝나면 곧장 학원으로, '지옥'이 따로 없다

드디어 학교를 떠난다. 내가 어떻게 7교시를 견뎌냈는지 놀랍기만 하다. 하지만 아직 끝난 게 아니다. 곧바로 학원으로 가야 한다. 지옥이다. 걸음을 빨리 재촉하며 앞만 보고 걷는다. 그렇게 또 작동을 준비한다.

하루 종일 수업만 들으려니 머리가 터지려고 한다. 그래도 벗어날 방법이 없다. 학원은 학교와 다르게 1교시 80분 수업이다. 수업 중간에 쉬는 시간이 있긴 하지만, 화장실만 겨우 다녀올 정도다. 학원에서도 쉴 시간은 없다. 오직 정신력이다. 그렇게 견디는 것이다.

집에 오자마자 옷을 갈아입고 컴퓨터를 켠다. 아직 들어야 할 수업이 더 남았다. 인터넷 강의다. 이쯤 되면 정신을 못 차리고, 자꾸 눈이 감긴다. 찬물로 애써 잠을 깨우고 강의를 듣는다. 꾸역꾸역 그렇게 나의 뇌는 하루 종일 노동을 한다.

졸려도 어쩔 수 없다. 오늘 들은 수업을 정리해야 한다. 복습을 하지 않은 채 그냥 자버리면, 공부로 바쁘게 보낸 나의 하루는 물거품이 되고 만다. 수학, 화학, 물리, 언어…… 복습은 해도 해도 끝이 없고. 내신관리와 수능 준비의 압박, 24시간이 너무도 짧다. 이미 시간은 자정이 넘어가고 있다.

✤ 오늘도 난 친구에게 고민을 털어놓을 시간이 없었어

오늘도 나는 친구에게 고민을 털어놓을 시간이 없었다. 잠시라도 쉴 시간이 없고 마음의 여유도 없으니까. 이렇게 또 말 못하고 마음을 삭힌다. 이제는 점점 더 우리 집 강아지 아리와 산책할 시간도 없고, 외모에 관심이 많은 열여덟 살 나를 꾸밀 생각도 못한다. 또한 내가 좋아하는 그림을 그리거나 운동을 할 시간은 물론 가족들과 이야기할 기회조차 없다.

나의 하루는 항상 이렇게 정해져 있기 때문이다. 학교와 수능이라는 꽉 막힌 공간 속에 하루하루 쉴 새 없이 쳇바퀴만 돌고 있다.

난 대한민국에 사는 인문계고등학교의 평범한 여고생이다.

몇 해 전, 모 텔레비전 방송국에서 아침 일찍 등교하는 학생들에게 아침밥을 제공하는 프로그램이 방영되어 인기를 끌면서 학생들의 건강을 해치는 0교시가 폐지되는 듯했다. 하지만 입시경쟁력을 높여야 한다는 이유로, 학생들의 아침잠과 아침밥을 잡아먹는 '0교시'가 슬금슬금 부활함에 따라 하루 25시간을 사는 '제2의 다영'이 늘고 있다.

교육 당국은 "교육부 지침에 따라 등교 시간은 학교 자율에 맡기고 있어 학생들을 좀 더 일찍 나오게 해서 자율학습 등을 시키는 것에 대해 교육청이 제재를 가할 근거나 명분이 없다"는 이유로 나 몰라라 한다. 또 학교는 반 강제나 다름없는, '눈 가리고 아웅 하는 식'의 야간자율학습 학생 동의서를 받음으로써 학생들을 '새벽 별 보기 운동'에 동참시키고 있다.

교육과정을 재편할 때마다 외국의 실패한 사례를 답습할 것이 아니라 아침 9시 등교, 방과 후 특기 계발 활동 활성화에 앞장서고 있는 선진교육을 적극적으로 수용해야 하는 것 아닌가.

이러한 맥락에서 일부에서 추진하고 있는 초중등교육법 개정을 위한 움직임을 되짚어 보는 것의 의미 있는 작업이다. 일례로 청소년사회참여 자치기구인 '대한민국청소년의회'는 2007년 0교시, 야간자율학습을 학생 선택으로 진행할 수 있도록 하는 입법

청원 운동을 펼친 바 있다.

이들은 현재 교육기본법 12조인 "교육 내용, 교육 방법, 교재 및 교육 시설은 학습자의 인격을 존중하고 개성을 중시하여 학습자의 능력이 최대한으로 발휘될 수 있도록 강구되어야 한다"에 학습의 자율권을 존중하는 내용을 추가해야 한다고 요구했다. 즉, 학교수업에서 0교시, 보충수업, 자율학습 등을 진행하는 데 있어 학습자(학생)의 선택권이 보장되지 않고 있는 것은 부당하므로 시정하라고 요구한 것이다.

또 민주노동당 최순영 의원은 2006년 3월 '학생인권을 위한 초중등교육법 개정안(학생인권 법안)'을 국회 입법 발의했다. '학생인권법'은 "두발규제를 비롯한 생활규정에서 인권침해 금지" "학생회 법제화 및 학생위원의 학교운영위원회 참여 보장" "0교시 금지, 강제적 자율보충수업 금지" "체벌 및 각종 차별 금지" "정기적인 인권 실태 조사 및 인권 교육 실시" 등의 내용을 담고 있다.

최 의원은 2006년 97개 고등학교와 56개 중학교 등 전국 153개 중고교의 학생인권 실태를 조사한 결과, 전체 고등학교의 55.8퍼센트가 8시 이전에 학생을 등교시켰고, 90.5퍼센트는 정규수업을 9시 전으로 당겨서 하고 있었다고 밝혔다. 심지어 8시 전에 정규수업을 시작하는 학교도 10.4퍼센트나 되었다. 표면적으로 0교시 보충수업, 자율학습은 사라졌지만, 정규수업시간이 앞당겨져서 사실상 0교시가 부활한 셈이다.

최 의원은 "학생들은 학생이기 전에 한 인간으로서 존엄과 자유를 누릴 수 있는 주체다. 학생이라는 이유로 온갖 부당한 대우를 받으면서 학교생활을 하는 것은 바람직하지 않다"고 말하며 "학교에서 자율적으로 학생인권을 개선하라는 이야기는 현재의 인권침해를 연장하라는 것밖에 되지 않는다"고 비판했다. 이에 학생인권법 통과를 위해 정당들이 발 벗고 나서기를 바랐다.

　일부에서는 사회에서 발생하는 모든 문제와 갈등을 법으로 명문화할 수는 없다고 우려하지만, 행정 편의적인 교육제도의 악순환으로 고통 받는 학생들의 현실을 바꾸기 위한 대안의 하나가 법제화라면 시도해볼 만한 가치가 있지 않을까?

죽음의 트라이앵글,
내가 성적 때문에 참는다

수능제도, 그나마 이것은 인간적인 입시제도다.

내신에 대학수학능력시험, 그리고 논술까지 '죽음의 트라이앵글' ……

이건 너무하지 않은가.

이런 입시제도는 오히려 학원만 배부르게 할 뿐이다.

—전 메가스터디 강사 이범

우리나라 국민의 가장 큰 고민, 사교육비를 줄이지 못한 교육부는 2004년 10월 28일에 2008학년도 대입제도 개선안을 내놓았다. 교육부는 객관성과 변별력을 잃어버린 학생부 성적을 기존의 절대평가에서 상대평가로 바꾸어 실질 반영률을 높여보겠다는 취지로 이른바 '내신등급제'를 도입했다.

하지만 이 제도는 2008년 입시제도의 첫 세대인 '89년생' 고1들의 거센 반발에 부딪혔다. "우리는 개·돼지가 아니다. 성적으로 등급을 매기지 마라"는 고등학교 1학년 학생들의 반란은 2005년 5월을 끝으로 잠잠해진 듯했다. 그러나 내신등급제로 인한 학생들의 불안과 고통은 여전하다.

3년 동안 수능 12번, 숨 쉴 여유조차 없다

서울 Y여고 정문 앞, 중간고사를 막 끝내고 나오는 학생들의 발걸음이 도살장에 끌려가는 소처럼 무겁다. 아직 중학생 티를 채 벗기도 전에 처음으로 치른 중간고사는 여고생들의 삶을 180도 바꾸어놓았다.

지현은 Y여고에 입학하면서 무엇보다 좋은 대학에 가기 위한 계획을 먼저 세웠다. 방송작가가 되려면 좋은 대학에 가야 하기 때문이다. "○○ 문제집이 좋더라" "○○ 학원이 잘 가르치더라"는 주변 사람의 조언을 들으며 착실하게 준비했다. 그 다음은 어설프게 헐렁한 중학교 교복 대신 타이트하고 여성스러워 보이는 교복을 맞추고, 주말에 입을 만한 예쁜 옷도 두어 벌 샀다. 중학교 때는 부모님의 반대로 해보지 못한 학교동아리 활동도 해볼 계획이다. 가능하다면 동아리 대면식을 통해 남자친구도 한번 사귀어볼 수 있지 않을까 하는 설렘으로 고등학교생활을 은근히 기다렸다.

무엇보다 가장 큰 기대는 '중학교 때보다 내가 하고 싶은 것을 마음껏 할 수 있지 않을까' 하는 상상이었다. 좀 더 어른 대접을 받고, 공부도 내 스타일대로 하고, 용돈도 오르고…… 그렇게 어른스럽고 당당한 모습이 될 것이라고 꿈꾸었다.

그러나 주변 어른들이 하는 말이나 언니, 오빠들이 인터넷에 올려놓은 글들은 하나같이 "너희들은 이제 좋은 시절 다갔다. 고등학교에 들어가면 3년 동안은 죽은 것처럼 공부만 해야 한다"는 말이었다. 불안하긴 했지만 그냥 겁주는 것이라고 생각했다.

지현은 동아리 홍보기간에 자진해서 교지 편집부에 지원했다. 반 친구들과 어울려 남학교와 '반 미팅'도 했다. 첫 중간고사 시험기간이 다가오기 전까지 학교생활은 나름대로 즐거웠다.

그러던 지현이가 시험기간이라는 느낌을 처음 받은 것은 4월 즈음, 수행평가가 쏟아질 무렵이었다. 종례를 하러 들어오신 선생님은 평소와 달리 엄숙한 표정으로 입을 열었다.

"수행평가, 다들 잘 하고 있지? 너희들부턴 수능시험만 잘 봐선 안 돼. 내신 관리도 잘해야 하고, 틈틈이 논술을 준비하는 것도 잊지 말아야 해. 특히 1학년 첫 중간고사가 제일 중요하다. 내신은 뒤늦게 후회해도 절대 되돌릴 수 없는 거 알지?"

담임선생님의 말씀은 결국 1학년 때 성적이 대학 입학을 결정한다는 이야기였다. 순간 학생들의 분위기는 어수선해졌다. 다들 고등학교에 들어오기 전부터 익히 알고 있던 이야기였지만, 막상 현실로 부딪치고 보니 긴장감을 감출 수 없었다. 지현도 순간 우울해졌다. 이제까지 느껴보지 못한 중압감이 심장을 꾹 누르는 것만 같았다. 그러나 고개를 저으며 이를 악물었다. "그래 열심히 해야지. 3년만 죽어라 해보자."

내가 점수 때문에 참는다

각 과목마다 쏟아지는 수행평가는 정말 힘들었다.

공책 20쪽 분량의 단편소설을 써야 하는 국어수행평가, 과학 관련 책을 읽고 독후감을 쓰는 수행평가, 영어로 문장을 만들어야 하는 영어수행평가 등 중간고사 전까지 해야 할 수행평가가

10개도 넘었다. 조금만 대충 할라치면 "다 내신에 들어가는 거야" 하며 가슴을 뜨끔하게 만드는 선생님의 한마디에 뭐라고 저항해볼 힘도 잃어버렸다. 처음에 수행평가 과제를 듣고는 옆 친구와 서로 얼굴을 쳐다보며 "이걸 왜 해야 하나?" 하며 황당해하기도 했지만, 마감이 며칠 남지 않은 요즘, 학원에서는 물론 학교 쉬는 시간에도 친구 얼굴 쳐다볼 새도 없이 과제에 집중해야 한다. 3교시를 마치는 종소리가 울린다. 학기 초 같았으면 이미 매점으로 달려갔을 친구들이 모두들 '빽빽이' 수행평가를 하느라 의자에서 엉덩이를 떼지 못한다.

'학생 스스로의 지식이나 기능 등을 나타내도록 하는 평가'가 바로 수행평가의 기본 의미다. 하지만 과목마다 쏟아지는 수행평가들은 가관이다. 인터넷에 흔해 빠진 독서 감상문을 워드가 아닌 펜으로 써오라는 수행평가, 전혀 도움이 될 것 같지 않은 수학 문제 풀이 빽빽이, 조별 단합을 위해서가 아니라면 무엇 때문에 내준 건지도 모르겠는 (이미 가위바위보로 나누어 맡아버린) 조별 과제까지……. 이쯤 하다 보면 절로 욕이 나온다.

"에이 XX. 내가 점수 때문에 참는다."

도저히 어떻게 할 수 없는 수행평가도 있다. 체육수행평가인 줄넘기 2단넘기(일명 '쌩쌩이')와 음악수행평가인 악기연주는 어떻게 하고 싶어도 방법이 없다. 아니나 다를까, 강남에서는 이로 인해 일명 예체능과외까지 새로 생겼다고 한다. '쌩쌩이'부터 간단한 악기연주까지 수행평가에서 좋은 점수를 받게 해준단다. 대부분의 학생들이 '내신 1~2점 때문에 그렇게 돈을 써야 하나?'

하는 분위기지만, 반마다 몇 명씩은 그런 과외수업을 받는다는
풍문이 도는 걸 보니 사실이긴 한가보다.

지현도 3편의 독후감과 수학 '빽빽이'를 하느라 3일째 잠을 제
대로 자지 못했다. 수능 준비하랴, 중간고사 준비하랴, 바빠 죽겠
는데 하여튼 '지랄'이다.

배틀 로얄 02,
친구가 사라지고 있다

지현은 색색의 펜으로 잘 정리한 교과서와 선생님 필기를 하
나도 놓치지 않고 그대로 적어놓은 노트를 중심으로 공부한다.
지현의 꼼꼼한 교과서와 노트는 중학교 때도 유명했다. 친구들은
지현의 노트를 '만점 노트'라고 불렀고, 시험기간에는 언제나 대
여 1순위였다. 지현도 이런 친구들의 행동이 싫지는 않았다.

고등학교에 들어와서도 지현의 교과서와 노트는 주변 친구들
의 이목을 집중시켰다. 늦게까지 수행평가로 밤을 새고, 수업시
간에 졸았던 친구들에게 지현의 노트는 말 그대로 '짱'이었다. 친
구들은 모두들 지현에게 빵과 우유로 고마움을 표시했고, 지현이
도 그것을 당연시했다.

중간고사 시작 이틀 전, 친구들은 첫날 볼 국사시험 준비를 위
해 지현의 요점정리 교과서를 베끼기 바쁘다. 교과서는 2교시에
교실 맨 뒤쪽의 놀기 좋아하는 미현에게까지 갔다가 3교시에는

그 옆줄의 현아 손에 들어갔다.

'오늘 하루는 내 교과서가 이렇게 우리 반을 돌겠군. 나는 집에 가서 공부해야지.'

지현은 돌고 있는 교과서에 대한 관심을 끊었다.

5교시 체육시간을 마치고, 6교시 수업도 마치고 하교할 시간이 되었다. 가방을 정리하던 지현은 그제야 국사교과서를 찾기 시작했다.

"미현아, 내 국사교과서는 어디 있니?"

"현아야, 내 교과서 보고 어디에다 뒀어?"

교실을 몇 바퀴 돌았지만 교과서는 나오지 않았다. 어수선한 분위기 속에서 종례가 끝났고, 반 친구들은 순식간에 교실을 빠져나갔다.

지현은 그냥 책상에 앉아 있었다. 설마 했지만 친구들을 의심하는 것이 죄악인 것 같아 말을 꺼내보지도 못했고, 주위의 친구들도 끝나고 찾아보라며 걱정해주었지만 종례가 끝나자마자 교실 밖으로 사라졌다. 숨이 탁탁 막혔다. 뭔가 소리를 내보려 했지만, 머리를 굴려보려 했지만 아무런 생각도 아무런 소리도 나지 않았다. 눈물이 났다.

'어떻게 이럴 수 있지?'

너무도 억울하고 분했다. 청소를 하고 있는 주번들에게 눈물을 보이기 싫어 책상에 엎드렸다. 그리고 소리 없이 눈물을 흘렸다.

다음날, 학교는 어제와 똑같은 모습이었지만, 지현에게는 낯설게만 느껴졌다. 친구들은 이미 지현의 국사교과서에 대해 잊은 듯했다. 아니 관심을 두지 않으려는 것일지도 모른다. 그런 친구들 속에서 지현도 더 이상 웃거나 편하게 이야기를 나눌 수는 없었다. 지현 역시 그런 친구들 속에서 아무 일 없었다는 듯 자리에 묵묵히 앉았다. 친구들에게 하소연하고 싶은 마음이 들기도 했지만 이내 접었다. 이런 말을 꺼내면 "그까짓 교과서에……"라는 말이 나올 것만 같았다.

1교시가 끝나고 지리수행평가를 함께 준비했던 현아가 전날 국어 필기를 못했다며 노트를 빌려달라고 지현 앞에 섰다. 가슴이 또다시 팔딱팔딱 떨렸다. 잠시 정적이 흐르고 지현은 입을 열었다.

"나도 오늘 그 노트를 집에 두고 왔어, 미안해."

중간고사 이후 달라진 우리의 모습

중간고사가 끝난 후, 지현의 생활에는 많은 변화가 생겼다. 가장 큰 변화는 매주 CA(클럽활동)시간과 시간이 날 때마다 모이곤 했던 교지편집부를 탈퇴한 것이다. 집에서도 말렸을 뿐 아니라 지현 역시 공부와 동아리 활동 두 가지를 다 잘할 자신이 없었다. 결국 '대학만 들어가면 기회가 있을 텐데'라고 생각하며 동아리 활동을 포기했다.

두 번째 변화는 반 친구 누구와도 서슴없이 이야기하던 학기 초의 분위기가 사라지고, 삼삼오오 그룹이 생기기 시작한 것이다. 이젠 어느 누구도 반 전체 친구들에게 관심을 두려 하지 않는다. 자기와 친한 친구 몇몇하고만 어울릴 뿐이다. 떠들썩한 쉬는 시간에도 교실에는 뭔가 하나로 묶일 수 없는 어수선함과 서먹함이 흘렀다.

'공부만 열심히 하면 돼.'

지현은 시험 전에 담임선생님이 말했던 죽음의 트라이앵글을 떠올렸다.

이상적인 대입제도는?

내신등급제 세대인 현 고등학생들은 내신시험을 두고 "3년 동안 12번 수능을 치르는 것과 같다"며 어려움을 호소하고 있다. 학기 두 번 있는 시험을 치를 때마다 받는 스트레스로 정신과 치료를 받는 친구들도 있다. 몇몇 친구들은 심지어 압박을 견디다 못해 차라리 검정고시를 보겠다며 학교를 자퇴했다. 교육부에선 이런저런 정책을 끊임없이 내놓고 있지만 그런 교육부의 발표가 날 때마다 학생들의 이야기는 오로지 하나다.

"우리가 마루타인가요? 이제 그만 좀 바꾸죠, 교육부 장관도 고1 한번 해보세요."

"너, 머리카락 안 자르고 왔지? 벌점 3점이야."

"이번 수행평가는 내신에 반영되니 잘해 와야 해요."

학생들이 보기엔 교사들도 치사하기는 매한가지다. 많은 수행평가에 상·벌점, 봉사활동까지. 내신점수 1~2점을 볼모로 하는 교사들 앞에서 학생들은 너무나도 고통스럽다.

내신에 비하면 수능시험은 그야말로 양반이다. 고등학교 1학년 학생들에게 수능 성적은 최종 목표다. 수능모의고사 성적이 시원치 않으면 '수능 준비를 더 잘해야겠군. 다음에는 이 점수보다는 10점을 올려야지' 생각하고 도전할 수 있는 기회가 주어진다.

내신 비중을 강화하기 위한 교육부의 정책은 크게 세 가지로 요약된다. 내신 부풀리기 경쟁을 없애겠다며 도입한 '내신등급제', 공교육 내 학생들의 편차를 줄여보겠다고 도입한 '수준별 수업', 학생들의 창의력을 높여보겠다며 도입한 '서술형 문제의 의무화'다. 그에 덧붙여 학부모들의 사교육비 부담을 줄여주고 학생들의 수능 준비 부담을 줄여주겠다는 의도로 'EBS 수능 강의'를 실시하였다.

하지만 내신 비중을 높이기 위한 교육부의 이런 전략은 고스란히 학생들에게 짐이 됐다. 내신상대평가제도는 함께 잘 살기를 가르쳐야 하는 학교를 약육강식이 판치는 '동물의 왕국'으로 만들어버렸다.

친구들 간의 우정이 싹터야 할 교실을 '전쟁터'로 만든 것은 학생들의 현실을 고려하지 않고 입시 정책을 쏟아낸 교육부 탓이 크다.

교육부는 2008학년도 입시안을 도입해 학생들의 혼란을 가중

시켰을 뿐 아니라 교육부의 내신 강화 방침과는 다른 대학들의 입시안을 막지 못해 결국 내신·수능·논술이라는 '죽음의 트라이앵글'을 만들어버렸다.

아무것도 모른 채 고등학교에 입학해서 새로운 입시제도와 맞부딪혀야만 했던 89년생들의 피해는 누가 책임질 것인가. 교육부에서 입시제도 변경을 통해 학교 교육을 정상화하겠다는 생각에 앞서, 학생들이 '새 대입제도에 대해 어떻게 생각하는지'를 먼저 물어봤다면, 이와 같은 피해를 막을 수 있지는 않았을까.

교육부는 이에 대해 분명한 대답을 내놓아야 한다.

출발부터 다른 입시경쟁,
지방학생은 더욱 서럽다

"서울 상위권 대학을 꿈꾸고 있습니다. 하지만 논술이 말썽입니다.

제가 사는 곳은 논술 준비를 할 수 있는 학원이나 과외가 없거든요.

겨울방학 때 서울에 올라가서 학원에 다니며 공부할까 생각 중인데,

어떻게 해야 하죠?"

— 지방 소재 고교 2학년 학생이 모 인터넷 카페에 올린 글

　　　　수도권과 지방의 교육 격차는 갈수록 심해지고 있다. 한 국회의원의 조사에 따르면 서울대 입학생의 14.5퍼센트가 강남 출신인 것으로 밝혀지기도 했다. 교육 격차가 더욱 벌어지는 것은 복잡해지는 입시제도와 경제적 여건이 가장 큰 원인이다. 논술 등 본고사에 가까운 대입시험을 준비할 수 있는 여건도 만들어져 있지 않고, 대학에 합격한다고 해도 비싼 등록금에 서울에서 생활하려면 드는 막대한 돈을 감당하는 일도 쉽지 않다.

　　도저히 격차 해소가 불가능할 것으로 판단되자 교육부는 '농어촌 학생 특별전형'이라는 것을 만들어서 일정 학생을 선발할 수 있는 제도를 만들어 운영하기 시작했다. 대학입시에서 농어촌 학생 특별전형 비율이 계속 높아지면서 쉽게 상위권 대학을 가려는 학생들이 몰려들고 있다. 농어촌 특별전형은 농어촌 학생들끼리 경쟁하기 때문에 경쟁률이 정시모집보다 낮고, 수능 점수 합격선도 낮다.

학교에서도 안 가르쳐주는 논술, 학원도 없는데 어떻게 하나?

지방 학생들에게 논술은 풀기 힘든 골칫거리다. 학교에서는 전혀 논술 대비를 못해주기 때문이다. EBS 시청 시간을 편성하거나 일주일에 독후감 3편을 써오라는 숙제를 내주는 것이 논술 대비의 전부다. 독후감을 써도 첨삭지도를 해줄 수 있는 여건이 되지 않는다. 성적이 우수해 서울 진학을 꿈꾸는 학생들의 논술 준비는 온라인 교육이나 EBS에 의존할 뿐이다.

학교도 딱히 특별한 대책이 없다보니 밤10시까지 전교생을 남겨 야간자율학습을 진행한다. 교사가 의무적으로 시키기도 하지만, 야자를 하지 않는다고 딱히 갈 만한 학원이 있는 것도 아니다. 내신관리 전문 보습학원이 있긴 하지만, 변변한 학원도 몇 개 되지 않고 경제적 조건을 고려하다보면 학교수업과 야간자율학습 등에 충실할 수밖에 없다.

서울 대치동의 풍경은 정반대다. 학교가 끝나면 학원으로 달려간다. 현재 국어, 영어, 수학, 화학 관련 수업을 듣는데, 과목마다 학원이 모두 다르다. "학교수업만으로는 입시 준비를 할 수 없다"고 말하는 입시 전문 학원에서 수능 대비를 하고 있다. 영어는 학원에서 독해·문법·듣기 등 각 영역을 체계적으로 준비하고, 국어도 소설·시·독해로 나눠 세부적으로 공부하고 있다. 토플시험같이 추가 점수를 받을 수 있는 공부도 더불어 준비하고 있다.

　　지방 학교에서는 대학에 한 명이라도 더 보내기 위한 수단으로 야자를 강행한다. 다른 대안이 없다는 것을 학교도, 학생도 잘 알고 있다. 물론 공휴일까지 강제로 등교해야 하는 현실에 반발하는 학생도 있지만, '대학을 위해서 어쩔 수 없다'는 체념이 강하다.

　　10월 3일 개천절, 청주의 모 학교. 이 학교 고3들은 전교생이 등교하여 이른바 자율학습을 하고 있었다. 학생들은 "모든 조건이 갖춰진 서울 학생들을 이기려면 공휴일에도 학교에 나와 공부를 해야죠" 하며 다소 체념한 듯 말한다.

　　같은 날, 대구 Y고등학교의 고3 학생들도 학교에 나가서 공부를 했다. Y고등학교 학생들은 추석 당일인 6일을 제외하고 연휴 내내 학교에 나와 공부를 했다. 이 학교는 중간고사에도 기말고사에도 빠짐없이 야간자율학습을 해왔다.

　　지방에 산다는 이유 하나만으로 고스란히 감내해야 하는 현실이 쓸쓸하기만 하다.

　　"저도 서울에 있는 대학에 가고 싶어요. 그 순간을 위해서 고등학교 내내 학교에 남아 악착같이 공부했어요. 고등학교생활을 뒤돌아보면 공부한 기억밖에 없어요. 근데 정작 입시가 코앞으로 다가오니 마음이 조급해져요. 제가 비싼 과외를 받으며 공부한 서울 학생들과의 경쟁에서 이길 수 있을까요? 누가 해답을 알려 줬으면 좋겠어요.”

출발선부터 다른 서울 학생과 지방 학생의 입시 현실, 누구를 탓해야 하는가. 애초 서울과 비교할 수 없이 불리한 지역에 태어난 게 잘못이라고 순응하기에는 세상이 너무 불공평하지 않은가. 지금 이 순간에도 지방 학생들은 ‘입시’를 바라보며 밤늦게까지 학교에 남아 공부를 하고 있다. 공휴일에도 명절에도 학교에 나와 문제집을 펼치고 있다.

고3 교실은 종합병동,
그러나 수능 때까지진 그냥 견뎌야 한다

고3에 올라와 체중이 부쩍 늘었다. 입시 스트레스를

먹는 것으로 풀다보니 방과 후면 친구들과 함께 분식집을 찾았고,

밤늦게까지 공부하면서 야식을 먹는 횟수도 늘었다.

"살은 쪘는데, 딱딱한 의자에 앉아 있는 시간이 많다 보니

살이 접히는 관절 부분에 진물이 나서 너무 쓰라리고 아파요."

— 서울 J여고에 다니는 혜진

#1. 무더운 여름 날, 아침부터 교실은 찜통이다. 교실 뒤편에 마련된 에어컨은 디스플레이용으로 전락한 지 오래고, 몇 개 안 되는 선풍기마저 낡아서 시원찮다. 오전 7시, 0교시 EBS 교육방송을 청취하고 1교시 영어수업이 시작되자 하나 둘 책상에 엎어지는 학생들이 늘어간다. 서진은 짧은 교복 상의 때문에 등이 보일까봐 가방을 둘러매고 책상 위로 엎드린다. 몸에 맞지 않은 책상은 교과서, 문제집을 이중삼중 쌓아 베개 삼고도 한쪽 팔을 받쳐야 간신히 몸을 기댈 수 있다. 어젯밤 수행평가를 하느라 새벽 3시에 잠든 정민은 늦게 일어난 탓에 아침밥을 못 먹어 쓰린 배를 부여잡고 웅크린 모습이 애처롭기 짝이 없다.

#2. 수능 D-15, 저녁을 먹고 야자를 앞둔 모 여고 3학년 교실. 현주는 어느새 불편한 교복치마를 벗어던지고 체육복바지로 갈아입었다. 난방을 해도 차가운 교실 시멘트 바닥과 책걸상 때문에 겨울철 야자에는 무릎담요와 방석이 필수다. 학기 초 책상위

에 '○○대학교 사회과학부 서현주'라고 써둔 문구가 오늘따라
유난히 낯설게 느껴진다. 며칠째 입병으로 고생하고 있는 현주는
저녁밥도 몇 숟가락 못 먹었다. 입 안이 다섯 군데나 헐어 말도
못할 지경이 되자 자연스레 신경은 예민해지고 조금만 먹어도 소
화불량에 시달린다. 일교차가 심한 날씨 탓에 코감기까지 겹쳐
몸이 천근만근이다. 이제 2주 앞으로 다가온 수능, 이런 몸으로
시험장에 무사히 들어갈 수나 있을지, 너무나 위태로워 보인다.

비만, 변비, 척추 측만증, 내 안에 다 있다

청소년들의 체격은 날로 커지는데, 체력은 떨어지고 있다?

해마다 학생 건강 관련 통계가 발표될 때마다 빠지지 않고 등
장하는 멘트다. 못 먹고 못 입던 과거에 비해 과학기술이 발전하
고 경제·문화적 여건도 풍요로워진 오늘날, 연령대별 평균 신장
과 체중이 늘어난 것은 어쩌면 당연한 이치인지도 모르겠다. 하
지만 학생들의 체력이 떨어지고 건강을 위협받는 이유가 지나친
입시경쟁이라는 점에서 '입시공화국' 대한민국 교육의 병폐가 여
실히 드러난다.

불규칙한 식사, 수면 부족, 장시간 공부 등으로 청소년의 몸이
병들고 있다. 최근 몇몇 학교에서 0교시가 속속 부활하면서 수면
부족에 시달리는 학생들이 더욱 늘고 있다. 특히 '고3은 공부하

는 기계'라는 일념으로 오로지 대입을 목표로 학업에 전념하는 고등학생들이 가장 큰 피해자다. 1970~1980년대에나 들어봤을 법한 '4당5락'(4시간 자면 대학 붙고, 5시간 자면 떨어진다)이라는 말이 여전히 통하는 요즘, 하루 20시간 가까이 입시에 매달리는 고3 수험생은 나쁜 자세와 스트레스로 말미암아 허리디스크, 변비, 어깨결림 등의 온갖 질병에 따른 고통을 호소하고 있다. 고3 교실은 그야말로 '종합병동'이나 다름없다.

2005년 전국교직원노동조합 인천지부가 시내 각급 학교 학생 1145명을 대상으로 조사한 결과, 학생 10명 가운데 7명 이상이 두통이나 목, 어깨, 허리 통증을 앓고 있으며 이 가운데 10퍼센트는 병원 치료를 받고 있는 것으로 나타났다.

서울 J여고에 다니는 혜진은 고3에 올라와 체중이 부쩍 늘었다. 입시 스트레스를 먹는 것으로 풀다보니 방과 후면 친구들과 함께 분식집을 찾았고, 밤늦게까지 공부하면서 야식을 먹는 횟수도 늘었다. "살은 쪘는데, 딱딱한 의자에 앉아 있는 시간이 많다보니 살이 접히는 관절 부분에 진물이 나서 너무 쓰라리고 아파요."

이러한 사정은 희숙도 마찬가지다. 스트레스와 운동부족으로 체중도 5킬로그램 이상 불었고, 필기하는 데 팔을 자주 사용하다보니 어깨와 손목결림이 심해졌다. "최근 한의원에 가서 진료를 받았는데, 한의사가 '무슨 일 하는데 몸이 이지경이냐'고 물어볼 정도로 어깨근육이 심하게 뭉쳐 있더라고요."

최근 들어 허리가 C자나 S자 모양으로 휘어지는 '척추측만증'을 앓는 중·고등학생이 늘고 있다. 소윤(고3)은 특히 목과 허리에 심한 통증을 느끼고 있다. 학교―학원―집―독서실을 다람쥐 쳇바퀴 돌리듯 오가면서 심신을 달랠 조금의 여유도 갖지 못하기 때문이다. 또 부족한 잠을 학교에서 쪽잠으로 대체하다보니 증세가 더욱 악화된다. 심한 경우 허리나 어깨 통증 때문에 정기적으로 병원치료를 받기도 한다. "집에서 잠을 충분히 못자니까 학교에서 엎드려 자거나 턱을 괴고 졸게 되잖아요. 그렇게 오래 있다보니 이런 병들이 생기는 것 같아요."

그 밖에 고3의 고질병이라고 할 수 있는 '변비'와 '소화불량'에 시달리는 학생도 많다. '고3 때 그 정도 고통은 감내해야지'라고 가볍게 여길 일이 아니다. 가스가 차 아랫배가 항상 묵직하고, 뱃속에서 '꾸르륵'대는 답답함을 경험해보지 않으면 모를 터. 가장 건강하고 활기차야 할 10대 시절에 어긋나버린 생체 리듬으로 노랗게 뜬 얼굴, 눈밑까지 내려온 '다크서클'의 압박은 지켜보기에 정말 안쓰러울 정도다.

김지학 보건교사는 "스트레스를 어떻게 받아들이느냐에 따라서 변비와 설사로 나타난다"며, 평소 보건실을 찾는 학생들 중 60~70퍼센트가 변비와 설사, 치질 등 위장계 질환으로 복통을 호소한다고 밝혔다. 그는 과도한 학업에 따른 스트레스와 아침을 거르는 등 불규칙적인 식습관을 가장 심각한 원인으로 꼽았다.

학교가 멀고 잠이 부족해서 아침식사를 '밥 먹듯이' 거른다

"지혜야~ 아침 먹고 학교 가야지. 어제 9시 뉴스에서 아침밥 먹어야 머리 좋아진다고 했어."

"늦었어, 엄마. 지금 가도 지각이야. 그리고 밥 먹고 학교 가면 수업시간에 배 아프단 말이야."

중·고등학생 자녀를 둔 집이라면 아침에 흔히 볼 수 있는 광경이다. 아침식사를 두고 벌어지는 엄마와 자녀 사이의 입씨름은 그야말로 전쟁을 방불케 한다.

아침식사가 건강에 좋다는 사실은 몇 차례의 연구를 통해 이미 밝혀진 바 있다. 더욱이 아침을 거르면 집중력과 학습능력이 크게 낮아진다는 발표에 엄마들은 어떻게 해서든 아침밥을 먹여 학교에 보내려는 마음이 굴뚝같다.

그러나 새벽 5~6시에 일어나 7시까지 등교해야 하는 학생들이 아침을 꼬박꼬박 챙겨먹기란 여간 쉽지 않다. 대학입시 앞에서는 잠도 건강도 뒷전이 되고 만다.

한국사회조사연구소가 전국의 초·중·고 467개교 2만 7650명을 대상으로 설문조사를 벌인 결과, 48.2퍼센트가 '아침밥을 항상 먹는다'고 답했다. '먹을 때도 있고 먹지 않을 때도 있다'는 학생은 34.3퍼센트, '거의 먹지 않는다'는 9.9퍼센트, '항상 먹지 않

는다'는 5.5퍼센트였다. (거의 또는 항상) 먹지 않는 학생의 수치
는 학년이 높을수록 상대적으로 더 많았다.

S여고에 다니는 진아(고3)는 3학년에 올라와서 하루에 4시간밖
에 못 잔다. 할 일을 모두 마치고 잠자리에 눕는 시간은 새벽 3시,
오늘 하루도 어떻게 지내왔나 싶다.

진아는 7시에 일어나자마자 교복만 입고 학교로 출발한다. 아
침밥은 중학교 때부터 안 먹었다. 잠잘 시간도 부족해서 한 번 두
번 거르다보니, 이제는 아침에 음식을 먹는 것이 부담스럽고 속
도 안 좋다. 반복적인 결식이 불러온 부작용이다. 학교까지는 버
스로 40분, 버스에서는 영어단어를 외운다.

특히 요즘에는 감기를 몸에 달고 살아서 자꾸 나오는 기침에,
몸살기운에 입맛이 더 없다. 진아는 "교실은 워낙 따뜻한데 아침
저녁으로는 날씨가 싸늘해서 감기에 자주 걸리는 것 같아요"라고
말한다. 하지만 매일 밤 10시까지 야간자율학습에 참여하면 병원
갈 시간도 마땅찮아 약국에서 산 종합감기약을 먹고 있다. 양호
실에 가도 제대로 쉴 수 있는 공간도 없어 그냥 책상에 엎드려 있
곤 한다.

반면 아침밥을 먹는 학생들도 허둥지둥 10분 만에 밥을 먹는
'번갯불' 식사를 하는 경우가 많다.

건강사회를 위한 보건교육연구회(건사연)가 전국 초중고생
1100명을 대상으로 '학생생활 건강태도와 의식'에 대해 조사한
결과, 학생들이 아침을 먹는 데 걸리는 시간은 평균 12.54분으로
식사시간이 10분 이하인 경우가 61.1퍼센트에 달했다. 특히 고등

학생의 경우 73퍼센트가 '10분 내에 아침을 먹어치운다'고 답했다.

민형(고3)은 등교 시간이 조금만 늦춰졌으면 하는 바람이다. 집에서 학교까지의 거리가 멀어 7시 50분까지 등교하려면 5시 30분에는 일어나야 하기 때문이다. 30분 만에 학교 갈 준비를 마치면 밥 먹을 시간은 고작 10분 이내다.

이러한 상황은 형준(고3)도 별다를 바 없다. 매일같이 아침을 챙겨 먹는 그는 어쩌다 하루 밥을 못 먹으면 수업시간에 속이 쓰려서 견딜 수가 없다. 그러나 학년이 올라갈수록 수면시간이 줄면서 아침 먹는 시간은 더욱 빠듯해졌다. "밥 먹는 데 8~10분 정도 걸려요. 조금만 여유롭게 먹을 수 있으면 좋겠어요. 주변 친구들은 밥 먹을 시간에 조금이라도 더 자겠다는 생각에 굶는 경우가 많아요."

우옥영 건사연 상임대표는 "아침식사 시간이 10분도 안 된다는 결과는 아침을 의무적으로 먹으려는 것이지, 가족과 이야기도 나누면서 내 몸의 건강을 위해 먹는 학생이 별로 없다는 것을 보여주고 있다"고 분석했다. 또 "공부를 열심히 하는 것도 자기가 원하는 꿈을 해결하고자 하는 것인데, 그것이 입시로만 제한되어 있어 기본적으로 누려야 할 삶의 행복마저 억압당하고 있다"고 비판했다.

말로만 들었던 '고3 스트레스'가 어김없이 내게도 왔다

좋은 대학을 가지 못하면 사회에서 낙오할 수밖에 없다는 미래에 대한 불안감, 다른 친구들과 성적을 비교하는 선생님들의 한마디, 부모님의 기대는 학생들에게 많은 부담으로 작용한다. 하지만 열심히 공부해도 성적은 좀처럼 오르지 않고, 부모님께 미안한 마음이 들고 죄책감을 느낀다. 그것이 더 큰 스트레스가 되어 정신과 치료를 받는 학생들도 늘고 있다.

의정부의 S고등학교에 다니는 수진(고3)은 시험기간만 되면 심한 두통에 시달린다. "평소에도 가끔 지끈지끈 통증이 있는데, 시험 때만 되면 이유 없이 머리가 너무 아파요. 특히 점수가 잘 안 나오는 어려운 과목의 시험을 보는 날이면 더 심해져요. 머리 전체가 핑핑 도는 느낌이에요." 이럴 때마다 두통약도 먹어보고 병원도 가보았지만 쉽게 낫지가 않는다. 오히려 신경성 장염까지 겹쳐 밥도 잘 못 먹는다.

서울 J고등학교 종민(고3)은 고3에 올라와 정신과 신체 건강 모두 급속도로 나빠졌다. 원래 심장이 좋지 않았는데, 최근에는 과로로 쓰러져 응급실에 두 번이나 실려 갔다. 여기서 더 심해지면 수술을 받아야 한다는 말에 '몸이 얼마나 더 버틸 수 있을까' 걱정이 앞서지만, 당장 공부를 그만둘 수도 없는 노릇이다.

그는 아침 7시 50분까지 등교해서 저녁 10시까지 야간자율학습을 한다. 7~8교시는 학교에서 운영하는 보충수업을 듣는다. 하지만 여기서 끝이 아니다. 학교수업을 마치면 곧장 학원으로 가 새벽 3시까지 수업을 듣는다. 이른바 '스카이SKY'로 불리는 상위권 대학 진학 희망자 5명 내외를 대상으로 한 입시전문학원 종합반에 다닌다.

이렇게 생활하다보니 종민의 평균 수면시간은 하루 세 시간 남짓. 그럼에도 무리하게 공부를 하는 이유는 남들보다 더 좋은 대학을 가기 위해서다. "몸이 너무 안 좋아져서 학원을 쉬었는데, 집에서 혼자 하려니깐 너무 힘들고 나만 뒤떨어지는 것 같아 불안했어요. 또 좋은 대학을 가야 한다는, 부모님과 학교의 압박도 심했고요."

청소년 진료를 전문으로 하는 메티스 신경정신과 진태원 원장은 과도한 스트레스가 학업의 효율성을 떨어뜨린다고 말한다. "스트레스는 어느 정도의 긴장감을 주기 때문에 생산성을 높이는 데 필요하다. 그러나 지나친 스트레스는 인지기능을 떨어뜨리고, 학업의 효율성을 저하시키는 원인이 된다."

진태원 원장의 말에 따르면 입시문제로 정신과를 방문하는 청소년은 크게 5가지 유형으로 분석할 수 있다고 한다.

첫째는 자기 자신의 미래에 대한 불확실성, 주체성의 혼란으로 인한 행동양상을 보인다. 구체적으로 공격성, 충동조절의 어려움, 가출 등의 행동이 나타난다.

둘째는 불면증, 과민성 대장증상, 두통, 집중력 저하, 가슴 답답증, 불안초조, 짜증과 같은 증세를 통해 확인할 수 있다.

셋째는 입시 및 성적에 대한 불안감으로 강박적 사고에 빠지고 반복적으로 충동적 행동을 일으키는 모습을 보인다.

넷째는 성적 저하로 인해 우울감이나 열등감을 느끼고 자신을 평가절하하면서 자살 충동을 느낄 수 있다.

다섯째는 입시에 대한 스트레스가 심해짐에 따라 관계사고, 횡설수설, 환청, 피해망상 등을 호소하기도 한다.

진 원장은 "그동안 청소년들의 입시 스트레스는 고3일 때만 심각하게 나타났지만 최근에 입시에 관해 스트레스를 받고 치료를 받으려는 학생들이 초등학교 고학년에까지 이어지고 있다"고 우려했다.

대한민국 청소년의 현주소

학생 체력저하 운운하기 전에 왜 학생들의 체형이 변할 수밖에 없는지 진지하게 성찰할 필요가 있다. 고3이 되면 체육수업이나 CA시간 등 학생들의 자치활동이 입시 준비를 위한 자습시간으로 대체된다. 이러한 현실은 청소년 건강에 대한 무관심과 방치의 결과라고 할 수 있다.

'꿈을 먹고 자란다'는 청소년이 우리 사회의 교육체계에서만큼은 꿈꿀 기회조차 박탈당한 채, 사회가 만들어놓은 대학 서열에 편승하려고 안간힘을 쓰고 있다. 오직 대학입시를 위해 '소극적 뚱보'로 변해가는 청소년의 현실, 그 책임은 누구한테 물어야 하는가. 결국 드넓은 운동장 한번 마음껏 내달려보지 못하고 어른이 되는 현실, 그것이 바로 대한민국 청소년의 현주소다.

저, 실업계 다니는데요

실업계 고교의 홀로서기란 쉽지 않다.

학생들은 "명문대 졸업생들도 취업을 못해 실직자가 되는 판국에

누가 실업계 고교 출신의 학생을 뽑겠냐"며 씁쓸해 한다.

“실업계 진학이요? 가고 싶은데 부모님이 반대하세요. 공부 안하려면 가라고 하시죠.”

“공부를 잘하는 건 아니에요. 근데 왠지 인문계고등학교에 들어가서 대학을 가야 할 거 같아요. 실업계 가면 공부 못한다는 소리를 들을까봐서요.”

실업계 고등학교에 다니면 무조건 불량학생?

고등학교 진학을 코앞에 둔 중3 학생들의 고민에서 실업계 고교에 대한 사회적 시선을 엿볼 수 있다. 대다수 부모들도 자녀가 실업계 고교에 간다고 했을 때 자녀의 의지를 바꾸고 싶어 한다. 심지어는 자녀가 실업계 고교에 진학했다고 창피해서 고개를 못 들고 다닌다는 부모가 있을 정도로 우리 사회의 실업계 고교에 대한 시각은 싸늘하기만 하다.

자식의 적성과 관계없이 실업계 고교 진학을 반대하는 부모님, 성적으로 인문계와 실업계가 결정되는 진학 과정을 통해 실업계 고교는 '공부 못하는 학생들의 집합소'가 되었다.

한편 성적뿐 아니라 경제적 수준이 인문계, 실업계를 선택하는 주요 이유가 된다. 2006학년도 서울시 실업계 지원 현황을 살펴보면 강남, 강북 지역별로 차이가 난다. 동부교육청과 성북교육청에 소속된 중학교 졸업자 가운데 각각 33.2퍼센트, 31.1퍼센트의 학생이 실업계 고교에 지원한 반면, 강남교육청은 7.4퍼센트만이 실업계 고교에 진학했다.

또 〈가정배경이 상급학교 진학 선택에 미치는 영향〉(김경근·변수용 교수, 2회 한국교육고용패널 학술대회 논문집, 2006)에 따르면 부모의 사회경제적 지위와 자녀에 대한 기대교육 수준 그리고 학생의 이전 학업성취도와 교육포부 수준이 높을수록 실업계보다는 일반계 고교에 진학할 개연성이 큰 것으로 밝혀졌다.

결국 이 수치는 우리 사회 교육계층화 현실을 극명히 드러낸다. 돈이 없어서 대학에 못갈 바에는 졸업 후 바로 취업이 가능한 실업계를 선택하는 것이다. 그 때문에 대학 진학을 꿈꾸는 청소년도 취업 후 1~2년쯤 돈을 벌다가 늦게 학교에 가는 것이 다반사다.

그러나 취업에 필요한 전문교육을 받을 수 있다고 생각했던 실업계의 교육 현장은 학생들이 생각하는 것 이상으로 열악했다. 특히 실업교육 예산 축소와 정부의 지원이 부족한 현실 속에서 실업계 고교는 점차 대학입시를 준비하는 과정으로 변하고 있기 때문이다.

실업계 고교 졸업자의 진학률은 1990년대 후반부터 높아져 2003년에는 50퍼센트를 넘어섰다. 또 2004년에는 62.3퍼센트, 2006년에는 졸업생 14만여 명 가운데 68퍼센트가 대학에 진학했다. 전문기능과 기술교육을 목적으로 하는 실업계 고교의 대학 진학률이 70퍼센트에 육박하는 것은 분명 모순이다.

그러나 실업계 고교의 홀로서기란 쉽지 않다. 학생들은 "명문대 졸업생들도 취업을 못해 실직자가 되는 판국에 누가 실업계 고교 출신의 학생을 뽑겠냐"며 씁쓸해한다.

그 때문에 최근에는 대학 진학을 위해 실업계 고교에 입학하는 학생들도 늘고 있다. 더욱이 내신 반영 비율이 높아지면서 일반계 고교의 학생들이 실업계 고교로 전학하는 일명 '전학 러시' 사태도 급증하고 있다. 비슷한 성적의 또래와 아등바등 경쟁하는 것보다 상대적으로 좋은 내신을 받을 수 있는 실업계 고교에서 특별전형을 활용해 대학 가는 것이 더 쉽다고 판단하기 때문이다. 실제 서울시 교육청이 조사한 '실업계고 전입학' 현황을 살펴보면 연간 500여 명의 인문계 학생이 공고, 상고 등 실업계로 전학하는 것으로 나타났다.

이에 대해 교육계는 엇갈린 반응을 보이고 있다. 실업계고 우수학생 확보라는 긍정적인 측면도 있지만 기술인력 양성을 위한 실업고가 입시 수단으로 전락하는 것 아니냐 문제의식이 제기되는 것이다.

학교에선 컴퓨터 배우고, 실습은 주차장 안내

현실이 이러하다보니 실업교육은 더욱 파행으로 치달을 수밖에 없다. 과거에 비해 많은 실업계고 학생들이 대학 진학을 바라고 있기 때문에 취업반보다 진학반이 더 활성화된 학교가 많다. 그 때문에 학교에서 배우는 전문기술은 실제 취업 현장에 나갔을 때 무용지물인 경우가 허다하고, 실업계 출신이라는 이유만으로 열악한 노동현장에서 착취당하기 십상이다.

특히 취업을 앞둔 3학년들은 전공과 무관한 곳에서 '실습생'이라는 이름으로 저임금과 장시간 노동에 시달리거나 안전사고 위험에 노출되는 경우가 많다. 현장 실습교육은 산업현장을 미리 체험하는 기회를 제공해 취업에 도움을 준다는 취지로 실시되지만, 실제 현장에서는 조기취업으로 변질됐다.

서울 S컴퓨터고에서 멀티미디어 전산을 전공한 신현우(가명, 고3)는 현장 실습으로 주차장 안내원을 했다. 그는 자신의 전공과 전혀 관계없는 실습을 하면서 겪은 설움을 토로했다. 미성년자인 데다 현장 실습생으로 취직한 것이어서 보수도 적고 조금만 잘못해도 해고당하기 일쑤라는 것이다.

"정오부터 밤 11시까지 11시간 동안 일해요. 일주일 중 하루만 쉴 수 있고, 식사는 점심 한 끼만 나와요. 월급은 75만 원 정도 받았고요."

결국 그가 몇 달 동안 일하면서 얻은 것이라곤 그저 '사회생활이 힘들다' '남들보다 사회생활 조금 일찍 했다'는 생각뿐이다.

그뿐 아니라 실업계 학생들은 성적 관리, 자격증 취득, 외모 관리 등의 압박에 시달리고 있다. 인문계 학생들이 내신-논술-본고사 등 '죽음의 트라이앵글'에 괴로워한다면, 실업계 학생들은 전공-실습-입시 등 세 마리 토끼를 잡아야 하는 현실에 힘겨워한다.

일각에서는 전문실업교육의 취약을 지적하며 실업계 고교의 존폐 여부를 언급하기도 한다. 하지만 가정환경이 어려워서 실업계를 선택한 학생들은 하루 빨리 취업해서 가계에 보탬이 되고자 하기 때문에 대학 진학을 포기하는 경우가 많다. 설령 대학에 진학한다 할지라도 대개 어려운 경제사정 때문에 학교를 지속적으로 다니지 못한다. 전문인재 양성과 대학 진학의 기로에 선 실업교육은 바람 앞에 놓인 촛불처럼 위태롭기만 하다.

실업계 학생,
가난을 타고난 '문제아'이니 함부로 해도 된다고?

하지만 실업계 학생들을 더욱 괴롭히는 것은 '실업계'라는 이유로 학교나 사회로부터 멸시를 당할 때다. 교육열이 유난히 강한 우리 사회에서 실업계 학생은 '공부 못하고 가난한 문제아'로 낙인찍히게 마련이다.

이러한 편견 때문일까? 실업계 고등학교에 다니는 학생에게 어느 다니느냐고 물어보면 주저하거나 "○○ 실업고" 또는 "○○공고"라고 하기보다는 "○○학교"라고 단축해서 말하는 경우가 많다. 실업계 학생들은 너나없이 입 모아 이야기한다. 제발 편견을 갖고 바라보지 말아달라고…….

그러나 현실에서는 자신을 가르치는 학교 선생님조차 이들을 '하류인생' '낙오자'로 대한다. 무심코 던진 돌멩이에 개구리가 맞아 죽는 것처럼, 실업계 학생들은 사소한 말 한마디에도 씻을 수 없는 상처를 받는다.

청주 C공고에 재학 중인 박준혁(가명, 고2)은 학교 교문지도를 피해 담을 넘다가 교사에게 붙잡혀 참을 수 없는 수모를 당했다. 화가 난 교사가 준혁을 짐승 다루듯 한 것이다. 당시 교사는 준혁에게 "넌 이제부터 개야, 멍멍 짖어"라고 명령했고, 그는 무릎을 꿇고 개 짖는 소리를 내야 했다. 준혁은 담을 넘은 잘못은 인정하지만, 사람을 짐승 취급한 데 분노했다. 하지만 한편으로 실업계 학교에서는 이런 일이 다반사라며 체념 어린 한숨을 내쉰다.

교사들의 이러한 멸시는 수업시간에도 계속된다. 청주 C여상 김수진(가명, 고1)은 수학시간만 되면 스트레스를 받는다. 문제를 잘 풀지 못하면 선생님이 "너는 이것도 모르냐, 동생에게나 물어봐라"고 비아냥대기 때문이다. 실업계라서 상대적으로 공부를 못하는 것은 사실이지만, 동생에게나 물어보라는 말이 교사가 할 이야기냐며 눈물을 흘린다.

그 밖에도 집안형편이 어려운 학생들의 학비 및 중식 지원 여부를 공개적으로 이야기해 상처를 주는 경우도 있다. 서울 양천구에 위치한 S실업고는 동네주민들 사이에도 이른바 '꼴통학교'라고 소문이 나서 이 학교 교복을 입은 학생들을 볼 때면 '양아치' '바퀴벌레'라고 일컬으며 수군댄다.

최근 교육부에서는 소외계층의 교육격차를 해소하고 실업계 고교, 전문대학 등 직업교육 체제의 혁신을 최상위 정책목표로 전진 배치하겠다고 밝혔다. 그 사업의 일환으로 가장 먼저 실업고등학교의 명칭을 없애기로 했다. 실업계 탄생 102년 만이다. 실업계의 전문성 강화와 '실업'이라는 용어에서 오는 낙인효과를 없애겠다는 취지다. 그러나 이미 실업계에 대한 부정적 인식이 팽배한 현실에서 얼마나 효력을 발휘할지는 의문이다.

특히 실업교육 예산이 지방교육청으로 이양된 이후 실업계는 교육의 사각지대에 방치되고 있다. 교육부가 2006년 제출한 현황 자료에 따르면 실업교육의 지방 이양 이후 2년 동안 전국 시도 교육청의 실업교육 예산 총액이 12퍼센트나 감소했다. 그 중 충남,

전북, 울산, 경북, 충북, 광주 교육청은 무려 30퍼센트나 줄었다. 결국 입시 위주의 경쟁교육 체제에서 직업교육이 설자리를 점점 잃어가는 데다 설상가상으로 중앙정부가 책임을 지역으로 떠넘겨 상황이 더욱 나빠진 것이다. 아무리 좋은 정책을 내놓아도 정책과 예산이 따로 진행되기 때문에 현장에서 제대로 적용될 리 만무하다.

사회로부터 손가락질 받고, 취업과 진학 사이에서 고민하는 실업계 학생들의 쓸쓸한 '외줄타기'는 언제쯤 끝날까.

암흑의 벼랑으로 추락한 어느 공고생의 삶과 꿈

2005년 11월 16일 오후 3시 10분, 전남 여수시 화치동 A사 연구소 엘리베이터에서 작업을 하던 한 소년이 추락해 숨지는 사고가 발생했다.

아직 솜털이 채 가시지 않은 앳된 얼굴의 이 소년은 광주 S공고 3학년 김 모 군이다. 김 군은 광주 D엘리베이터에서 두 달째 실습생으로 일하던 중, 4층 엘리베이터 아래로 추락해 지하 1층 바닥으로 떨어졌다.

일간지에 두어 줄로 처리된 김 군의 죽음, 아무도 기억하지 않는 이 소년은 왜 그렇게 쓸쓸히 죽어가야만 했을까.

집안형편이 어려운 아이가 있었다.

부모님은 아이가 열네 살 때 집을 나간 후 연락이 끊겼다. 아이는 한 살 터울의 남동생과 함께 할머니와 큰아버지 밑에서 생활해왔다. 연로한 할머니는 일을 할 수 없는 상황이었고, 큰아버지 덕택에 두 형제가 입에 풀칠이나마 하고 살 수 있었다.

그래도 아이는 밝고 쾌활하게 자랐다. 학원 근처에도 못 가봤지만 학급에서 10등 안에 들 정도로 공부도 열심히 했고, 친구들에게 제법 인기도 많았다. 그러나 고등학교 입학을 앞두고, 아이는 인생 최대의 고민에 빠졌다. 다른 친구들처럼 대학이라는 곳에 가고 싶었다. 자기 성적이면 인문계고등학교에 충분히 갈 수 있었다. 그러나 연세가 많아 경제활동 능력이 없는 할머니와 넉넉지 못한 형편에 두 조카까지 건사하느라 힘겨워하시는 큰아버지, 그리고 아직 공부를 더해야 하는 동생을 떠올리면서 더 이상 주저하지 않고 S공고에 지원서를 썼다.

어느덧 그 아이는 고3이 되었다. 현장 실습을 나갔을 때 모두들 그 아이를 "김 군"으로 불렀다. D엘리베이터는 엘리베이터를 수리하는 회사라 상대적으로 위험성이 높았지만 실습생이라는 이유로 터무니없이 적은 보수를 지급했다. 게다가 이른 새벽 출장도 잦았다. 그러나 김 군은 이를 악물고 꾹 참았다.

'실습이 끝나고 정식으로 취직이 되면 그래도 제법 돈을 벌 수 있겠지. 고생하신 할머니 선물도 사드리고, 동생 mp3 플레이어도 사주고…….'

무엇보다 김 군이 희망을 가질 수 있었던 건 바로 야간대학이라도 진학하겠다는 소박한 꿈 때문이었다. 그러나 바로 그날 11월 16일, 김 군은 안타깝게도 열아홉 짧은 생을 마감했다.

김 군은 이날 평소보다 이른 새벽 5시에 사촌 누나에게 "출장 잘 다녀오겠다"고 말하고 밝은 모습으로 집을 나섰다. 하지만 엘리베이터 4층에서 작업을 하던 김 군은 싸늘한 시신이 되어 가족들 곁으로 돌아왔다.

김 군의 가족들은 아픈 가슴을 가눌 길이 없었다. 상주가 되기에는 아직 어린 김 군의 동생은 내내 눈물바람이었다. 어제까지 여느 연년생 형제들처럼 티격태격하던 형이 하루아침에 사라진 것이다. 그래도 핏줄이라고는 하늘 아래 둘밖에 없었는데, 서로를 의지하며 살았는데 이젠 영영 볼 수가 없게 되었다. 어려운 환경 가운데서도 건강하게 자라준 착하고 대견스러웠던 조카의 싸늘한 시신 앞에서 고모나 큰아버지도 억장이 무너지기는 마찬가지다.

지지리도 부모 복이 없었던 녀석들, 저희들 잘못이 아닌데도 자기 인생의 몫을 감당하며 살아왔던 조카가 이렇게 죽다니. 누구를 원망해야 할지, 아니 이런 기막힌 상황조차 도무지 믿기지 않았다.

누가 그 착한 소년을 죽였을까

　김 군은 실습을 나간 처음 한 달은 가끔 토요일에도 근무했다. 공식적인 근무시간은 오전 8시 30분부터 오후 6시까지였다. 함께 살던 사촌 누나는 김 군이 그보다 훨씬 늦은 시간에 집에 들어와 출장이 있는 날이면 새벽같이 나갔다고 했다. 쇠도 집어삼킬 만큼 건강한 열아홉의 김 군이 집에 와서 코피를 흘리는 날이 종종 있을 정도로 일은 고되었던 것 같다.

　그러나 두 달치 월급을 합쳐봐야 고작 100만 원 남짓이었다. 김 군의 동생에 따르면, 실습 첫 달에는 35만 원을 받았고 두 달째에는 80만 원 정도밖에 받지 못했다. 하지만 김 군에게는 꿈이 있었다. 빨리 돈을 벌어 야간대학이라도 가는 것, 그래서 안정적인 직장도 얻고 하나뿐인 동생 공부도 시키고 큰아버지께는 용돈도 드리고 싶었다.

　그러나 비정한 사회는 그 소박한 꿈조차 허락하지 않았다.

　'안전모, 안전화, 안전벨트 가운데서 한 가지라도 착용하지 않으면 작업할 수 없다'는 수칙이 법으로 규정되어 있었다. 그러나 11월 16일, 21미터 상공에서 작업을 하던 김 군에게 안전벨트는 없었다. 안전벨트도 없이 엘리베이터 천장 위에서 작업을 하던 김 군은 41센티미터 죽음의 틈으로 미끄러져 추락하고 말았다.

　21미터 상공에서 아래로 떨어지는 찰나, 김 군은 무슨 생각을 했을까. 아니, 누구를 떠올렸을까. 가난해서 실업계 학교에 갔고, 소박하나마 꿈을 갖고 성실하게 일했다. 뭐 그리 거창할 것도 없이 아주 작고 소박한 꿈을 위해 고단한 현실을 원망하지 않고 땀 흘려가며 열심히 살아보려 발버둥쳐온 소년을 죽인 건 과연 누굴까.

　이런 일들이 드물지 않는데도 반성과 참회의 눈물에 인색한 우리 사회, 어른들은 그 죄를 언제쯤 어떻게 씻으려는가.

청소년에게 게임은 가상공간에서 날개를 꺾지 않고
스스로 이상을 펼칠 수 있는 하나의 해방구다.
그 속에는 패배에 따른 좌절도 있고,
승리 뒤에 오는 환희도 있다.
게임이라는 공간은 정당한 규칙이 지배하고,
노력에 따라 무한하게 진보할 수 있는 기회가 제공되는 공간이다.
누군가의 강요가 아닌 스스로의 선택과
동일한 출발점에서 시작하는 공정한 경쟁 그리고 노력을 통해
자신의 목표를 실현하는 '약속의 땅'이다.
청소년이 게임에 열광하는 이유다.

둘째 마당

열정, 함께, 공감으로 상징되는
청소년문화 키워드와
만나다

6

청소년은
왜 게임에 열광하는가

"1퍼센트의 희망은 99퍼센트의 절망을 부순다."

– 임요환, 《나만큼 미쳐봐》 중에서

청소년의 수면시간을 보장하겠다며 몇몇 국회의원들이 청소년의 심야 게임을 제한하는 법안을 발의했다. 보호자가 원할 경우, 일정 시간 이상 게임을 하면 자동으로 서비스가 중단되는 이른바 '셧다운제'를 실시하겠다는 것이다.

네티즌은 인터넷 토론방에서, 50퍼센트가 넘는 흡연율은 줄이지 못하면서 2.6퍼센트에 불과한 인터넷 중독을 줄이겠다고 나선 정부정책에 코웃음을 치며 온라인 서명 운동과 1인 시위를 벌였다. 서명에 참여한 청소년들은 "아침 일찍 등교해 밤늦게까지 야자와 학원에 시달리는데 게임까지 금지하면 도대체 우리는 뭐하고 놀라는 말이냐?"며 청소년 여가생활에 대한 근본적인 대책을 요구했다.

게임은 무조건 나쁘다고요?

오후 3시, PC방에서 게임을 즐기고 있는 김상혁(중2). '메이플

스토리'를 가장 좋아한다는 상혁은 주말이면 친구들과 PC방을 찾아 게임의 즐거움을 만끽한다. 평일에는 학원 때문에 쌓였던 답답함을 게임으로 해소한다. 평소 상혁은 주말마다 집에서 편하게 게임을 즐겼지만 지금은 PC방에서 게임을 한다. 한번 게임을 시작하면 6시간은 기본이기 때문에 어머니가 인터넷 선을 뽑아버리고 만 것이다.

게임은 상혁의 스트레스를 날려주는 구세주와도 같은 존재다. 어른들은 '도대체 게임이 무슨 도움이 되냐'며 한마디로 일축해버릴지 모르지만, 상혁에게 게임은 마지막 탈출구다.

"온라인 게임요? 애써 돈 들이지 않고 친구들과 재미있게 놀 수 있잖아요. 다양한 사람들과 쉽게 친해지고 이야기도 할 수 있어요. 학교에서 세상 사는 데 별 도움이 되지 않는 걸 배우는 것보다 훨씬 의미가 있다고요."

기성세대가 청소년의 게임 문화를 바라보는 비딱한 시각에 상혁은 억울한 듯 반론을 폈다. 어른들이 사람들 만나서 몸에 안 좋다는 술을 마시고 늦게까지 노는 것처럼 자신들에게 게임은 그와 다를 바 없다는 것이다.

삼성동 코엑스에 모인 사람들은 비가 내린다는 소식에 저마다 손에 우산을 들고 있다. 스타크래프트 경기가 예정된 '온미디어 메가스튜디오' 앞, 아직 경기 시작까지는 4시간 정도가 남았지만 삼삼오오 모여 있는 팬들로 스튜디오의 열기는 벌써부터 후끈 달아올랐다.

"저는 한빛스타즈 팬이에요."

은지(고2)가 먼저 말문을 열었다. '한빛스타즈' 선수들의 경기가 있을 때면 꼭 관람한다는 은지는 오늘도 다른 팬들과 선수들 자랑으로 설전을 벌인다.

"난 박정석 선수가 좋아."

"이윤열 선수의 이빨이 얼마나 귀여운데."

이에 질 새라 은지가 한 마디로 모두를 제압한다.

"난 한빛스타즈 팀 선수면 다 좋아."

자신이 좋아하는 선수를 자랑하던 팬들은, 자신이 응원하는 팀의 선수면 모두 좋다는 은지의 말에 동의했다. 누군가는 이들을 선수들의 경기만을 지켜보는 팬이 아니냐고 말한다. 하지만 이들은 "스타크래프트 게임을 할 줄 아느냐"는 질문이 끝나기 무섭게 각자 자신의 종족을 외치기 시작했다.

은지는 친구들과 '노을NOEUL'이라는 길드를 만들어 활동하는 어엿한 게이머다. 은지는 같은 길드에서 게임을 하는 친구 혜정과 시험이 끝나자마자 스튜디오로 달려왔다. 그들은 며칠 전 이재균 감독(한빛스타즈)과 찜질방에서 만났던 일을 회상하며 즐거운 이야기를 나누었다.

남학생들의 전유물로만 여겨졌던 'e-스포츠'에 '오빠부대'가 등장한 것은 불과 몇 해 전부터다. 이미 여학생들은 '배틀넷'을 통해 스타크래프트 게임을 즐기고, 친구들과 '길드'를 만들어 서로의 친목을 다지고 있었다. 이들이 유명가수나 배우가 아닌 게임스튜디오 프로게이머의 팬이 된 이유는 무엇일까? 은지는 선수들의 '노력하는 모습'을 가장 큰 이유로 꼽았다.

"일단 선수들과 가깝게 지낼 수 있는 장점도 있지만요. 무엇보다 노력하는 선수들의 모습이 가장 마음에 들어요. 가수나 탤런트는 꾸며진 모습이지만 프로게이머 선수들은 그렇지 않거든요. 팬들은 선수의 사적인 모습이 아니라 경기하는 모습을 보기 때문에, 꾸준히 노력하는 선수는 오랫동안 많은 사랑을 받아요. 그렇게 사랑받는 선수 가운데 한 명이 바로 임요환 선수에요. 우승을 많이 하기 때문이 아니라 끊임없이 노력하고 그 결과로 일정하게 높은 성적을 유지하는 모습이 팬으로서 많이 본받고 싶어요."

'e-스포츠'에서 이미지만으로 포장된 '가짜 선수'는 존재하지 않는다. 팬들은 열심히 연습하고 최선을 다하는 선수들의 모습에 열광하기 때문이다. 연습에서 승리까지 이어지는 선수들의 노력하는 모습은 이미 축구 같은 스포츠의 그것과 다르지 않다. 경기가 끝나면 팬들은 선수들의 땀방울에 아낌없는 응원과 격려의 박수를 보낸다. 임요환 선수의 경기를 보기 위해 전주에서 서울까지 왔다는 현민(중3)은 임요환 선수의 패배에도 아랑곳하지 않고 환호를 보냈다.

"임요환 선수는 쉽게 지는 선수가 아니에요. 최악의 상황에서

도 끝까지 희망을 가지고 최선을 다해 멋진 경기를 만드는 선수
예요. 임요환 선수가 이런 말을 했어요. '1퍼센트의 희망은 99퍼
센트의 절망을 부순다'고. 제 인생의 가치관이 되었어요."

게임은 단순한 놀이만이 아닌 사회성 배우는 교육의 장

　컴퓨터의 보급과 함께 태어나 자라나기 시작해 인터넷 문화에
친숙한 'N세대(Net Generation)' 또는 누리꾼. 오늘날 우리 시대 청
소년을 일컫는 말이다. N세대는 인터넷 세상 속에서 그들만의 규
칙을 만들고 새로운 인터넷 사회를 만들어냈다. 이제 청소년에게
게임은 단순한 놀이만이 아니다. 게임은 또 다른 사회이며, 청소
년은 온라인 세상에서 사회성을 배운다.

　인터넷 언어의 남용, 온라인 중독 등이 사회적인 문제로 부각
되면서 점차 게임에 대한 비판의 목소리가 높아지고 있다. 하지
만 건전한 온라인 게임 문화 정착을 위해 예의 없는 행위 금지,
비표준어 추방, 사정이 어려운 이용자 돕기 등 모범적인 행동을
하는 게임 유저 또는 동호회도 자발적으로 생기고 있다.

　온라인 게임 '위드2FC'에서는 얼마 전 '천우신조'란 아이디의
이용자 부인이 백혈병에 걸렸다는 소식에 길드원들이 헌혈증을
모으기 시작했다. 이와 같은 애틋한 사연이 게시판에 올라오자
전체 이용자들 사이에서 '헌혈증 모으기' 캠페인이 벌어졌다. 또

게임 전문 라디오 방송국 빅에프엠(www.bigfm.co.kr)이 건전한 온라인 게임 문화를 정착시키기 위해 '온라인 게임 언어 순화 캠페인'을 열어, 게임에서 사용되는 언어를 유저들이 직접 바꾼 사례도 있다. 한 게임 사이트는 자체 감시단을 발족해 비표준어나 비속어를 사용하는 이용자에게 충고를 하고 고운 말을 사용하는 이용자에게 추천을 통해 상품을 주는 등 언어 순화를 위한 노력을 기울이고 있다.

청소년에게 게임은 가상공간에서 날개를 꺾지 않고 스스로 이상을 펼칠 수 있는 하나의 해방구다. 그 속에는 패배에 따른 좌절도 있고, 승리 뒤에 오는 환희도 있다. 게임이라는 공간은 정당한 규칙이 지배하고, 노력에 따라 무한하게 진보할 수 있는 기회가 제공되는 공간이다. 누군가의 강요가 아닌 스스로의 선택과 동일한 출발점에서 시작하는 공정한 경쟁 그리고 노력을 통해 자신의 목표를 실현하는 '약속의 땅'이다. 청소년이 게임에 열광하는 이유다.

e-스포츠의 미래, 프로게이머의 영웅
: 18살 프로게이머 염보성

"저요? 노력을 별로 안하는 사람 같아요. 근데 전 매일 즐거운 상상을 해요. 드라마에서 나오는 재벌의 아들과 같은 꿈을 꾸죠. 대신 게임을 할 때만큼은 우승할 저의 모습을 그려요. 그렇게 상상하면 즐거워지더라고요. 그게 힘이 돼요. 지금 제가 프로게이머로 당당히 설 수 있는 이유이기도 하죠."

2006년 게임계를 발칵 뒤집어놓은 사건이 일어났다. 듀얼토너먼트 결승에서 연봉 1억 5000만 원의 프로게이머 KTF 소속 강민 선수를 5차전의 접전 끝에 물리친 염보성 선수 때문이다. 당시 EGOSYS POS 소속 염보성 선수는 중3 학생으로 100여 명이 조금 넘는 스타크래프트 프로게이머 중에서는 아주 어린 나이였다.

그는 우승의 비결을 '오랜 연습'이 아닌 자기암시와도 같은 '즐거운 상상'이라고 말한다.

"우승은 생각도 안했어요. 사실 운이 좋았던 거죠. 무척 어려운 상대였거든요. 일단은 어려운 상대를 물리쳐 무척이나 기분 좋고 우승까지 한 것에 대해서는 영광스럽게 생각해요. 우승 후에는 감독님, 선생님, 친구들, 가족 모두 축하해줬고요."

그가 스타크래프트를 시작한 것은 3년 전(중1)이다. '게임아이'라는 서버를 통해 게임을 즐기면서, 상대를 이기고 싶은 마음에 많은 연습을 했다. 그러던 중 2005년 EGOSYS POS에서 연습생을 뽑는 경기에 참가해 1등을 거머쥐며 당당히 프로게이머로 이름을 올렸다.

1년이 지난 현재 염보성 선수는 MBC 게임 히어로 소속으로 주종족은 테란으로 활동을 하고 있다.

2006년 바이러스와의 인터뷰(《임요환과 한판 붙고 싶다》)를 기억한다며 염 선수는 1년 전과 가장 달라진 점이 무엇이냐는 질문에 "팀이 변한 것이 가장 큰 변화"라며 "작년에는 프로리그 우승 경험이 없었던 팀이었는데 현재는 가장 잘 운영되고 힘도 있는 팀이 되었다"고 말했다.

염보성 선수는 최근 2007 신한은행 프로리그에서 활약하고 있다. 4월 29일에는 김준영 선수와의 경기에서 1승을 하였고, 윤용태 선수에겐 아깝게 패하는 성적을 거두었다.

요즘 들어 가장 아쉬웠던 경기에 대해 묻자 염 선수는 "박종석(KTF매직엔스) 선수와의 경기가 가장 기억에도 남고 아쉽다"고 전했다. 그 이유는 염 선수가 게임 내내 유리한 쪽으로 경기가 운영되었지만 막판에 역전을 당하게 되어 아쉬움이 남는다고 한다.

염 선수는 게임하는 자체가 너무 즐겁다고 이야기한다. 그래서일까? 염 선수와 인터뷰를 하는 내내 들뜬 목소리와 장난기 가득한 목소리는 그의 성격까지 알 수 있을 것 같았다. 그래서 자신이 생각할 때 1년 전과 가장 변한 점은 "게임에 들어가기 전에 긴장감이 덜하고 떨리는 것이 줄어들었다"고 말한다.

또한 자신 또래의 친구들이 자신을 응원해줄 때 가장 큰 힘이 된다고 한다. 따라서 "팬들의 응원을 받으며 우승했을 때 가장 기분이 좋다"고 말한다. 그러기 위해서 그는 스트레스 받지 않고 즐겁게 열심히 연습을 하고 있다고 한다.

염보성 선수는 "프로게이머 수준은 정말 종이 한 장 차이"라고 말한다. 자신이 경기에서 선전할 수 있는 것은 '전략의 승리'이자 '행운의 결과'라고 말한다. 말은 이렇게 하지만 사실 그는 숙소에서 매일 30~40게임을 소화하고 있다. 같은 숙소에서 생활하는 선수들과 시합을 하며 자신의 실력을 연마한 것이다.

"학교 다닐 때보다 연습을 더 오래할 수 있어 실력도 그만큼 늘어 뿌듯해요."

가끔 그는 이런 빡빡한 생활이 힘들기도 하다. 하루 종일 연습만 해야 하는 생활. 프로게이머의 삶은 노력하지 않으면 다른 선수에게 바로 제압당하는 냉혹한 현실이기 때문이다. 하지만 프로게이머로 성공하지 못하면 다른 걸 잘할 수 없으리란 생각에 그는 연습에 더욱 매진하고 있다.

"예전에는 정말 잘했는데 지금은 못하는 선수들이 있어요. 연습을 꾸준히 안 해서 그런 거예요. 감독님께서는 임요환 선수를 따라 배우라고 하세요. 아무리 실력이 좋아도 후배들의 조언을 귀담아 노력하는 것을 말이죠. 저도 그런 점을 많이 배우려고요."

염보성 선수. 그에 대한 기대는 무척 크다. 그의 당찬 포부와 열정에 우리나라 e-스포츠의 미래를 걸어볼 만하다.

우리는 무제한 문자로 통해요

"휴대폰이 한시라도 손에서 떨어져 있으면

내 몸의 일부가 떨어져 나가는 느낌이에요.

항상 몸에 지니고 다녀서 그런가봐요."

"지금 몇 시야?"라는 친구의 물음에 준희는 휴대폰을 꺼낸다. 수업시간에도 선생님의 눈치를 살피며 책상 서랍에 넣어둔 휴대폰을 슬그머니 꺼내 살핀다. 거의 1분에 한 번씩 확인하는 셈이다. 물론 문자도 전화도 오지 않았다. 혹시 하는 마음에 무의식적으로 휴대폰을 여닫게 되는 것이다.

초등학생까지 휴대폰을 가지고 다니는 요즘, 청소년에게 이것은 단 1분 1초도 떼어놓을 수 없는 놀이기구이자 친구 같은 존재다. 특히 문자 메시지는 통신사의 상술과 자신만의 소통 문화를 만드는 청소년의 특성이 맞물려 최고의 통신수단으로 자리하였다.

문자 메시지 하루 평균 70~100건, 거부할 수 없는 '엄지 반란'

청소년들에게 가장 인기 있는 통신요금제는 '문자 무제한 정액 요금제'. 이는 기본요금이 비싸지만 문자 메시지를 자유롭게 이용할 수 있을 뿐 아니라 월 일정 금액 이상 쓸 수 없도록 한도를 정해둬 휴대폰 요금이 많이 나오는 것을 방지할 수 있다. 대표적으로 SK텔레콤의 'ting요금제'와 KTF의 'Bigi요금제' 등이 있다.

이들 요금제는 10대의 라이프 스타일을 감안, 학교생활에 맞춰 시간대별, 개학·방학별로 요금을 할인해주거나 같은 요금제를 쓰는 친구들끼리 '알'이라는 문자통화 서비스를 주고받을 수 있도록 한 것이 특징이다.

2005년 서울 YMCA에서 청소년 956명을 대상으로 '청소년의 휴대폰 이용 실태'를 조사한 결과, 전체 응답자 중 82.6퍼센트(790명)가 휴대폰을 사용하고 있었다. 또 국가청소년위원회의 조사에 따르면 우리나라 청소년의 절반인 약 484만 명이 휴대폰을 가지고 있으며, 전화·문자뿐 아니라 게임·채팅·동영상을 이용하는 것으로 드러났다.

이제 휴대폰은 한 이동통신사 광고처럼 청소년의 '생활의 중심'으로 자리잡았다. 실제 통계자료에 따르면 휴대폰 이용자의 약 70퍼센트 이상이 휴대폰 배터리가 부족하거나 집에 두고 왔을 때 불안함을 느끼는 중독 성향을 나타내고 있다고 한다. 또 응답자 9800명 가운데 63.2퍼센트는 수시로 휴대폰을 확인했고, 47.5퍼센트는 하던 일이 있어도 문자가 오면 바로 응답한다고 답했다.

이런 현상은 연령대가 낮아질수록 더욱 심각하게 나타난다. 이들은 방해받기 싫거나 전화 받기 귀찮을 때도 휴대폰을 꺼놓지 못하고, 수업시간에도 휴대폰을 켜놓는다. 그만큼 청소년과 휴대폰은 떼려야 뗄 수 없는 필수불가결한 관계가 되었다.

휴대폰을 자신의 분신처럼 여기는 윤선영(고2)은 하루 평균 100통 안팎의 문자 메시지를 보내는 '문자 마니아'다. 그러다보니 어쩌다 휴대폰을 집에 두고 학교에 왔을 때도 휴대폰 진동을 느끼거나 벨소리가 울리는 것 같은 환청을 듣는 등 중독증상을 보인다.

"휴대폰이 한시라도 손에서 떨어져 있으면 내 몸의 일부가 떨어져 나가는 느낌이에요. 항상 몸에 지니고 다녀서 그런가봐요"

따분한 학교생활의 오아시스, U세대의 새로운 소통구 '폰카'

한편 문자 전송 다음으로 청소년들에게 활용도가 높은 것은 '폰카'(휴대폰 카메라) 촬영이다.

교복을 입은 여고생들이 교실에서 시체처럼 널브러져 있는 '시체놀이', 원근감을 이용해서 거대한 손이 여학생의 머리카락을 잡아당기는 것 같은 상황을 연출하는 '설정놀이' 등 최근 10대 네티즌 사이에서는 디카(디지털 카메라)나 폰카를 이용한 '사진놀이'가 새로운 유행 코드로 떠오르고 있다.

순간의 감정에 충실하고 미니홈피나 블로그를 통해 주목받고 싶어 하는 'U세대'(유비쿼터스 세대, 휴대전화나 인터넷으로 언제 어디서나 정보를 공유하면서 서로의 존재를 확인하고 삶의 가치를 찾는 세대) 청소년에게 인터넷과 휴대폰은 훌륭한 놀이도구다.

특히 많은 시간을 학교에서 보내는 중·고생들에게 '사진놀이'는 꽉 짜인 학교생활의 갈증을 해소해주는 '오아시스'와 같은 역할을 한다. 이러한 사진놀이를 가능케 하는 핵심무기가 바로 폰카다. 디카에 비해 휴대하기 쉽고, 상대방에게 사진을 바로 전송할 수 있다는 점이 폰카의 매력이다.

남과 다른 개성을 추구하는 청소년들은 재밌고 특이한 글·사진을 인터넷에 직접 올리거나 '펌질'하며 그들만의 문화를 공유하고 만들어간다. 또 언제, 어디서, 누구로부터 시작했는지 정확히 알 수 없지만 놀이가 퍼지는 과정에서 생각지 않았던 것들이 새로운 트렌드를 만들어내기도 한다.

학교에서 폰카를 이용한 '사진놀이'를 즐긴다는 임진호(중3)는 사진놀이는 정보화 시대에 맞는 '신新놀이 문화'로, 미니홈피를 꾸미는 사람에게 즐거움을 준다고 말한다.

"인터넷에서 웃긴 사진을 보고 따라하게 됐어요. 유치한 면도 있지만 오직 10대들만 할 수 있는 문화라고 생각해요. '사진놀이'를 통해 지루한 학교생활에서 재미도 느끼고, 인터넷에 사진을 올리면서 다른 사람에게 주목받고 싶은 마음도 있어요. 저에게 '폰카'는 특종과 재미, '두 마리 토끼'를 동시에 잡는 중요한 존재지요."

이처럼 휴대폰 카메라는 10대들만이 공감할 수 있는 또 하나의 문화를 창조하는 소통의 수단으로, 청소년의 삶을 솔직하게 보여주는 거울과 같다.

휴대폰 집단 커닝, 모바일 게임 중독, 그 야누스의 얼굴

한편 휴대폰 사용의 폐해를 우려하는 목소리도 곳곳에서 터져 나오고 있다.

지난 2006년도 대학수학능력시험에서 휴대폰을 사용한 대규모 수능부정사태가 발생하자 교육부는 "휴대전화 등 디지털 기기를 소지하고 시험을 치르다 적발된 학생들에 대해 다음 해 수능도 치를 수 없도록 하겠다"고 발표했다.

휴대폰을 소지하는 것 자체를 부정행위자로 간주하는 것에 대해 각 포털사이트에서는 네티즌 여론이 뜨겁게 달아올랐다. 교육부의 조치에 찬성이 65.77퍼센트, 반대가 34.23퍼센트로 "자신의 행동에 책임을 져야 한다"는 의견이 다수이긴 하지만 "다음 시험 자격까지 박탈하는 것은 너무 가혹하다"는 의견도 만만치 않았다.

평소 모바일 게임을 즐기는 오세희(중3)에게 휴대폰은 심심함과 지루함을 달래주는 친구 같은 역할을 한다. 지하철이나 버스로 이동할 때나 혼자 있을 때, 모바일 게임을 하면 시간도 금방 가고 게임 스테이지를 깨는 즐거움도 만끽할 수 있다.

그러나 이로 인해 발생하는 부모님과의 갈등도 만만찮다. 공부 방해, 과도한 휴대폰 요금 부과, 전자파로 인한 뇌세포 손상이 주요 논쟁거리다. 특히 휴대폰을 사용하는 사람은 뇌종양 발생 확률이 일반인보다 2.5배 높고, 휴대폰 전자파에 의한 뇌세포 손상은 회복되지 않는다는 연구 결과가 발표돼 자녀들의 휴대폰 사용을 제재하려는 부모의 움직임이 더욱 커졌다.

실제 2006년 5월 한 고교생이 모바일 무선 인터넷 사용으로 부과된 370만 원이라는 휴대폰 요금에 괴로워하며 스스로 목숨을 끊는 사건이 발생하기도 했다. 이에 네티즌들은 미성년자에 대한 휴대폰 요금 상한제를 도입하자는 청원 운동을 벌이며 통신사에 책임을 요구했다.

한글 파괴 비판 앞서 문자로 통하는 1318 또래 공감으로

A : "민희쓰~ 알 200개만 보내주3 =.= 15일 충전되면 쏠게"
B : "알쓰~ 셤도 끝났는뎅- 놀방 어떠삼 ﹥.﹤"

한쪽에서는 휴대폰 사용으로 인한 한글 파괴를 우려한다.

통신언어의 일종인 문자 메시지는 보통 맞춤법이나 본래 한글의 변형된 모습을 띈다. 문자언어는 온라인에서 자주 쓰이는 '안습(안구에 습기차다, '눈물'을 흘리는 슬픈 상황을 표현)', '조낸(정말)'과 같은 '외계어' 수준은 아니지만 준말이나 글자를 소리나는 대로 풀어쓰는 경우가 많다. 문자 1건당 40자(80바이트) 내외라는 길이 제약과 버튼을 누르는 데 걸리는 시간을 줄이려는 의도 때문이다. '알겠어'를 '알쓰'로, 시험을 '셤'으로, '오케이'를 'ㅇㅋ'(오케이의 자음만 딴 형태)로 줄여 쓰고, 어미도 '~하3'체 등으로 변형한다. 또한 'ㅠ_ㅠ'(우는 모습, 흑흑), 'ㅋㅋ', 'OTL'(좌절, 사람이 땅을 짚고 주저앉은 모습)처럼 의태어를 이모티콘과 함께 형상화하기도 한다.

이러한 문화는 10대들 사이에서는 공감대를 형성하지만, 기성세대와 의사소통의 단절을 가져온다는 부작용이 있다. 오죽했으면 10대들이 모르는 어른들의 말, 어른들이 모르는 10대들의 말을 맞추는 쇼프로그램이 인기를 끌었을까.

그렇지만 그 원인을 청소년의 탓으로 돌리기에는 무리가 따른다. 내 아들, 딸이 무슨 고민을 하는지 관심조차 기울이지 않은 부모가 '공부하는데 힘내라'는 응원 문자 한 통 보내지 않으면서 구닥다리 훈계만 하는 것은 그야말로 '센스 빵점'이다.

청소년의 휴대폰 사랑은 기성세대를 배척하고 소외시키려는 의도라기보다 그들이 삶에서 경험한 것들에 대해 공감대를 형성하는 하나의 문화 코드라고 할 수 있다. 이제 세대를 떠나 서로의 문화를 적극적으로 이해하고 수용할 줄 아는 지혜가 필요하다.

게임 때문에 폰도 안 바꾼다는 모바일 게임 마니아 손보배

"처음엔 버스나 지하철을 타고 이동할 때 심심해서 (모바일 게임을) 다운받았어요. 근데 언젠가부터 끝판을 깨고 나면 성취감이 쌓이는 거예요. 하지만 성취한 뒤에는 허무함을 느껴 새로운 성취감을 얻기 위해 자연스럽게 게임을 계속 다운받았죠."

핸드폰에 61개의 게임이 저장돼 있는 손보배(고3)는 모바일 게임 마니아다. 고1 때부터 지금까지 한 달에 2~3개씩 다운받은 모바일 게임은 100여 개. 게임 속도가 느려질까 폰카와 MP3도 사용하지 않는다. 현재 그의 핸드폰에 저장된 게임의 총용량은 2만 1623킬로바이트, 게임당 2000~3000원의 정보이용료가 들고 킬로바이트당 5원의 패킷료를 더하면 그 비용만도 30만 원에 이른다.

보배는 모바일 게임의 매력으로 '언제 어디에서나 손쉽게 할 수 있다'는 점과 게임 끝판을 깨면서 느끼는 '성취감'을 꼽았다. 특히 타이쿤 게임(경영용 게임)을 가장 좋아한다는 그는 핸드폰 하나로 서울시(서울 타이쿤)와 동물원(아쿠아랜드)을 경영하고, 농사(황금의 씨앗)를 짓는다.

보배의 모바일 게임은 주변 친구들에게도 인기 만점이다.

"학교에서 친구들이 제 폰에 저장된 게임을 하려고 저만 찾았어요. 게임을 먼저 해보고, 자기 폰에다 다운받는 경우도 있고……. 그러다보니 자부심도 생기더라고요."

많은 게임이 담긴 휴대폰을 매일 지니고 다니다보니 이제 '자식' 같아 고장이 나도 새것으로 바꾸지 않다는 보배. 특히 고3 수험생이 된 최근에는 '학원 가는 시간에는 하지 않는다'는 등 스스로 원칙을 정하고 게임 시간을 줄이고 있다.

그는 모바일 게임이 성취감, 자부심, 대리만족을 가져다준다고 당당히 말한다.

"최근에 백만장자 만들기, 다이어트 해서 남자친구 사귀기 등의 게임을 하며 대리만족해요. 성취감, 자부심, 대리만족……. 그것이 바로 핸드폰 게임을 버리지 못하는 이유입니다."

힘들다 힘들어!

입시 · 경쟁 · 규제가 학교 교육의 전부가 되어버린 지금,
우리 청소년들의 일상은 지옥이 따로 없다.
'꿈을 먹고 자란다' 는 청소년이 우리 사회의 교육체계에서만큼은
꿈꿀 기회조차 박탈당하고 있다.
결국 친구들과 드넓은 운동장 한번 마음껏 내달려보지 못하고
입시를 위한 학교와 학원 사이를 오가며 어른이 되는 현실,
그것이 바로 대한민국 청소년의 현주소다.

급훈 갤러리

시험 직전에

간절히 기도하나니, 시험에서 이기게 해주소서.

점심시간

참고서, 필통 그리고 일용할 양식을 한데 놓고 먹는 시간

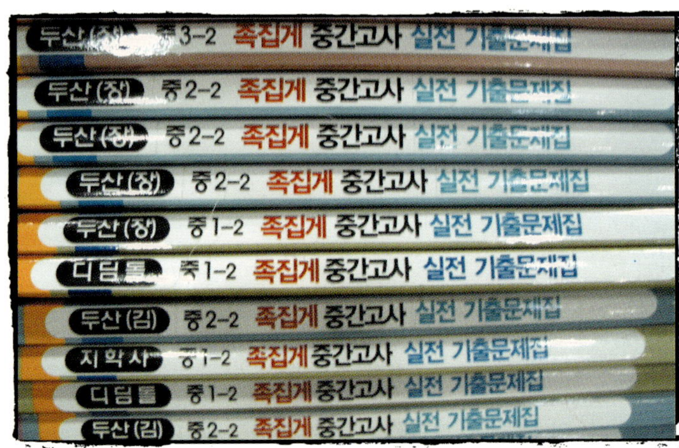

청소년 필독서!

대학으로 가는 비상구, 학원가

학원 등록일

학원과 학교를 오가며 어른으로 자란다.

중간고사 이틀 전

우리 청소년들의 일상은 시험의 연속이다

성적표

세상의 모든 공부는 점수로 나타난다, 과연?

자습 또는 강습(강제학습) 풍경

자습이 아니죠?

대한민국 청소년들의 교육 공식 **학습 + 자습 + 강습 = 성적**

자습인가요, 정녕?

도난물 1호 – 국사 공책

도난물 2호 – 한문 공책

"어어? 없어! 없다고!

내 문학 교과서가 없어졌어! 분명히 서랍 안에 넣었단 말이야!"
교과서가 없어졌다며 울상이 된 얼굴로 책상서랍, 가방, 사물함 여기저기
헤집고 다닌다. 다들 걱정해주면서도 어찌할 도리가 없으니 그냥 멍~하니 서
있기만 한다. 시험 날이 다가오면 늘 일어나는 일이다. 도 / 난 / !

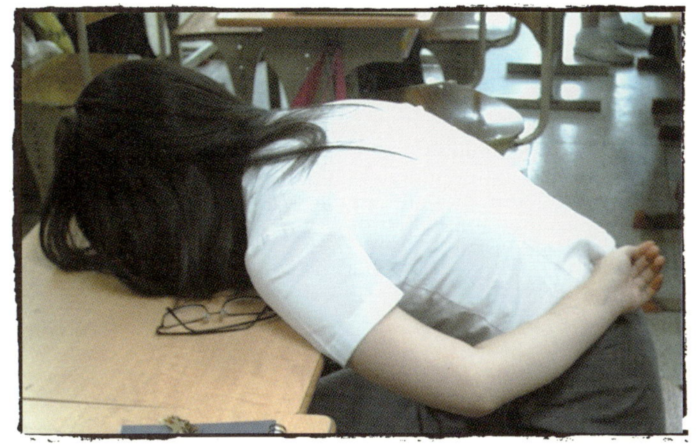

에고, 허리야!

힘들다 힘들어

우린 건강하고 싶다고요!

시험기간만 되면 배탈, 위염, 장염에 시달리고
몸에 맞지 않는 책걸상 때문에
허리도 아파요.

진풍경이라굽쇼?
우린 이렇게 살아요.

아침마다 뛰어야 사는 인생
0교시 부활 이후 아침 등굣길은 달리기 코스가 되었다.

급식시간

엇, 점심시간 종이 울렸다.
계단 쪽에서 우르르 뛰어가는 소리가 들린다.
이건 완전, 먹잇감을 향해 달려가는 한 무리의 들소 떼지 뭐야.

오후 풍경~ 이 광경은 실제상황입니다, 쩝!

우리 잠 좀 자게 해주세요.

전멸

점심 후 오후 교실.
학원 마치고 새벽까지 공부하느라 부족한 잠을 이렇게라도 보충해야죠.

야간 풍경

학교는 밤에도 잠들지 못한다.

대입을 위한 야간자율학습은 밤에도 학생들을 학교에 잡아둔 채
'4당5락'이라고 위협한다.

여러분, 청소년들이 잠도 자지 않고 공부하는
기계는 아니랍니다.
청소년들에게도 쉴 권리를!

세상을 향해 외쳐라
그리고 나아가라!

오늘날 우리 청소년들의 문화는 소비와 단절을 넘어 자유와 희망을 지향하고 있다.

돌림 문자로 시작된 청소년들의 촛불시위를 본 적이 있는가.

청소년들은 '문자' 한다, 고로 존재한다, 그리고 또 참여한다.

작은 것이 세상을 바꿀 수도 있다.

외쳐라, 대한민국은 청소년의 것이다.

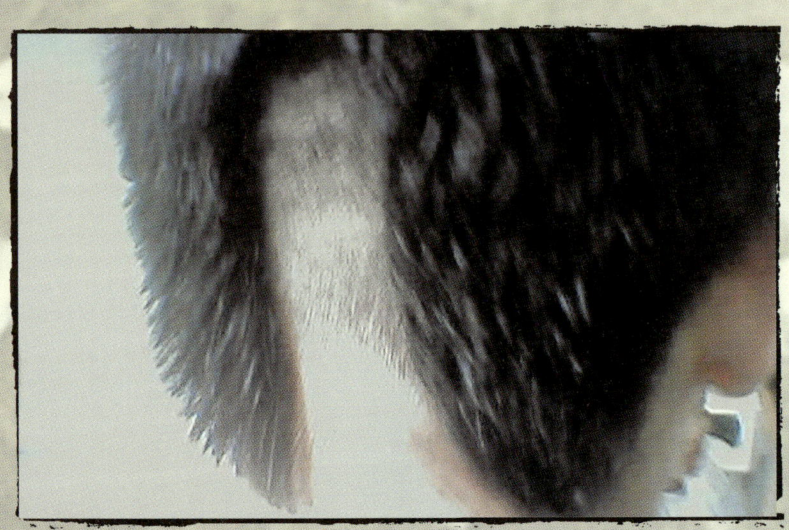

고속도로

두발 규제, 강제 이발······

잘리는 것은 머리가 아니라 인간의 존엄성입니다.

학생들의 두발 자유를 위한 종이비행기 시위

'청소년 자유선언' 은

21세기청소년공동체 '희망' 이 전교조 등과 함께 청소년들이 세상에 맘껏 소리칠 수 있는 기회를 마련하기 위해 해마다 개최된다. 청소년 자유선언 퍼레이드를 위해 청소년들은 자신이 하고 싶은 이야기를 함께 의논하고 소품까지도 직접 제작한다.

들어주세요, 봐주세요, 제발!

질문 같지 않은 질문, 듣고 싶지 않은 질문은?

친구를 돌려주세요.

중환자 행차요! 전교 1등의 대가랍니다.

청소년들에게 자유를!

청소년들이 꿈과 끼를 한껏 발휘할 수 있는 사회를 만드는 것은 모두의 의무입니다.
청소년들은 우리의 희망이니까요.

가르쳐주지 않아도
청소년들은 꿈꾼다.
소중한 꿈을 향한 노력을
누가 꺾으랴

나는 대한민국 청소년입니다

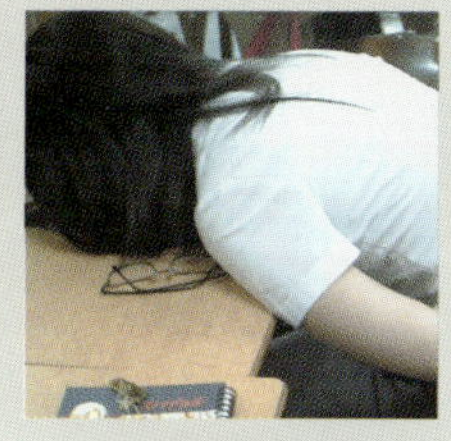

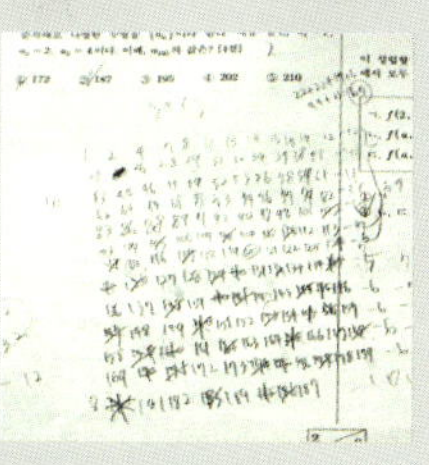

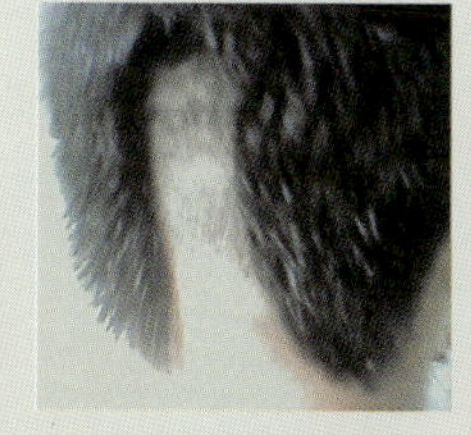

나는 대한민국 청소년입니다

친구들과 뛰어놀기를 좋아하고

멋지게 멋도 내보고 싶고

예쁜 사랑도 하고 싶지만

차마 고백할 용기를 내지 못하는
평범한 청소년입니다

서로에게 힘을 주는 친구입니다

나에겐 친구라는 가장 큰 보물이 있습니다

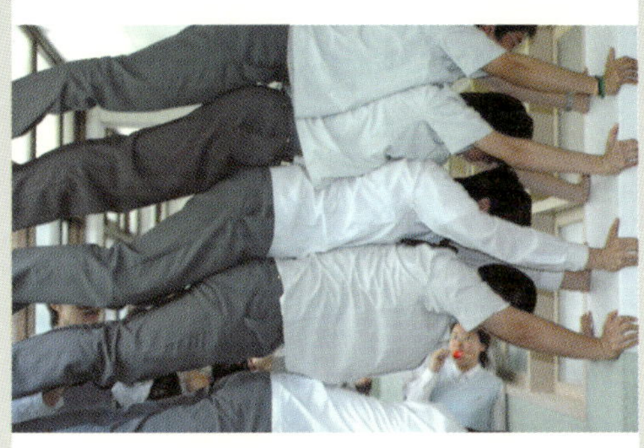

가끔 엽기적이기도 하지만

한 그릇의 음식을 나눠 먹으며

서로에게 힘을 주는 친구입니다

가끔은 친구들과 놀러가고도 싶고

마음껏 소리쳐 보고도 싶습니다

하지만 우리의 삶은 어떤가요

공부가 전부인 세상에서

벌받는 것도 모자라

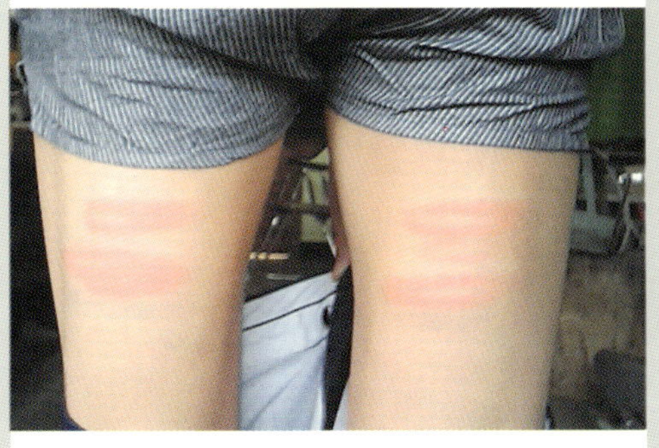

짐승처럼 맞아야 하는
내가 있습니다

그러던 중 어느 날
가장 친했던 친구가 제 곁을 떠났습니다

점수 하나에 서로를 미워하는 동안

나는 너무 많은 것을 잃었습니다

하지만 이젠

더 이상

잊지 않으려 합니다

살아가며 진정 배우고 얻어야 할 것들을

절대로 잊지 않으려 합니다

이젠 더이상

나의 소중한 친구를

빼앗기지 않을 겁니다

나는 대한민국 청소년이니까요

2005년 내신등급 반대 집회에 참여한 학생들

1318인터넷 공감문화, "붐업해주세요"

청소년 시기에 '공감한다'는 것은 중요하다.

자신이 잘하고 있는 것은 주위를 통해 칭찬을 받고 싶고,

자신이 실수한 것에 대해 위로를 받고 싶은 것이 청소년의 심정이다.

'내가 잘하는 것, 못하는 것, 내가 좋아하는 것, 싫어하는 것'을 막론하고

있는 그대로의 감정에 대해 함께 웃고 넘어갈 수 있다는 장소가 있다는 것,

그게 바로 붐의 매력이다.

　　중간고사 기간 중·고등학교 교실에
는 침묵이 흐른다. 왁자지껄 떠드는 학생들의 소리는 사라지고,
말 한마디에도 신경이 곤두서 있는, 조심스러운 분위기가 형성된
다. 하지만 학생들은 학교에서 느꼈던 답답함을 인터넷 공간에서
해소한다. 급식 이야기에서부터 친구와 경험했던 황당 에피소드,
부모님께 혼난 사건 등 학생들의 희로애락을 여과 없이 쏟아낸다.
그곳은 바로 포털사이트 네이버에서 서비스하고 있는 '붐'이다.

　　'붐'은 초등학생부터 30대까지 다양한 계층의 네티즌들이 모
여 인터넷에서 유행하는 사진과 동영상, 사회적 이슈에 대한 의
견을 자유자재로 올리고, 리플로 소통하는 곳이다.
　　'붐'은 2004년 첫 선을 보인 지 2년 만에 대한민국 최고의 공감

게시판으로 우뚝 올라섰다.

학교는 점점 삭막해지지만 인터넷 '공감' 게시판에서만큼은 웃음이 넘친다. 다양한 네티즌의 공감을 얻은 게시물이 '붐업'을 받으면 '붐베'(붐 베스트)라는 곳에 배치된다. 붐베에 게시물이 올라가면 평균 10만 명이 넘는 사람들이 조회한다. 참고로 하남시 인구가 10만 명 정도다.

재미있는 것은 네이버가 처음부터 붐 서비스 대상을 청소년으로 염두에 둔 것은 아니라는 점이다. 네이버의 붐 서비스 담당자는 붐의 초기 기획 당시 유행하는 놀이나 문화를 담기 위해 만들었지 청소년들의 생활 이야기를 담으려던 것은 아니었다고 밝혔다. 하지만 청소년이 붐 서비스를 많이 이용하고, 청소년의 생활을 담은 게시물이 가장 많이 올라오면서 서비스 방향도 10대의 감성에 맞추어가고 있다고 설명했다. 그렇다면 10만 네티즌이 즐겨 찾는 공감 게시판에는 어떤 게시물이 올라올까?

인기 게시물 그림 & 소개

✤ 발톱의 때로 그린 그림

흔히 형편없이 못 그린 그림을 보고 "발로 그렸냐?"고 한다. 하지만 이 말이 네티즌의 손을 거치면 좀 더 자극적이고 엽기적인 표현으로 변한다. 예를 들어, 마우스를 이용해서 대충 사물 형체와 상황(스토리)만 알아볼 수 있도록 그린 컷 만화를 "발톱의 때로

그린 그림"이라고 일컫는 것이다. 그야말로 상상초월이다.

　그러나 그림 실력이 형편없다고 무시하는 것은 금물이다. 아무리 '발톱의 때'로 표현될 정도로 못 그린 그림일지라도 10만 명 이상의 공감을 얻었기에 그 가치는 충분하다. 만약 그 게시물이 '붐베' 섹션에라도 오른다면 공감 네티즌의 수는 배 이상 늘어나고 수백, 수천여 건의 댓글로 의사소통할 수 있다.

　그런데 이렇게 잘 알아보기도 힘든 그림에 수만 명의 사람이 공감하며 즐거워하는 이유는 뭘까?

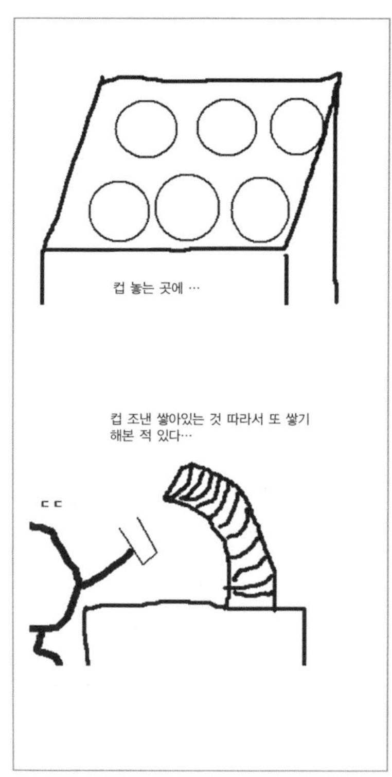

컵 쌓기(출처 : naver)

내년에 잘하자(출처 : naver)

✛ 공감 이유 no.1

지금으로부터 수백 년 전으로 돌아가 보자. 과거에는 오늘날의 마우스처럼 '붓'으로 인간의 소박한 삶과 욕망을 담았다. 이른바 '화조도'의 새는 철저히 한쌍주의를 고집해 부부 화합에 대한 이야기를 담았다. 우리는 이런 그림을 '민화'라 한다.

이처럼 과거 선조들이 민화를 통해 소박한 일상과 바람을 그림으로 표현했던 것처럼 지금에는 온라인의 '붐'이 그 역할을 하는 것이다.

✛ 공감 이유 no.2

경쟁적인 입시 그리고 내신의 압박으로 인해 학교는 더 이상 편안하게 수다 떨 수 있는 공간이 아니다. 그러다보니 쉬는 시간에도 교실에서는 자는 아이들 또는 공부하는 아이들 모습만 찾아볼 수 있을 뿐, 옹기종기 모여 수다를 떨거나 신나게 뛰어노는 모습은 보기 드물다. 혹여 조금만 큰소리로 이야기해도 주위 친구들의 눈총을 사기 십상이다.

이러한 상황에서 학생들의 답답한 심정을 마음껏 털어놓을 수 있는 수다의 장이 바로 인터넷이다. 공감 게시판은 '붐' 외에도 '오유(오늘의 유머)' '웃대(웃긴 대학)' '디씨 인사이드' '풀빵' '광장' 등 각종 포털사이트에 비중 있게 배치된다.

✛ 공감 이유 no.3

무엇보다 가장 큰 이유는 '공감을 통해 소통할 수 있다는 것'

자체에 있다. 나와 같은 생각을 하고, 나와 같은 경험을 하고 있는 사람과의 만남이다.

붐베에 올라간 게시물의 경우 보통 1000개에 가까운 리플이 달린다. 내용의 대부분은 '나도 그런 경험이 있다' '공감한다'는 것. 시험을 앞두고 공부를 하기 싫은 심정, 게임을 하다가 부모에게 혼난 사연도 모두 공감의 주제다. 자신이 좋아하는 애니메이션도, TV 프로그램도 마찬가지다.

청소년 시기 '공감한다'는 것은 중요하다. 자신이 잘하고 있는 것은 주위를 통해 칭찬을 받고 싶고, 자신이 실수한 것에 대해 위로를 받고 싶은 것이 청소년의 심정이다. '내가 잘하는 것, 못하는 것, 내가 좋아하는 것, 싫어하는 것'을 막론하고 있는 그대로의 감정에 대해 함께 웃고 넘어갈 수 있는 장소가 있는 것, 그게 바로 붐의 매력이다.

청소년, UCC 중심에 서다

오프라인을 지배하고 있는 어른들의 폐쇄적인 감시와 간섭 때문에

탈출구를 잃어버린 청소년들은 어른들의 지배가 온전히 미치지 못하는

온라인에서 그들만의 해방구를 만들어 '숨'을 쉬고 있는 셈이다.

"특별한 사람들이 만드는, 특별한 콘텐츠만 UCC가 되는 게 아니에요, 당신이 만드는 작은 이야기가 인터넷과 공유를 만나 특별해지는 것이랍니다."

포털사이트 다음은 UCC를 이렇게 표현했다. 세계적인 블로그 열풍, 1700여만 명의 회원을 보유한 미니홈피, 하루가 다르게 업그레이드되고 있는 휴대폰 성능은 네티즌들의 표현 욕구를 무한대로 상승시켰다. 고성능의 캠코더, 고화질의 카메라를 위협하는 휴대폰 카메라가 만들어내는 일상의 모습은 이미 웹상에서 변형되고 수정되어 새로운 사진으로 창출되고, 더 이상 마우스를 다루기 어렵지 않은 네티즌들에게 주어진 온라인 드로잉 도구들로 인해 그림 그리는 것도 더 이상 어렵지 않다.

온라인 저작 툴의 급속한 발전은 UCC 열풍을 상업적으로 급속히 부풀렸다. 다음의 TV팟, 네이버의 플레이, 판도라 등 동영상 포털을 지향하며 온라인에서 동영상을 직접 편집하고 쉽게 네티즌들과 공유할 수 있는 시스템을 구축하게 되면서 개인들에게만 갇혀 있던 UCC 저작물들이 빠르게 포털로 흡수되기 시작했다.

UCC 르네상스 그러나 빈약한 창작물, UCC의 진정한 주인은 누구?

몇몇 인기 UCC 콘텐츠와 기업들의 마케팅 전략이 맞물리면서 온라인은 그야말로 UCC 르네상스를 맞고 있다. 개인 창작자들의 신선한 창작물들이 인기를 끌면서 이를 광고수단으로 이용하는 사업 전략도 더욱 강화되고 있다.

하지만 정작 콘텐츠가 가장 활성화되어 있는 포털사이트들은 콘텐츠에 대해 계속 우려를 보내고 있는 현실이다. 실제로 UCC 저작물의 80퍼센트 이상이 창작 콘텐츠가 아니라 공중파 방송 녹화편집물이거나 외국에서 돌아다니는 동영상에 불과한 것이 현실이다. UCC 르네상스라고 보기에는 개인 창작 콘텐츠가 너무 빈약하다. 이런 이유로 몇몇 온라인 전문가들은 UCC 시대가 생각보다 일찍 종을 칠 것으로 내다본다.

그럼에도 불구하고 UCC 르네상스가 그리 쉽게 저물 것이라고 보는 사람은 많지 않다. UCC 창작의 중심에는 청소년들이 있기 때문이다. 세속에 찌든 기성세대의 감성으로는 도저히 따라잡기 어려운, 그들만의 감성이 UCC를 통해 세상으로 빠르게 퍼져나가고 있고 대중은 이런 청소년들의 모습에서 희망을 발견하기도 하고, 또 열광하기도 한다.

10대들의 '발악'이 세상을 뒤집는다

　　2006년도 대학수능시험이 한 달쯤 남았을 무렵 인터넷에서는 충북 제천고등학교 3학년인 남학생 네 명이 화제에 올랐다. 〈속상한 고3들의 발악〉이라는 이름의 UCC 동영상을 올린 주인공인 이들은 교실에서 머리에 수건을 감고 빨간 양말을 신고 처음 인터넷에 데뷔했다.

　　수능시험을 한 달 남긴 학생들의 일상의 고통을 시원하게 씻어버리듯 천연덕스러운 표정과 함께 빠른 발놀림과 우스꽝스러운 막춤은 단번에 네티즌들의 마음을 사로잡았다. 이후 2탄 3탄 올라가는 동영상마다 순간조회수가 3만 건이 넘어서며 가히 열광적인 인기를 얻었다. 충북 어느 작은 학교의 몇몇 학생들이 전국구 스타가 되는 순간이었다. 학업 스트레스에 시달리고 있을 고3 학생들에게 조금이나마 힘을 주고 싶어 이 동영상을 찍기 시작했다는 이들은 "좋은 친구들과 함께 UCC를 통해 학창시절 좋은 추억을 만들 수 있었다"며 소감을 이야기했다. 이들은 자신들이 만든 동영상을 '발악'이라고 지칭한 이유에 대해 "고3 학생들이 수능시험으로 많은 스트레스를 받고 있기 때문"이라고 설명했다. 이 동영상을 본 네티즌들의 반응은 "고3 스트레스를 잊고 잠깐이나마 신나게 웃을 수 있었다"며 즐거워했다. 간혹 몇몇 네티즌들이 "고3들이 공부도 안하고……"라며 핀잔 어린 댓글을 던지기도 했으나 "밝은 학생들에게 응원을 보내지는 못할망정……"
이라며 대응하는 다른 네티즌들에게 곧바로 뭇매를 맞기도 했다.

누구나 알고 있지만 누구도 보지 못하는 '학교'가 UCC를 통해
모습을 드러냈다. 학교는 "함부로 침범할 수 없는 성역이어서 취
재가 허용되지 않는다", "신성한 배움의 공간이라서 학습에 방해
가 되기 때문에 그렇다"는 학교 당국의 해명이 영 궁색해 보인다.
사실은 내보이고 싶지 않은 치부가 많아서 그러는 건 아닌
지……. 좀처럼 공개되지 않으리라 생각했던 학교 안 적나라한
풍경도 UCC를 통해 그 높은 담을 넘어 세상 밖으로 여과 없이 공
개되기 시작했다. 학교 동영상 UCC의 주역은 휴대폰 카메라다.
학생들의 휴대폰 카메라는 학교 안에서 40여 개의 몰래 카메라가
되었다. 휴대폰의 적잖은 역기능을 뒤로하고 학교 안의 반인권적
인 실태와 급식이나 환경 문제 등이 속속들이 만천하에 공개되었
다. 특히 2005년 두발 자유 운동 등으로 학생들의 의식이 성장하
면서 문제를 제기하고 카메라로 촬영해서 증거로 남기는 것이 이
제 일상이 되었다.

청소년은 미디어의 새로운 창조자

청소년들의 창작활동은 과거 동아리활동이 활성화되면서 청
소년들의 새로운 문화의 중심이 되었던 때를 넘어 새로운 태동기

를 맞고 있다. 인터넷에서는 동영상 UCC를 비롯, 오에카키(웹페이지상에서 마우스로 그림을 그릴 수 있는 간단한 툴), 만화, 포토샵을 이용한 합성이미지 등 전반의 창조활동이 더욱 적극화되고 있다. 이런 중심에 청소년들이 있다.상업화에 아직 물들지 않은 청소년들의 미디어창작활동은 이미 네티즌들에게 신선함을 인정받으면서 말 그대로 뜨고 있다.

대한민국 청소년 거대 조직, 팬클럽

"공부 때문에 스트레스를 많이 받지만 마땅히 풀 곳이 없잖아요.

가장 어렵고 힘들 때 내게 힘을 준 사람은 좋아하는 스타였어요.

그래서 이 한 가지에 전부 걸게 되는 것 같아요.

그리고 스타와 만나다보면 그들이 우리에게 주는 마음까지도 느낄 수 있어요."

　　　　소녀들의 커다란 함성으로 을지로가
들썩인다. 10대의 연인, 인기가수 '동방신기'의 멤버 믹키유천의
생일기념 영상회가 열리는 극장은 소녀들로 꽉 들어찼다. 이들은
행사가 시작되기 전부터 각자 준비해온 플래카드를 들고, 자신이
소속된 팬클럽 명함을 돌리며 홍보하기에 정신이 없다. 믹키유천
이 행사에 참여하지는 않지만 팬들은 함께 있는 것만으로 즐겁
다. 그들은 좋아하는 연예인의 영상을 함께 보고, 스타를 평가하
면서 소통하고 교감하고 있음을 확인한다.

우리가 움직이면 세상이 들썩인다

　　　　팬클럽은 스타 마케팅에서 더 이상 빼놓을 수 없는 부분이다.
과거 팬들이 자발적으로 만들었던 팬클럽과 달리 최근에는 연예
기획사의 철저한 기획에 따라 움직인다. 팬클럽 창단뿐 아니라

각종 행사와 이벤트, 팬클럽 관리 등에 기획사가 직접 개입한다. 이른바 '레인보우 포켓'이라 불리는 10대 소비 전략을 스타 마케팅과 적절하게 조합해 팬클럽 문화를 확산하고 있는 것이다.

하지만 10대 청소년의 활동을 보면 팬클럽을 단순히 기획사의 마케팅 전략으로만 볼 수 없다. 한 예로 유명 포털사이트의 동방신기 팬카페 회원이 80여만 명에 이른다. 작은 도시 하나를 구성할 만한 인원이다. 팬클럽마다 차이는 있지만 회원의 약 90퍼센트 이상이 청소년이고, 이 중 무려 95퍼센트가 소녀들이다.

10대 팬클럽은 기성세대가 상상하지 못할 정도의 치밀한 조직력을 갖추고 활동을 벌인다. 스타에 대한 호감과 관심은 대중스타의 상품가치를 올리는 데 결정적인 역할을 한다. 맹목적 숭배에 가까운 팬 문화에 대한 온갖 부정적 우려에도 불구하고 10대 팬클럽은 대중문화의 거대한 조직으로 자리잡아가고 있다.

주말 오후 공개방송이 열리는 방송국 앞, 여학생들은 도무지 끝을 알 수 없는 긴 행렬로 방송국 일대를 점령하고 있다. 그들은 이미 인터넷 팬카페를 통해 전체 공지를 내리고, 장소와 물품까지 준비하는 등 조직적으로 움직이고 있었다.

팬들은 서로 사는 지역이나 학교 성적은 다르지만 같은 연예인을 좋아한다는 공감대 하나로 뭉쳤다. 집단생활에 능숙한 학생들은 금세 거대한 조직을 효율적으로 관리하는 방법을 익혔다. 물론 공식 팬클럽은 해당 연예인의 소속사가 운영과정에 개입하기도 하지만 그 수치는 전체 팬클럽의 수와 영향력을 봤을 때 극히 미미한 수준이다.

누가 '요즘 아이들'을 이기적이고 개인적이라 말하는가.

팬클럽의 조직적 활동과 집단력은 가히 놀랄 만하다. 그들은 우리 사회 어디서도 볼 수 없는 창조적이고 거대한 힘을 발휘한다. 수천수만의 청소년들이 자기의사를 표현하기 위해 거리로 쏟아져 나오는 광경은 기성세대를 압도하기에 충분하다. 청소년은 팬클럽이라는 지나치게 상업적 공간 속에서 끊임없이 소통하고 움직인다. 또 그 안에서 '집단'을 배우고 그들의 힘을 확인한다.

마음 주고, 선물도 하고……
스타와 연애하는 기분이죠

공식 팬클럽 활동만으로는 스타에게 자신의 존재를 드러내기 쉽지 않다. 그래서 팬클럽의 규모가 커질수록 팬들은 일종의 '파'를 형성한다. 같은 '파'에 속한 팬들은 인터넷 카페 등을 통해 서로의 일상과 스타에 대한 정보를 공유한다. 또한 오프라인에서 스타를 함께 응원하고, 공연을 기다리며 새로운 관계를 맺어간다.

'동방신기' 팬클럽 회원인 박다혜(18)는 팬클럽 활동 소감을 이렇게 말한다. "함께 동방신기 오빠를 보러 다니고, 활동하는 시간이 많으니까 소속감이 생겨요. 소속이 있어 든든하기도 하구요. 이렇게 친해지면 서로의 고민까지도 다 얘기하게 되요. 평소 메신저와 인터넷 카페에서 자주 만나기 때문에 오프라인에서 처음 봐도 어색하지 않아요."

팬클럽 내 형성된 끈끈한 '파'는 자체로 영상 콘서트를 열고, 스타의 홍보물을 직접 만들기도 한다. 이렇게 해서 그들은 스타와 가까워질 수 있다.

팬클럽 활동을 하면 스타와 연애하는 것 같아 좋단다. 연예인을 보면서 나도 저런 이성친구가 있었으면 하고 바라는 마음, 팬들은 좋아하는 연예인을 단지 우상으로서가 아닌 연인처럼 열렬히 사랑한다. '그 사람' 때문에 가슴 아파하고, '그 사람' 때문에 울고 웃는다. 또한 '그 사람' 덕택에 상처를 딛고 성숙해진다고 말한다. 다만 특이한 점은 그들이 사랑하는 사람이 평범한 사람이 아니라 스타라는 사실이다.

이들을 '빠순이'라고 일축하기에는 무리가 따른다. 좋아하는 사람이 생기면 괜히 즐겁고 흥분되는 것이 당연한 이치 아닌가.

✤ 좋아하는 오빠를 위해서라면 밥값 정도는 아깝지 않아요

스타를 연애 대상으로 여기는 팬들은 스타에게 깊은 인상을 남기고 싶어 한다. 하지만 어마어마한 팬클럽의 인원수만큼 경쟁이 심하기 때문에 스타에게 특별한 존재로 각인되기란 쉽지 않다. 그래서 선택한 것이 고가의 명품 선물이다. 편지나 건강식품처럼 흔한 선물 대신 고가의 선물로 스타의 마음을 사로잡겠다는 전략이다. 요즘에는 스타도 자기가 받고 싶은 선물을 거리낌 없이 밝히는 추세이니 명품 선물은 사랑하는 오빠에게 '소중한 팬'으로 기억될 수 있는 절호의 기회다. 인기가수 손호영이 팬들이 선물해준 1000만 원대의 작곡기계를 받고 기뻐했다는 내용의 기사가 보도된 적이 있다. 그 밖에도 팬들은 수백만 아니 수천만 원을 호가하는 명품 오디오, 노트북, PDA, 오토바이, 냉장고 등을 선물한다. 그야말로 손수 쓴 팬레터로 소녀의 마음을 전하는 시대는 갔다.

한편 개인이 부담할 수 없는 고가의 선물일 경우 팬클럽 내 소모임에서 돈을 모으기도 한다. 이때 10대 팬들은 '밥 한 번 굶고 3000원이라도 내야겠다'는 각오로 선물을 사는 데 동참한다. 실제 3000원 이상의 돈을 내지만, 팬들의 의지는 밥값을 아껴서라도 오빠를 기쁘게 해주겠다는 것이다.

✣ 가장 어려울 때 내게 힘을 준 사람은 바로 스타예요

10대들의 넘치는 스타 사랑이 때로는 지켜보는 사람의 눈살을 찌푸리게 한다. 부모에게조차 인정받지 못하는 그들의 행동에는 다 자기 나름의 '절실한' 이유가 있게 마련이다. 하지만 누구도 그들이 스타에게 맹목적인 정성을 쏟는 이유에 관심을 갖지는 않는다. 박다혜(18)는 자신이 가장 어려울 때 힘을 준 사람은 스타라고 말한다.

"공부 때문에 스트레스를 많이 받지만 마땅히 풀 곳이 없잖아요. 가장 어렵고 힘들 때 내게 힘을 준 사람은 좋아하는 스타였어요. 그래서 이 한 가지에 전부 걸게 되는 것 같아요. 그리고 스타와 만나다보면 그들이 우리에게 주는 마음까지도 느낄 수 있어요."

10대는 소통에 대한 열망과 문화적 감수성이 누구보다도 큰 세대다. 하지만 그들이 생활하는 학교와 가정은 지극히 폐쇄적이고 일방적일 뿐이다. 그들의 열정을 채워주기에는 턱없이 부족하다. 현실적으로 청소년이 문화적 갈증을 해소하는 통로는 대중문화다.

✤ 무엇이든 같이 하는 게 좋은 10대들의 막강 파워, 팬클럽

고도로 상업화된 대중문화는 이를 추종하는 소비층을 만든다. 또 그 안에는 거대 스타 시스템이 존재한다. 그런 까닭에 청소년들이 대중문화를 무비판적으로 수용하기만 한다는 비판과 우려도 일리는 있다.

그러나 덮어놓고 비판만 일삼을 게 아니라 청소년의 입장에서 이해할 필요가 있다. 그들은 단순히 팬클럽에 가입하고 활동하는 것이 아니라 한 발 더 나아가 자기 스스로 스타를 만들고 키운다. 내 인생, 내 꿈, 어느 것 하나 진지하게 고민할 수 없는 현행 교육제도 안에서 스타에 대한 사랑은 청소년에게 희망을 준다.

공동체보다 개인의 이익이 중시되는 사회에서 청소년은 팬클럽을 통해 강한 공동체를 지향한다. 그것만으로도 우리 사회의 가능성을 보여준다는 것은 과장된 억측일까.

그러나 분명한 것은 10대 팬이 수천수만의 병력을 부르고, 80만을 넘는 조직을 유지해갈 수 있을 만큼 힘이 있다는 것이다. 그 길에서 그들은 함께 웃고 함께 울며 자신의 해방구를 지켜 나가고 있다. 언젠가 이들의 에너지와 열정이 우리 사회 어느 곳에선가 발휘될 거라 생각하면 가슴 떨리고 신나는 일이 아닐 수 없다.

가장 즐거워야 할 점심시간, 학생들은 맛있는 반찬을 하나라도 더 먹기 위해 필사적으로 뛰어야 한다. 돈가스, 스파게티, 제육볶음 등 인기 메뉴는 조그만 늦어도 동이 난다. 가끔 요구르트나 과일이 후식으로 나올 때는 두 개씩 집어가는 친구들 때문에 뒷줄에 선 학생은 못 먹기 일쑤다. 그 때문에 포털사이트에는 '슬리퍼 신고 급식실에 빨리 갈 수 있는 방법' '급식 양 많이 받는 방법' 등 급식에 관련한 황당한 질문들이 올라오기도 한다. 이로 인해 크고 작은 사고도 자주 발생한다. 식당 문은 좁은데 여러 명이 뛰어가다가 얼굴이 유리문에 끼어서 귀를 다치거나 슬리퍼를 신고 달리다 넘어져 교복이 찢어지기도 한다.

웃다 울다 지치다가도
다시 **펄펄** 살아 오르다

Energy 웃다 울다 지치다가도 다시 **펄펄** 살아 오르다

예뻐지고 싶은 여고생,
매점과 결별하다

왜곡되기 쉬운 다이어트에 대한 환상은 청소년들에게 더욱 심하게 나타난다.

여학생 서너 명만 모이면 '다이어트'는 으레 화제에 오르는 단골 메뉴다.

무작정 굶기, 한 가지 음식만 먹기, 온몸에 랩 감싸기 등 상상초월 경험담을

하나둘 풀어놓다 보면 자기 몸에 대한 불만은 더욱 커지게 마련이다.

　　A : 현정아! 옆 반에 지영이 쌍꺼풀 수술한 거 봤어? 현대과학기술의 승리다. 승리!

　　B : 진짜? 그 정도야? 부럽다. 나도 눈 좀 하고 코 좀 높이면 한가인 뺨칠 텐데……. 하하.

　　A : 웃기시네~ 네가 한가인이면 나는 이나영이다. 근데 수술해서 예뻐진 거 보니깐 나도 하고 싶더라. 엄마한테 겨울방학 때 수술시켜 달라고 졸라볼까?

　　청소년들 사이에서도 '얼짱 신드롬'이 번지고 있다. 방학이 되면 성형외과에 예약하는 중·고등학생들이 두 배로 증가한다. 보다 성공적인 성형을 위해 친구들끼리 의기투합하여 정보를 입수한다. 이쯤 되면 '어디가 잘한다더라, 어디는 얼마라더라' 등 웬만한 관련 지식은 다 꿰는 수준이다. 또 수술비 마련을 위해 힘든 알바도 서슴지 않으며, 일부에서는 계를 만들어 돈을 모으기도 한다. 개학을 하면 쌍꺼풀 수술을 한 학생들이 여럿 눈에 띈다. 친구들은 "다른 사람 같다" "못 알아보겠다"며 너스레를 떨기도 하지만 속으로는 '나도 하고 싶다'고 생각한다.

쌍꺼풀은 기본, 코는 옵션이다

시대에 따라 다르지만 날카로운 콧날이 남자의 매력이라면, 여자는 단연 쌍꺼풀진 큰 눈이 미의 기준이 된다. 그 때문에 좀 더 눈을 돋보이게 하기 위한 여자들의 노력은 계속된다. 쌍꺼풀 수술 기법만 해도 매몰법, 절개법, 앞트임 등 그 종류와 유행 스타일이 다양하다. 과거 두껍고 눈매가 도드라져 보이는 수술이 유행이었다면, 요즘에는 한 듯 안한 듯 자연미가 돋보이는 쌍꺼풀을 선호한다.

심지어 최근에는 사진까지 성형해주는 사이트도 있다. 또 웬만한 미니홈피 이미지 편집기에는 눈을 키우거나 턱을 깎는 '왜곡효과'가 있다. 굳이 실물도 아닌 사진까지 성형을 해야 하느냐는 의견도 분분하지만, 오프라인 만남보다 온라인 만남이 주목받는 요즘 사진 성형은 하나의 트렌드로 자리 잡았다. 특히 여성들에게는 입사원서 왼쪽에 '반드시' 붙여야 하는 증명사진이 경력사항보다 더 중요한 취업의 척도가 되기도 한다.

한편 수능을 치른 고3 여학생들은 풋풋한 스무 살 대학생이 되기 전 자기관리에 만전을 기울인다. 연기자 지망생 이보람(고2, 가명)은 여름방학에 쌍꺼풀과 코 수술을 했다. 아무래도 연기자는 예뻐야 한다는 생각 때문이다.

"연기를 준비하고 있는 친구들은 다 예뻐요. 나만 모자란 것 같아서 위축됐는데 수술이 예쁘게 잘돼서 만족해요."

임수진(고3)은 고3 여름방학을 이용해 쌍꺼풀 수술을 했다. 특별히 성형수술을 할 마음은 없었지만, 어머니와 주변 친구들의 권유로 수술대에 올랐다.

"콤플렉스까지는 아니었지만, 쌍꺼풀 있는 친구들이 부러웠어요. 수술하기 전에는 인상이 험악해 보여서 신경 쓰였는데, 지금은 사람들도 눈매가 달라졌다고 하고 저도 만족스러워요."

그의 말에 따르면 같은 반 30여 명 가운데 6명이 쌍꺼풀 수술을 했다. 과거에는 얼굴에 '칼'을 대는 것을 안 좋게 여겼지만 요즘에는 자기선택 사항일 뿐이라는 분위기가 형성돼 있어 그리 꺼리지 않는다. 또 사회적으로 워낙 외모가 중시되다보니 성형은 취업을 앞둔 실업계 고교 청소년들의 마음을 사로잡기에 충분하다. 수진은 쌍꺼풀 수술은 기본이라고 말한다.

"이제 쌍꺼풀은 기본이고 다른 반에는 코 수술을 한 친구도 있어요. 쌍꺼풀 수술한 친구들도 취업하고 돈 벌면 코나 다른 부위도 수술하고 싶다고 말해요."

실제로 작년 미용 브랜드인 '도브'가 리서치 업체 밀워드브라운에 의뢰해 7월 한 달 동안 한국, 대만, 홍콩 등 아시아 9개국의 15~17세 소녀 1000명과 성인여성 1800명을 대상으로 전화 조사한 결과 우리나라 10대 소녀들의 경우 조사 대상 국가 중 가장 높은 수치인 무려 59퍼센트가 "외모 개선을 위해 성형수술을 할 의사가 있다"고 응답했다.

44사이즈의 로망, 나도 '몸짱'이 되고 싶다

"걷기와 근육운동을 6시간씩 했어요. 밥은 거의 안 먹고 배고 픔을 못 참을 때는 대신 고구마와 단호박을 먹어요. 운동하면 근육 생겨서 안 된대요. 조금 먹고 살 빼야죠."

"아예 안 먹는 건 못하겠고, 원 푸드One Food는 많이 해요. 짧은 시간에 가장 많이 뺄 수 있는 방법이에요."

마른 몸을 선호하는 여성들이 증가하면서 우리 사회에는 '44사이즈' 'S라인' 등으로 상징되는 다이어트 광풍이 불어닥치고 있다. 청소년들도 무관하지 않다. 6시 이후에는 음식 섭취 금지, 규칙적인 운동, 군것질 금지 등 다이어트에 성공한 사람들이 전수한 몇 가지 노하우는 어느덧 십계명과도 같은 지침서가 됐다.

왜곡되기 쉬운 다이어트에 대한 환상은 청소년들에게 더욱 심하게 나타난다. 여학생 서너 명만 모이면 '다이어트'는 으레 화제에 오르는 단골 메뉴다. 무작정 굶기, 한 가지 음식만 먹기, 온몸에 랩 감싸기 등 상상초월 경험담을 하나둘 풀어놓다보면 자기몸에 대한 불만은 더욱 커지게 마련이다.

한국여성민우회에서 여고생 1044명을 대상으로 실시한 설문 조사에 따르면 51.9퍼센트가 다이어트를 해본 경험이 있다고 응답했다. 또 보건복지부 조사에 따르면 11~18세 청소년(여성) 가운데 71.6퍼센트가 마른 체형을 선호했으며, '날씬해져야 한다'는 스트레스로 인해 학업과 음식물 섭취에 지장을 받고 있는 경우도 29퍼센트나 되는 것으로 나타났다.

최근 스페인과 브라질에서는 여성 모델이 굶어 죽는 사건이 잇달아 발생했다. 거식증으로 숨을 거둔 브라질의 한 모델은 사망 당시 170센티미터의 키에 몸무게는 고작 40킬로그램이었다. 그는 46킬로그램일 때부터 자신의 '과체중'을 고민하며 설사약을 먹거나 의식적으로 구토를 했다고 한다. 살을 빼려다 굶어 죽은 또 다른 22세의 스페인 모델은 패션쇼를 앞두고 2주일 동안 물만 마시다 목숨을 잃었다.

'10대의 다이어트'는 한국뿐 아니라 세계 곳곳에서 사회적 문제가 되고 있다.

학교 앞 분식집 떡볶이에 열광하고, 쉬는 시간 매점에 가기 위해 전력질주를 해야 하는 청소년들이 음식과의 절교를 선택한 이유는 뭘까? 각종 대중매체에 등장하는, 이기적일 정도로 깡마른 몸매를 과시하는, 여성 연예인을 보면서 자신을 '뚱녀'로 여기지 않을 사람은 없다. 표준 몸무게에 건강해 보이는 여성들도 허벅지 살, 두꺼운 종아리, 늘어진 팔뚝 살 등 몸매에 대한 불만을 늘어놓는다.

청소년들은 대부분 무리한 다이어트가 건강에 좋지 않다고 생각하면서도 무리한 체중 감량을 시도한다. 유명 연예인들이 성형과 다이어트를 통해 '절세미인'으로 거듭나는 과정으로 눈으로 지켜봤기 때문에 나도 예뻐질 수 있다는 기대감을 저버릴 수 없는 모양이다.

✤ 뚱뚱하다고 놀리는 남학생들을 죽이고 싶었다

성격도, 살아온 환경도 다른 40여 명의 학생들이 모여 있는 교실. 성적, 외모, 개인기 등 분야를 막론하고 남과 다른 것은 주목받게 마련이다. 특히 뚱뚱한 외모는 수업시간이든 쉬는 시간이든 또래 사이에서 흔히 입방아에 오르는 소재다. 다른 날씬한 친구들과 비교당할 때면 단순한 수치심이 아니라 '정말 살기 싫다'라는 생각이 들 정도다. 지은주(가명, 중2)는 키가 172센티미터인 건강한 여학생이다. 주변 어른들은 건강하고 성숙해 보인다고 말하지만 그가 받는 스트레스는 이만저만이 아니다.

"1학년 때는 저랑 키가 비슷한 친구가 한 명 있어서 괜찮았는데, 2학년에 올라오니 우리 반에서 제가 제일 크더라고요. 직접적으로 뚱뚱하다는 이야기는 안 하지만, 선생님이나 친구들이 '덩치만 큰 게……' '네가 핸드폰 들고 있으면 부서질 것 같다'고 하면서 놀려요. 체육시간이든 음악시간이든 매번 저를 걸고넘어지는데 너무 괴로워요."

은주는 신체검사가 걱정돼서 일주일 밤낮으로 울어본 적도 있다. 오죽했으면 자신을 놀리는 남자애들을 '죽이고 싶다'는 생각까지 하게 됐을까.

✤ 예쁘고 날씬하면 모든 게 용서되는 사회의 신화

성공하기 위해 다이어트 해야 하는 사회, 뉴스에서는 토익 900점 이상을 취득해야 취업에 유리하다고 난리법석이지만, 실제 취업에서 가장 큰 경쟁력은 외모다. 여성의 경우는 더욱 그러하다. 이제 사회에서 중요한 평가 기준으로 굳어져버린 '외모'는 개인의 능력이나 재능보다 우위에 서게 됐다.

갈수록 외모지상주의를 반대하는 사회의 목소리는 커지고 있지만, 예쁘고 날씬하면 모든 게 용서된다는 생각은 좀처럼 바뀌지 않는다. 오락 프로그램에서도 항상 예쁜 여자 연예인한테만 남자들이 몰려 환호하고, 못생긴 연예인에겐 면박을 주는 것으로 시청자들을 웃긴다.

청소년이라고 예외는 아니다. 얼굴이 못생겼다는 이유만으로 친구들로부터 따돌림을 당하는가 하면, 우울증이나 대인기피증에 시달리는 청소년도 있다. 그 때문에 지금도 청소년들은 수술비를 벌기 위해 아르바이트를 하고, 1킬로그램이라도 더 살을 빼기 위해 안간힘을 쓴다. 예뻐지고 싶은 10대, 그들은 자기 존재감을 확인받고 싶은 강렬한 욕구가 있다. 또 예쁜 얼굴이나 날씬한 몸매가 자신을 더 빛내줄 것이라고 생각한다.

하지만 외모지상주의가 사회의 큰 문제점으로 부각되면서 전문가들은 이것이 단순한 사회적 현상이 아닌 심각한 정신과적 질환임을 경고한다. '루키즘'이라고 불리는 이 현상은 외모가 인생의 성패를 좌우한다고 믿어, 외모에 지나치게 집착하는 사회 풍조를 말한다. 즉, 외모가 연애·결혼과 같은 사생활은 물론 취업 등 사회생활 전반까지 좌우하기 때문에 외모를 가꾸는 데 많은 시간과 노력을 기울이게 된다는 것이다.

이는 일상생활에서도 어렵지 않게 찾아볼 수 있다. 취업을 앞둔 실업계 고3 여고생들은 성적 관리보다는 체중 감량에 1차 목표를 두고 있다. 몇몇 교사는 "대기업에 취직하려면 외모도 무시할 수 없다"며 암암리에 다이어트나 성형을 권유하기도 한다.

심형보(48) 엔제림바람성형외과 원장은 "실제 우리 사회에선 외모가 경쟁력이라는 의식이 높다. 그렇기 때문에 중·고등학생들이 부모님의 권유로 눈이나 코 성형을 많이 하고 있다. 그러나 성형수술은 만 17세 이후에 하는 것이 바람직하다. 어렸을 때 성형을 하게 되면 뼈나 골격 자체가 변하기 때문에 수술 후 모습이 변하게 된다. 그렇기 때문에 이른 성형은 좋지 않다"고 말한다.

심 원장은 이에 덧붙여 "현재 청소년들의 성형은 본인이 스스로 원하는 경우보다 주위(부모, 연예기획사 등)의 권유에 따라 행해지고 있는데, 이는 자신의 외모에 대한 불만족을 해결하는 것이 아닌 타인에 의한 선택이기 때문에 후에 심리적 충격과 불만족 요인으로 작용할 가능성이 높다. 따라서 성형은 자신의 외모에 더욱 자신감을 갖고 싶은 사람들이 자신의 결정으로 하는 것이 바람직하며, 한창 성장하는 청소년기에 하는 것은 좋지 않다"고 말한다.

✤ 예뻐지면 행복하냐구요? 대인관계에서 자아 찾기

과연 성형과 다이어트만으로 자신감을 회복하고 콤플렉스를 벗어던질 수 있을까? 그렇다면 청소년들이 성형과 다이어트를 하면서까지 찾고 싶은 자신감이란 무엇일까? 단지 예뻐지고 날씬해지는 것뿐일까?

하루의 절반 이상을 학교에서 보내고 있는 학생들은 친구들과 일상적으로 소통하며 생활한다. 아침 등굣길, 쉬는 시간, 점심시간 그리고 수업시간 중에도 친구들과의 소통은 끊이질 않는다. 이처럼 학교는 학문을 배우는 기관을 넘어 새로운 공동체 문화가 형성되는 곳이다.

친구들과 어울려 수다를 떨고, 화장실을 갈 때에도 삼삼오오 짝을 지어 몰려다니는 모습은 학교 안 여기저기에서 쉽게 찾아볼 수 있다. 10대 청소년이 이야기하는 자신감이란 또래 친구들 사이에서 주목받고 싶은 마음이 아닐까? 특히 리더십과 대인관계가 사회생활의 필수요소가 되면서 자기 존재가치를 인정받는 것은 더욱 중요해졌다. 더욱이 또래집단에서는 그 양상이 특기와 소질에 대한 인기도로 나타난다. 노래를 잘하는 친구, 다정다감한 친구, 유머러스한 친구 등 그 평가 기준은 외모에 국한되지 않는다. 실제 청소년은 남을 잘 배려해주고 이것저것 꼼꼼하게 챙겨주는 친구를 더 좋아했다. 결국 자신감은 관계를 통해서 커지는 것이다.

물론 '외모보다 내면이 중요하다'는 고전적인 명제가 더 이상 통하지 않는 것은 사실이다. 그러나 외모가 예뻐지면 진정 행복한가? 모두가 부러워하는 예쁜 외모를 지니고도 열등감과 외로움으로 고민하는 사람들을 볼 때면 세상에 쉬운 일이란 없다는 생각을 한다. 멋진 몸매와 얼굴이 첫인상을 결정할지는 모르나, 관계의 지속성은 겉으로 보이는 것으로만 평가되지 않는다. 무엇이든 예쁜 것을 추구하는 '성형 공화국'의 평가 기준에 자신을 맞추려 하기보다 자기의 매력과 개성을 살린 카리스마를 만들어보는 것은 어떨까?

우린 지금 사랑을 시작하기에 가장 좋은 나이

요즘의 청소년들에게 사귐과 만남은 헤어짐과 또 다른 만남이긴 하지만

중요한 건 그들은 만나고 있고 그 안에서 성장하고 있다는 것이다.

“요한아 이거 먹어.”

요한과 학원에 같이 다니고 있는 지은은 요즘 들어 요한에게 매일 우유나 과자 등 간식거리를 배달한다. 요한과 친구들은 ‘지은이 요한을 좋아하고 있는 것은 아닐까’ 하고 모여서 토론한다.

“지은이 못생겼잖아.”

“그 정도면 괜찮지. 귀엽잖아.”

“이지은보다는 차라리 조정린이 귀엽겠다.”

열일곱 살, 나는 지금 열애 중

친구들이 배 놔라 감 놔라 해도 요한의 마음은 이미 지은이에게 쏠린 듯하다. 자기를 챙겨주는 마음이 너무 고마워서.

지은과 요한은 학교는 다르지만 매일 몇 백 개씩 주고받는 문자에 매시간 함께하는 것처럼 느낀다. 또 여느 연인들이 그렇듯 주말에는 어디로 놀러갈까, 기념일은 어떻게 챙길까 고민한다.

사귀기 시작한 지 22일을 기념하는 '투투데이(22DAY)'에는 친구들의 축하와 격려로 즐겁게 보냈다. 또 며칠 전에는 '투투' 때 미처 준비하지 못한 커플 티셔츠를 맞췄다. 요즘은 반지처럼 부담되는 증표보다는 시계, 신발 등 간단하면서도 친구들에게 자랑할 수 있는 물건을 쌍으로 맞추는 것이 대세다. 요한은 곧 다가올 100일을 성대하게 기념하기 위해 벌써부터 아르바이트도 한다.

지은도 역시 100일에 요한에게 선물하기 위해 동아리 회비를 내야 한다, 참고서를 사야 한다는 명목을 들어 애교 섞인 목소리로 부모님께 용돈을 더 받아내고 있다.

데이트는 보통 5000원만 내면 3시간을 자유롭게 책도 볼 수 있고 영화나 간식이 무료로 제공되는 민토(민들레영토)에서 보낸다. 그리고 특별한 날에는 한강 근처 공원이나 놀이공원을 가서 사진도 찍고 무작정 걷는다. 데이트할 때는 따로 약속한 건 아니지만 요한이 밥을 사면 지은은 영화를 보여주는 식으로 비용은 대략 공평하게 분담한다.

둘은 가끔 다투기도 한다. 요한이 아르바이트를 하느라 지은이 보낸 문자 메시지에 미처 답장을 못 보내거나 지은에게 조금 서운하게 하는 일이 있을 때다. 처음에는 요한이 이해해달라고 용서를 구하지만, 말이 오고가면서 서로 감정이 틀어지는 것.

초반에는 요한이 많이 져주고 용서를 구하지만 의견 차이로 언성이 높아지면 결국 둘은 전화기를 꺼버리거나 미니홈피의 커플 다이어리를 중지한다.

　서로의 이성친구에게 질투도 하고 매일 매시간 하던 연락이 없으면 토라지고, 쉬는 시간에는 꼭 함께 매점을 가야 하는……
요한과 지은은 지금 한창 열애 중이다.

쉬운 듯하면서도 복잡하고 어려운 연애

　텔레비전을 보면 주인공들이 눈을 마주치는 순간 사랑에 빠진다. 하루도 지나지 않아 성 관계를 갖고 또 아름다운 이별을 한다. 이렇듯 대중매체가 그리고 있는 연애를 보면 너무 즐겁고 아름답다. 연애를 하면서 싸우고 다투는 모습보다는 환상적이고 달콤한 모습만 부각된다.

　그래서 청소년이 처음 연애를 할 때, 부담을 느끼기보다는 일단 저지르고 보자는 식의 생각이 먼저 든다고 답하는 것은 어쩌면 당연한 결과인지도 모른다.

　예쁜 용모에 옷만 잘 입는다면 만난 지 몇 시간 되지 않아도 사귈 수 있다. 그러다가 서로의 모습 중 조금만 보기 싫은 것이 있거나 사소한 일에 다투기라도 하면 연락도 없이 관계가 깨지는 것은 놀랄 일도 아니다.

　한 청소년상담사는 "청소년들이 연애에 있어 쉽게 사귀거나 헤어지는 것을 자주 볼 수 있는데, 성인처럼 결혼이든지 장기적인 시각에서 보며 서로가 같이 고민하는 것보다는 '깨졌다' '사귀었다'를 반복하는 것"이라고 말한다.

복잡한 문제는 여기서 끝나지 않는다. 야자 때문에 밤늦게나 만날 수 있다는 지은과 친한 은진은 남자친구가 가끔 가슴을 만져 고민이라고 지은에게 털어놓았다. 사실 지은도 요한이 키스를 요구해서 고민이었다. 도대체 스킨십은 어디까지 받아줘야 하는 것인가.

100일 정도에는 키스까지? 아니지 200일에 키스? 참 교과서에 적절한 날짜와 알맞은 속도가 나와 있는 것도 아니고 참으로 알쏭달쏭하고 어려운 문제다.

"학생이 공부해야지, 무슨 연애야."

앞뒤가 꽉 막힌 교장선생님의 말씀처럼 무조건 연애가 금지되어 있다면 고민도 안하겠지만, 요즘 한 교실에 연애를 안 하는 학생을 찾기 힘든 이 현실에서 무조건 쉬쉬한다고 해결될 문제는 아니지 않은가.

스스로 알아서들 잘하지만 스스로 못하는 것들

유년시절 질리게 들었던 말—"자신의 일은 스스로 하자." 사실 이성 문제라면 어른들이 일러주지 않아도 고민을 해결해줄 사람 정도는 있다. 바로 한 교실에 한 명씩 있게 마련인 '연애전문가'. 이들은 소소한 문제부터 성관계까지 모든 것을 일러준다.

전교 1등 하는 친구가 수학 문제를 가르쳐주면서 "이것도 몰라?" 하고 핀잔을 주면 얄밉게 보여 한 대 쥐어박고 싶은 생각이 들게 마련이지만, 살아 있는 연애교과서로 불리는 친구가 한 수 가르쳐주면서 "이것도 모르니? 순진하기는……" 하고 면박을 주더라도 그저 너무 고마울 따름이다.

이렇게 짬짬이 전수받은 노하우는 이성교제를 할 때 유용하게 쓰인다. 이후 경험을 통해 쌓은 성공담과 실패 사례는 친구들끼리 공유하고 다음 만남에 응용하기도 한다.

이렇듯 청소년은 알아서 잘 하고 있다. 비록 어른들은 곱게 보지 않을지라도 말이다. 사실 성관계도 이성교제를 하다보면 좋아하기 때문에 필연적으로 발생하는 일 아닌가.

"성관계는 좀 그렇지 않아?"

"그럴 수도 있지. 뭐가 문제야? 10대도 섹스할 권리가 있다고 하잖아."

"그러다가 덜컥 애라도 가지면 어떻게 해?"

"낳아서 키울 능력이 안 되니까 수술해야지."

성관계에 대한 청소년들과의 대담. 감정에는 충실하겠지만 이에 따른 책임은 지지 않겠다는 것인가? 다소 실망스럽지만 어쩌면 그들로서는 당연한 대답이라는 생각이다.

청소년끼리 성관계를 가졌다고 해서 법적으로 문제가 되는 것도 아니고, 이후 문제에 대해 서로 책임질 수만 있다면 굳이 나쁘게 생각하지 않는다는 것이 다수의 의견이다.

한 친구는 이렇게 말한다.

“무작정 낳아서 분유 값도 해결 못할 바에는 차라리 지우는 게 낫잖아.”

매우 현실적인 대답이지만, 애초 그런 불상사를 일으킬 상황을 만들지 않겠다는 대답은 5명 중 아무도 하지 않았다.

그러면서도 뉴스에서 말하는 낙태와 아이를 낳아 아무 곳에나 버리는 등의 문제는 자기와 별개라고 여긴다. 오히려 이런 대화를 하고 있는 자체가 이해가 안 된다며 “아무 생각 없다”는 태도로 일관할 뿐이다.

✤ 연애 아니면 우정? 우린 그냥 만나는 거예요

드디어 지은과 요한이 사귄 지 100일째 되는 날이다.

친구들은 “너희 정말 오래 사귄다” “이제 콩깍지가 벗겨질 때도 되지 않았어?” 하는 말로 놀리고는 있지만 내심 부러워한다. 축하의 의미로 친구들은 각자 100원을 그 둘에게 준다. 친구들은 주는 100원은 ‘100일 기념 및 축하’의 의미다. 친한 친구들이나 단짝친구들은 케이크나 커플 핸드폰 줄을 사주기도 한다. 하지만 많은 친구들의 축하에도 지은의 표정은 어둡다. 어젯밤 엄마가 책상 정리를 하다가 요한에게 쓴 연애편지를 보고 나서 “네가 연애할 때냐? 공부나 해!” 하고 노발대발하셨기 때문이다. 이런 상황을 알 리 없는 요한은 “왜 기분이 안 좋으냐”며 퉁퉁거린다.

지은과 요한에게 100일은 어떤 의미일까? 친구들은 ‘오래된 연인’이라고들 하지만 어른들은 한때의 소꿉장난으로 여기고 마는 것이 현실이다. 당사자들은 진지한 ‘사랑’을 나누고 있다고 믿고 있지만 어른들은 그저 '우정'쯤으로만 생각하고 있는 듯하다.

하지만 지은과 요한, 그들에게 100일은 누군가를 위해 돈을 모아 선물을 준비하고, 싸우기도 하고, 눈물 흘리기도 하고, 또 사람과 사람과의 관계에서 이해가 무엇인지, 기다림이 무엇인지를 알게 해준 소중한 시간이었다.

이 둘은 '사귐'을 통해 성장하게 된 것이다. 누군가는 청소년들의 만남을 한낱 가벼운 감정쯤으로 여긴다. 사실 요즘의 청소년들에게 사귐과 만남은 헤어짐과 또 다른 만남이긴 하지만 중요한 건 그들은 만나고 있고 그 안에서 성장하고 있다는 것이다.

달라진 친구 개념,
사귀는 방식도 다르다

처음에는 문자로만 인연을 맺은 뒤 마음에 맞으면

일대일 대화가 가능한 메신저 아이디를 공유해 서로 사진을 주고받는다.

이 단계까지 거친 다음에는 직접 만날 시간과 장소를 정해

수다를 떨거나 노래방에 가기도 한다.

문자로 사귄 인연이 현실로 이어지는 창구 역할까지 하게 된 것이다.

새 학기가 되면 청소년들의 가장 큰 고민거리는 바로 친구 사귀기. 새로운 학년, 반, 선생님 등 새로 경험하는 것이 많지만 청소년들의 신경이 집중되는 것은 단연 '친구' 관계다. 나와 다른 사람을 알아가고 인연을 맺는 일은 생각보다 쉽지 않다. 처음 보는 친구에게 말을 걸 때의 그 어색함이란……. 간신히 이름을 묻고 나서 무슨 이야기를 먼저 꺼내야 할지 머릿속이 복잡해진다. '혹시 너무 오버하는 건 아닐까?' '이러다 더 찍혀서 외톨이가 되는 건 아닐까?' 하는 생각에 입은 얼어붙고 행동은 더 움츠러들고 만다.

새 친구들에게 '인기짱' 되는 비법 좀 알려줘

처음부터 능수능란한 사람은 아무도 없다. 물론 사람마다 차이가 있겠지만, 모두가 '선수'가 아닌 만큼 약간의 실수는 염두에 두자. 온갖 걱정에 주눅이 죽어 말 한마디 못 건네는 것보다는 어설프더라도 일단 '들이대고 보는' 용기가 필요하다. 여기에서 핵심은 호감을 주는 말투와 얼굴표정이다. '훈남'(비록 못생겼더라도 정이 가는 남자)이 뜨는 요즘, 잘생긴 외모가 아니라면 최대한 첫인상을 좋게 심어주는 것이 중요하다. "웃는 얼굴에 침 뱉으랴" 하는 속담도 있지 않은가. 생글생글 다정한 미소로 다가간다면 훨씬 더 자연스러운 대화를 이끌어낼 수 있다.

웃는 얼굴로 말문을 열었다면, 공감대를 형성하는 것이 관건이다. 서로의 관심사를 파악하고 공통점을 찾는 것이 친해지기 가장 쉬운 방법이다. 흔히 여자들이 좋아하는 연예인이나 드라마에 대한 소감을 나누면서 친해지는 것처럼. 좋아하는 패션이나 취미 등 주로 가볍고 흥미로운 소재가 좋다. 서로 상대방이 어떤 사람인지도 모르면서 사회 이슈와 같은 심각한 토론을 벌일 수는 없지 않은가?

이렇게 기본 조건을 갖췄다면, 약간의 유머러스함과 상황마다 분위기를 파악하는 눈치 등 적절히 노하우가 필요하다. 개그맨처럼 웃길 필요는 없지만 진지하고 심각한 느낌으로 대화하는 것보다는 재치 있고 즐거운 분위기 속에서 이야기를 주고받아야 단시간에 친해질 수 있다. 또한 상대방이 내 이야기에 관심을 보이는지, 공감을 하는지 파악하는 센스도 필요하다. 남의 기분은 어떠하든 상관없이 일방적으로 대화를 이끌어간다면 두 번 다시 이야기하고 싶지 않을 게 뻔하다.

한국청소년상담원 손재환 선임상담원은 남의 시선을 의식하기보다는 여유를 갖고 대화를 시도하는 것이 바람직하다고 조언한다.

"환경이 바뀐 것뿐인데 잘할 수 있을지 앞선 불안감을 많이 갖고 있는 것 같다. 무리하다보면 서로 어색해지니까 가까운 짝꿍에게 대화를 시도하면서 자연스러운 흐름을 만드는 과정이 필요하다. 청소년기에는 또래관계 속에서 정체를 찾아간다. 그래서 친구관계를 맺는 것이 상당히 중요하다. 친구를 사귈 때 너무 어렵게 생각지 말고 마음을 열어 자연스럽게 다가가는 마음의 여유가 필요하다."

이 밖에 남이 내게 호감을 보이게 하는 방법으로는 "사람을 친근하게 대하라, 내가 먼저 말을 건네라, 다른 사람의 말을 잘 들어줘라, 존경과 칭찬을 아끼지 마라, 할 수 있거든 호의를 베풀어라, 남에게 완벽한 사람처럼 보이지 마라, 자신 있게 웃되 지나치지는 마라, 항상 긍정적인 말과 자세를 가져라, 남 앞에서는 자신을 낮추고 유머를 사용해라, '난 너와 다르다'는 식의 잘난 체하는 메시지를 보내지 마라, 서로 공통점을 찾을 수 있도록 행동하라" 등이 있다.

청소년 사이의
새로운 소통방식, 문자친구

"우린 문자친구 구해요. 변태는 사절이에요."

청소년들의 친구 사귀는 방식이 변하고 있다. 1990년대 후반 인터넷 채팅이나 '친구 찾기' 커뮤니티를 통해 친구를 사귀고 '교환일기' '펜팔'이 청소년의 친구관계를 말해주는 코드였다면, 지금은 휴대폰 문자 메시지를 통해 새로운 친구를 만난다. 이름하여 문자친구.

인터넷에서 '문자친구'로 검색을 하면 문자친구를 구한다는 글을 쉽게 볼 수 있다. 조연지(중2)의 문자친구는 현재 50여 명에 달한다. 하루에 적으면 300통, 많으면 1000통 가까이 친구들에게 문자를 보낸다. 대화 내용은 하루 생활부터 재밌게 본 TV 프로그램에 대한 소감까지 다양하다. 모두 인터넷에 전화번호를 남겨 사귄 친구들이다.

이처럼 문자친구를 사귀는 표면적인 이유는 '심심해서'이지만, 그 내면에는 잠시라도 쉬지 않고 친구들과 소통하려는 청소년의 특성이 반영되어 있다. 친한 친구와 시시때때로 문자, 동영상, 사진을 주고받으며 일상을 공유하고 특별한 날에는 배경화면이나 벨소리를 선물하기도 한다. 특수문자를 활용한 이모티콘으로 감정을 표현하는 것도 쏠쏠한 재미다.

박상훈(고2)은 언제 어디서든 친구와 이야기를 나눌 수 있는 것이 '문자친구'의 장점이라고 말한다. '버디버디' 같은 메신저 대화는 인터넷을 사용할 때만 가능하지만, 휴대폰 문자메시지는 장소와 시간의 제약 없이 자유롭게 이야기 나눌 수 있기 때문이다.

무엇보다 직접 만나지 않더라도 새로운 친구를 사귈 수 있다는 점은 '문자친구'의 최대 장점이다. 특히 이성에 예민한 사춘기 시절, 이성 친구를 손쉽게 사귈 수 있다는 점도 학생들이 문자를 이용하는 큰 이유다. 특히 대다수 청소년들이 무제한 문자 요금제를 사용하기 때문에 비용 부담이 적다는 것도 '문자친구'를 사귀는 이유다.

이렇게 문자로 주고받다가 서로에게 호감이 생기면 '오프 만남'으로 이어지기도 한다. 이러한 경향에 따라 학생들 사이에는 문자친구 사귀는 일련의 공식도 형성돼 있다. 처음에는 문자로만 인연을 맺은 뒤 마음에 맞으면 일대일 대화가 가능한 메신저 아이디를 공유해 서로 사진을 주고받는다. 이 단계까지 거친 다음에는 직접 만날 시간과 장소를 정해 수다를 떨거나 노래방에 가기도 한다. 문자로 사귄 인연이 현실로 이어지는, 새로운 만남의 창구 역할까지 하게 된 것이다.

하지만 그에 따른 부작용도 있다. 인터넷에 휴대폰 번호를 공개하는 방식으로 친구를 맺다보니, 흑심을 품은 '변태'들이 의도적으로 접근하는 경우도 있다. 그래서 최근에는 처음부터 글을 남길 때 '변태 사절' '음란한 대화 거부' 등의 말로 순순한 친구 사귀기 의사를 밝히지만 작정하고 달려드는 '변태'까지 막을 길은 없다.

사단법인 21세기청소년공동체 희망의 백성균(30) 간사는 "어른들의 시선으로 보면 문자로 친구를 사귄다는 게 웃길 수 있지만, 청소년 사이엔 이미 자연스러운 문화가 됐다"며 학생들의 소통 방식을 이해해주는 게 필요하다고 당부했다.

급식 시간,
우리가 뛸 수밖에 없는 이유

"치사하게 밥마저도 줄서기 경쟁을 해야 하고, 친구들과 여유 있게

밥 먹으면 안 되나요? 급하게 밥을 먹고 나면 가슴이 콱콱 막혀요.

교정을 한번 거닐 여유도 없이 종이 치고 말죠.

급식의 질이든 환경문제든 학생들의 의견을 꾸준히 반영했으면 좋겠어요."

— 서울 P여고 학생회장

여름마다 찾아오는 불청객 '식중독', 특히 급식으로 인한 중·고교생 대량 식중독 사태는 1년에 한두 번 꼭 일어나는 연례행사가 된 지 오래다. 그중에서도 전국 91개교 8만여 명의 급식 중단 사태를 일으켰던 '2006 CJ푸드 대란'은 현행 위탁급식체제의 문제점을 여실히 드러냈다.

수백 명이 식중독으로 병원신세를 지고, 일부 학교에서 단축수업을 하는 등 한바탕 소동을 겪자, 정치권에서는 그간 미뤄뒀던 '학교급식 의무화'를 뼈대로 하는 학교급식법 개정안을 17대 국회에서 통과시켰다. 하지만 무상급식, 우리 농산물 사용 등의 내용은 포함되지 않아 시류에 따른 조치라는 비판도 있다.

점심시간의 작은 행복까지 앗아가는 부실 급식

급식에 대한 문제 제기는 비단 어제오늘 이야기가 아니다. 인터넷 포털사이트, 각종 토론방, 갤러리 등에는 하루에도 몇 건씩 학교급식에 불만을 토로하는 글이 올라온다. 청소년 네티즌은 중·고교생이라면 누구나 공감할 만한 황당한 급식 경험담을 올린다.

그 중 가장 많은 공감을 받는 것은 부실 급식을 폭로하는 식판 사진이다. 학생들이 직접 찍은 폰카·디카 사진은 그 자체만으로도 열악한 급식 현실을 드러낸다. 한때 인터넷에서 화제가 됐던 계란탕 사건은 대표적인 예다. 멀건 국물에 삶은 계란 하나 동동 띄워 있던 계란탕은 광주 모 고등학교 급식에서 실제로 제공된 것이다. 그 밖에도 이름은 사골곰탕이지만 프림을 풀어놓은 것 같다고 하여 붙여진 프림국, 매일같이 나오지만 씹기조차 어려운 나물은 '노끈나물'이라고 부르는 등 부실 급식 폭로는 끊이지 않는다.

전국 700만여 학생이 12년 이상 학교급식을 먹고 있지만 한 끼의 균형 있는 영양섭취는커녕 건강과 생존까지 위협받는 처지에 놓여 있다. "재정이 부족하다" "인원이 많아 관리가 힘들다"는 등 학교와 업체가 온갖 변명을 늘어놓는 사이, 학생들은 부실 급식으로 인해 식사의 즐거움을 잃었다. 점심시간마다 '혹시나' 하는 마음으로 기대하지만 돌아오는 것은 '역시나' 맛없고 비위생적인 급식에 대한 실망뿐이다.

그렇다면 부실한 학교급식 문제가 해결되지 않는 이유는 무엇일까? 현행 학교급식법 시행규칙에는 급식의 위생과 안전을 위해

조리실 및 식품자료에 대한 기준이 제시돼 있다. 하지만 실제 현장에서 잘 준수하고 있는지 감시하고, 개선을 유도할 만한 장치가 미흡하다. 급식에 대한 불만과 민원을 해소하려면 7인 이상 15인 이하의 학교급식위원회를 구성해야 한다.

그러나 학교급식위원회가 학교장의 재량권 안에 있기 때문에 현실적으로 제대로 된 감시와 비판이 이뤄지기 어렵다. 혹여 불만사항을 공개적으로 제기했다가 어떠한 부당한 일을 당할지 모른다. 실제 2005년 전북 김제서고 1학년 이승철(가명)은 학교급식에 대한 불만 글을 교육청 홈페이지에 올렸다는 이유로 퇴학을 당했다. 글을 올린 지 3일 만에 학교징계위원회에 회부돼 제적처분을 받은 것. 학교에서는 이 군이 작성한 글에 학교장의 명예를 훼손한 내용이 포함돼 있기 때문에 교칙에 따라 제적 결정을 내렸다고 밝혔다.

한편 정부 차원에서 학교급식비 지원이 되지 않아, 이윤을 추구하는 업체가 저질 식재료를 납품하고, 인스턴트·반조리 식품을 식단에 올리는 것도 하나의 원인이다. 본래 학교급식소위원회가 참여업체 선정이나 식재료 구입 과정에 참여해야 하지만 학교장이나 학교 측의 이익을 대변하는 사람이 위원을 하는 경우가 많기 때문에 시행의 어려움이 따른다.

일각에서는 이러한 문제를 해결하기 위해 위탁급식을 직영급식으로 바꾸고 학교급식법을 재개정해야 한다고 주장한다. 돈벌이를 목적으로 하는 장사꾼에게 학생들의 건강을 맡길 것이 아니라 학교가 맡아 책임지는 직영급식으로 전환해야 한다는 것. 그러나 전국 1만 586개 학교 중 아직도 위탁급식을 실시하고 있는 학교가 17퍼센트(1793개)에 이른다. 서울의 학교는 거의 90퍼센트 이상이 위탁 운영되고 있다.

급식 시간, 우리는 100미터 달리기 선수가 된다

서울 K고등학교 2학년 8반 진우는 12시 25분만 되면 호흡이 빨라진다. 점심시간, 급식 맨 앞줄을 차지하려면 만반의 준비태세를 갖춰야 하기 때문이다. 책상 밖으로 발을 빼놓는 건 기본, 4교시 수업이 언제쯤 끝날지 한참 눈치를 보다가 종이 치기 무섭게 뒷문을 향해 돌진한다. 선생님께 인사할 겨를도 없다. 40여 명의 학생들이 우르르 빠지고 난 교실에는 책상과 의자만 뒤엉켜 있을 뿐이다. 이 광경을 지켜보고 있노라면 '육상경기'를 방불케 한다. 진우는 지난 목요일 삼선슬리퍼를 신고 뛰다가 현관 앞 보도블록에 걸려 넘어져 꼬마돈가스를 못 먹은 경험이 있기에 오늘은 더욱 빨리 뛰어야 한다.

이러한 사정은 서울 S여고도 마찬가지다. 오후 1시가 지났지만 윤정(고2)은 아직 점심을 먹지 못했다. 같은 재단에 있는 여중생들이 먼저 급식실을 차지한 터라 자리가 날 때까지 허기진 배를 움켜쥐고 기다려야 한다. 더욱이 고등학교 2, 3학년이 같은 시간에 배식을 받기 때문에 급식 줄서기 경쟁은 더욱 치열할 수밖에 없다.

특히 3학년을 먼저 급식실로 들여보내는 암묵적인 규칙 때문에 2학년들은 기본 30분을 기다려야 한다. 사정이 이러하다보니 2학년은 줄서는 동안 친구와 무슨 이야기를 할지 미리 정해두기도 하고 영어단어장을 챙겨와 암기하기도 한다. 하지만 '금강산도 식후경'이라 하지 않았는가. 학생들의 마음은 온통 오늘의 식단에 쏠려 있고 아무리 수다를 떨어도 기다리는 시간은 더디기만 하다.

현재 중·고등학교의 급식을 보면 크게 두 가지 형태로 배식을 하고 있다. 음식을 수레로 운반해 교실에서 먹는 경우와 학생들이 급식실을 이용해 먹는 것이다. 그러나 급식실을 이용하는 경우, 학생 인원수 대비 급식 공간이 매우 협소하기 때문에 문제가 발생한다. 대다수 학교가 건물이 낡아 배식용 엘리베이터를 설치할 수 없기 때문에 상대적으로 면적이 적은 급식실을 지어 이용하는 것이다.

결국 가장 즐거워야 할 점심시간, 학생들은 맛있는 반찬을 하나라도 더 먹기 위해 필사적으로 뛰어야 한다. 돈가스, 스파게티, 제육볶음 등 인기 메뉴는 조그만 늦어도 동이 난다. 가끔 요구르트나 과일이 후식으로 나올 때는 두 개씩 집어가는 친구들 때문에 뒷줄에 선 학생은 못 먹기 일쑤다. 그 때문에 포털사이트에는 '슬리퍼 신고 급식실에 빨리 갈 수 있는 방법' '급식 양 많이 받는 방법' 등 급식에 관련한 황당한 질문들이 올라오기도 한다. 이로 인해 크고 작은 사고도 자주 발생한다. 식당 문은 좁은데 여러 명이 뛰어가다가 얼굴이 유리문에 끼어서 귀를 다치거나 슬리퍼를 신고 달리다 넘어져 교복이 찢어지기도 한다. 학생들의 급식 줄서기 경쟁에 따른 급식실 혼잡, 안전사고 발생을 우려해 일부 교사들과 학생회를 중심으로 지도를 하고 있지만 교실, 복도, 계단에서 쏟아지는 학생들을 막아내기란 쉽지 않다.

점심시간만이라도 좀 마음 편히 쉴 순 없나요

"학교에서는 쉴 시간이 너무 부족해요. 소화도 되기 전에 5교시 수업 종이 쳐버리는 걸요."

여유로운 급식시간, 넓은 학교식당, 넉넉한 반찬을 원하는 학생들의 요구사항은 진정 무리인가? 일반적으로 어느 직장이든 점심시간은 1시간이다. 규율이 가장 엄격하고 통제가 심한 군대에서도 점심시간만은 철저하게 보장한다. 심지어 교도소에서도 식사시간의 자유는 허용하고 있다.

하지만 점심시간이 1시간인 중·고등학교는 드물다. 서울지역 100여 중·고등학교의 쉬는 시간 관련 통계에 따르면 평균 점심시간은 49분이며, 상당수 학생들이 점심시간이 부족하다고 느꼈다. 서울 동대문구 S여고는 점심시간이 40분밖에 되지 않으며, 경기도 S여고는 45분이다.

김민경(서울 S여중 1학년)은 점심시간이 55분이지만 실제 쉴 수 있는 시간은 20분이 채 안 된다며 불만을 털어놓았다. 배식을 기다리는 데만 10~15분이나 걸리고, 밥을 먹는 데 걸리는 시간 15~20분을 빼면 쉴 시간은 20분 정도다. 이처럼 학생들은 소중한 점심시간의 3분의 1이상을 줄서는 데 허비하고 있다.

서울 P여고 학생회장은 이렇게 말한다.

"치사하게 밥마저도 줄서기 경쟁을 해야 하고, 친구들과 여유 있게 밥 먹으면 안 되나요? 급하게 밥을 먹고 나면 가슴이 콱콱 막혀요. 교정을 한번 거닐 여유도 없이 종이 치고 말죠. 급식의 질이든 환경문제든 학생들의 의견을 꾸준히 반영했으면 좋겠어요."

결국 잠에 쫓겨 일찍 등교한 학생들은 점심시간의 휴식도 갖지 못하고, 그 피로는 수업시간에도 영향을 미친다. 특히 정신없이 밥을 먹고 바로 이어지는 5교시 수업은 그야말로 수면 시간이다. 이 시간에는 대다수 학생들이 졸거나 엎드려 잠을 자는 모습을 쉽게 볼 수 있다.

김지학 보건교사(소래고)는 점심시간이 너무 부족하다는 학생들의 의견에 대해 동감하며 안타까움을 나타냈다.

"최근 조사에 따르면 우울증을 느끼는 아이들이 많은 것으로 드러났습니다. 충분한 휴식 없이 하루 10시간 이상 꽉 짜인 시간표대로 생활하다보니 정신적인 스트레스를 풀 틈이 없죠. 학교 매점 안에 휴게실을 설치하고, 급식실 확대와 더불어 점심시간을 늘려 학생들이 편안하게 식사하고 휴식을 취할 수 있도록 해야 합니다."

골라 먹는 재미에 점심시간이 즐거운 '서울 해성여상고'

해성여자상업고등학교 학생들은 '학교급식'에 대한 자부심이 크다. 이 학교 점심시간에는 급식위생에 불만을 토로하거나 반찬이 부족해 못 먹는 학생이 없다. 과연 학교급식에 어떤 비밀이 숨겨져 있는 것일까?

일반적으로 식단은 학교나 업체에서 제공하지만 해성여상은 학생들의 의견을 적극 반영한다. 급식업체에서 다음 달 제공할 세 가지 식단을 미리 제시하면 학생들은 교실에 앉아 친구들과 상의하며 '최상의 식단'을 짠다.

학생들은 매일 한식, 일식, 분식 세 가지 중 한 가지 종류를 먹지만, 사실 여러 친구들이 모여 나눠 먹기 때문에 종류는 더 다양하다고 볼 수 있다. 또 밥과 반찬을 직접 담을 수 있도록 '뷔페식'으로 운영해 학생들의 만족도는 매우 높다.

밥값은 한 끼 2500원으로 다른 학교와 큰 차이도 나지 않지만 학생들의 감흥은 남다르다. 그래서 포털사이트에서 해성여상을 검색하면 '급식'에 대해 자랑하는 학생들의 글을 찾아볼 수 있다. 학생들은 휴대폰으로 급식 식판 사진을 찍어 다른 학교 친구들에게 보내며 자랑한다.

불편사항 바로 반영되는 소리함, 교사·학생회·급식업체의 숨은 노력
해성여상 급식실 뒤편에는 급식업체에서 학생들의 의견을 듣기 위해 마련한 소리함이 있다. 학생들은 매일 급식을 먹고 음식을 평가한다. 그러면 영양사가 건의한 학생 교실에 직접 찾아가 반영 여부에 대한 답변을 준다. 또 급식업체는 급식실 앞 게시판에 답변을 게재한다.

김아영 영양사는 "이제는 학생들의 의견이 나오지 않으면 오히려 더 불안하다. 학생들과 대화를 통해 의견을 받아들이고 있다"고 밝혔다.

한편 매일 세 가지 메뉴가 나오기 때문에 급식실의 질서유지가 중요하다. 급식을 배식하는 장소도 세 군데이기 때문에 한번 질서가 무너지면 학생들이 전부 피해를 볼 수 있기 때문이다. 이에 학생회는 매일 급식실 질서유지를 위해 적극 나선다. 학생회는 학년과 교실별로 공평하게 배식순서를 정하고, 점심시간마다 학생들이 탈없이 급식실로 이동할 수 있도록 한다. 또 교사들도 점심시간마다 돌아가며 급식실 질서를 지도하고 맛과 위생에 문제가 없는지 점검한다.

급식을 담당하는 변영순 교사는 매일 아침 6시 30분에 급식실로 가 그날의 식자재를 살핀다. 변 교사는 "교사들이 나서서 급식지도를 하니 급식업체에서도 더 긴장해서 음식을 준비한다"고 말한다.

급식업체에서도 다양한 메뉴를 제공하는 만큼 더욱 세심한 노력을 기울인다. 식사량을 조절해 잔반이 없도록 하고 세척실, 조리실 등을 분리해 위생에도 신경을 쓴다.

교사와 학생의 끝없는 평행선, 소통의 길은 없는가요

"아이들은 어려서 그렇다지만 어른들도 참 소통할 줄 모르는 것 같아요.

무엇보다 아이들을 교육의 대상으로만 치부하지 말고

소통 즉 대화의 파트너로 인정하는 게 중요합니다.

그래야 아이들도 다가와서 마음을 열죠."

— 서울 중앙여고 은정주 선생님

학생들의 가장 큰 적이자 우군은 바로 교사다. 학생들은 시험, 두발 규제, 용의복장 등의 문제로 교사와 부딪치며 생활할 수밖에 없다. 학생들이 교사의 권위를 무시하는 자극적인 기사와 교사들이 학생들을 무자비하게 폭행하는 동영상 등이 인터넷에 떠돌아다니는 세태를 보면서 언론은 '공교육의 위기'를 대서특필하고 있다. 또한 교육부에서는 교원을 평가해서 교사의 질을 높이고 부적격 교사를 퇴출하겠다고 한다.

온갖 자극적인 사건들로 인터넷을 뜨겁게 달구는 교사와 학생의 관계, 과연 진실은 무엇일까.

X파일을 만들 수밖에 없는 학교 현실

경기도 안양의 C고등학교가 발칵 뒤집혔다. 이 학교 학생들이 교사를 평가한 파워포인트 자료가 유출되었기 때문이다. 〈C고의 미래를 위한 선생님들의 실태, 이중성 조사〉라는 제목의 이 파워포인트 자료는 "과도한 억압으로 피해를 당하고 있는 C고등학교 학생들의 의견을 토대로 우리 C학교의 보다 나은 미래를 위해 의견을 수렴해 제작하였다"며 조사 목적을 밝혔다.

자료에는 10여 명의 교사를 현재 서열, 비전, 능력/성격, 자기관리, 소문 등 여섯 개 항목으로 나누어 평가한 내용이 담겨 있다. 예를 들어, 교장에 대해서는 "학교 서열 1위이며 나름대로의 비전을 갖고 C고등학교를 자신의 임기 중 명문고교로 육성하려는 의지가 보이나 학생들의 입장을 전혀 생각하지 않는 교육으로 학생들의 지지를 얻는 데 실패, 그나마 학부모들의 지지를 약간 얻고 있다"고 적혀 있다. 또 "의견수렴 능력이 떨어지는 것 같고 학생들과의 조화력이 떨어짐. 두발 제한, 10시까지 강제 야자, 0교시, 오후 5시까지 '썸머스쿨(보충수업)' 계획을 낸 대표자로 추정됨. 공부에 도움이 된다고 판단하였는지 모르지만 개성을 억압한 군대식 교육은 너무 구식"이라고 평가했다. 한편 윤 모 교사에 대해서는 "자기 기준에서 버릇없다고 생각되면 때리고, 뭐든 자기 기준에서 생각하는 듯함. 여자를 좀 밝히고 예쁜 여자와 못생긴 여자를 차별함. 외모지상주의"라고 평가했다.

X파일 사건이 커지면서 몇몇 교사가 곤경에 처하기도 했지만 학교는 이내 잠잠해졌다.

우린 이런 선생님을 원해요

　모 포털사이트 지식검색에 한 교대생이 질문을 남겼다. 곧 초등학교에 배치될 교사라고 밝힌 그는 좋은 선생님이 되기 위해선 어떻게 해야 되는지, 학생들은 어떤 교사를 좋아하는지 물었다. 여기에 많은 학생들이 답변을 달았다. 첫째, 둘째 숫자를 매겨가며 '이런 교사가 좋다'고 상세하게 기술한 학생들의 의견은 눈여겨볼 만하다.

　중학교 1학년인 한 여학생은 가장 좋아하는 교사 유형을 '수업을 재미있게 이끌어주시는 선생님'으로 꼽았다. 이어 이 학생은 학생들이 좋아하는 선생님 유형과 이유를 몇 가지 더 들었다.

　"두 번째는 자는 아이 깨워주는 선생님. 자는 학생은 잠이 와서 자는 게 아니라 선생님이 싫어서 자는 거예요. 선생님께서 깨워주시면 자기한테 관심이 조금이나마 있는 걸로 알고 공부는 해요. 또 아무리 싫고 말 안 듣는 학생이 있어도 절대 포기하지 마세요. 그리고 이름을 다 외워서 불러주세요. 국어는 아주 지루한 과목 중 하나이기 때문에 선생님의 재치도 필요해요. 수업시간에 늦게 들어오지 마세요. 아이들은 겉으로는 좋다고 표현하는데, 사실은 쉬는 시간 10분 종치면 아주 심심해요. 학생과 다툼이 생기거나 처벌을 하면 꼭 기분을 풀어주세요. 좋은 국어 선생님이 되세요."

　한 통계조사에 따르면, 학생들이 가장 싫어하는 교사는 '욕을 하거나 두발 규제를 심하게 하는 등 학생들을 비인격적으로 대하는 교사'라고 한다.

이어 '성적, 외모 등으로 차별하는 교사'와 '학생의 말을 들으려 하지 않아 대화가 안 되는 교사'가 2위를 차지했다. 다음으로 이유 없이 학생들을 체벌하는 교사, 공부를 못 가르치는 교사, 수업을 제대로 준비하지 않는 교사 등의 순으로 싫어하는 것으로 드러났다.

학생들은 실력이 부족하거나 수업준비를 제대로 하지 않는 교사보다 학생들을 비인격적으로 대하고 무시와 차별 및 무관심으로 다루는 교사가 '더 문제 있다'고 지적했다.

걸리면 죽는다, 학교에 꼭 한 명씩 있게 마련인 '미친개'

학생들이 교사들에게 붙이는 별명과 그 사연을 접하다보면 어떤 기준으로 교사를 바라보는지 알 수 있다. 학생들이 정말 싫어하는 행동을 일삼는 교사들에게는 반드시 그에 맞는 별명이 따라다닌다. 차별하는 교사, 무시하는 발언, 자기 잘난 맛, 권위주의, 말도 안 되는 이야기, 소통의 부재 등이 별명을 짓는 소재가 된다.

- 기분 나쁜 부위만 골라서 때리고 생김새가 비슷하다고 해서 '바퀴벌레'
- 실력도 없으면서 때리기만 하니 "쟤 때문에 물리 포기했다"고 해서 '제물포'
- 보이기만 하면 때리고 진도만 나가는 박 모 학생주임이라서 '진도박' 또는 'JB'
- 미친 듯이 때리는 학생주임이라서 '미친개'
- 웃으면서 때리는 여교사라서 '빙그레 쌍년'
- "공부도 여자도 잘근잘근 씹어 먹어야 한다"는 윤 모 교사는 '윤잘근'
- 자기 멋대로만 하는 독재자 진 모 교사는 '진틀러'
- 지루한 수업에 강제로 보충수업까지 하는 영어 담당 B 교사는 '영B'
- 말이 전혀 통하지 않고 만날 '뒤에 나가 서 있어'라고 해서 'X'

2006년 바이러스가 200여 명의 학생들에게 '교사들이 하는 이런 말 정말 싫다'는 내용으로 설문조사를 했다. 무슨 억울함이 그렇게 많았는지 학생들은 듣기 싫었던 이야기를 빼곡히 적었다.

학생들이 가장 싫어하는 교사의 말은 부모를 비꼬는 말이었다. "저게 부모 있는 새끼냐?" "그래서 부모님이 뭐하시는데?" "너희 부모가 불쌍하다" "엄마가 너 낳고도 미역국 먹었냐?" 등 부모님을 들먹이며 비꼬는 말투로 무시하는 말을 학생들은 가장 싫어했다.

다음으로 학생들은 성적으로 자신들을 무시하는 교사의 발언을 싫어했다.

"차라리 너희들은 자라" "너희들 이딴 식으로 해서 대학 가겠냐?" "너희는 이제 공부 포기한 기계다" "넌 해도 안 되는 놈이다" "내가 낸 세금으로 너희를 가르치는 게 돈 아깝다" "불만 있으면 네가 선생 하지 그래" 등 공부 못한다고 무시하거나 포기하는 교사의 태도와 말이 학생들을 가슴 아프게 했다.

또한 인격을 무시하는 교사의 말도 학생들이 싫어하는 말로 나타났다.

"깡통아" "나가" "그래서, 네가 잘 살 수 있을 것 같아?" "이것도 모르니?" "공부도 못하면서 대답도 안하냐?" "불쌍한 중생들아" "넌 한 게 뭐 있냐?" 등 직접적으로 학생을 무시하고, 미래 희망이 없는 존재로 대하는 교사의 발언이 학생들을 두 번 죽이는 것으로 나타났다.

나를 믿어주는 선생님이 제일 좋아요

지난 여름, 가발을 쓰고 수업을 하는 교사의 사진이 인터넷에 공개돼 화제에 올랐다.

이 교사는 서울 혜원여고의 강칠모 교사(세계사)로 밝혀졌다. 강 교사는 머리 긴 학생들이 단정히 묶지 않고 풀어헤친 게 답답해 보인다며 '너희도 얼마나 답답해 보이는지 보라'는 의도로 수업시간에 가발을 쓰고 머리를 풀어헤쳤다.

머리를 풀은 학생들을 잡고 벌점을 주기보다는 학생들을 이해시키려는 선생님의 '센스'에 네티즌들은 "진정한 교육자의 모습이다" "야~ 선생님 짱"이라며 지지를 보냈다.

그렇다면 학생들은 어떤 교사를 좋아할까?

학생들은 성적에 상관없이 자신을 믿고 개성을 존중해주는 선생님을 가장 좋아했다. 김근영(고3)은 상담을 잘해주는 선생님과 말 걸어주는 선생님이 좋다고 말한다.

"중학교 2학년 때, 집안 형편이 어렵고 친구들과 어울리지 못해 아픈 척하고 소풍을 안 가려고 했거든요. 근데 선생님이 대신 돈을 내주시고, 친구들과 어울릴 수 있도록 분위기를 만들어주셨어요."

그는 가장 힘들 때 상담기관과도 연결해주고, 급식 지원도 받을 수 있도록 배려해준 선생님을 잊지 않고 있었다. 대한민국청소년의회 인권위에서 활동하는 김예지(고2)는 교사가 학생들을 심하게 체벌하고, 학생들이 교권을 침해하는 내용의 언론 보도에 안타까움을 나타냈다.

"학교는 학생이 가장 많은 시간을 보내는 집과 같은 곳이잖아요. 선생님은 제2의 부모님이라고 생각해요. 서로 적대관계가 아니라 고민도 나누고 서로 의지하는 사이가 되었으면 좋겠어요."

그는 또 학생을 공부만 하는 존재라고 보는 교사들의 인식이 바뀌어야 한다고 강조했다.

너와 40으로 맞서는 수업시간, 모두 행복할 순 없나요

 각기 다른 가정환경에서 다른 삶을 살아온 40여 명의 인격체를 한 사람의 교사가 책임져야 하는 현실……. 교사와 학생은 서로를 인간 대 인간으로 대하기보다는 현 교육 체제 속에서 자신의 역할을 억지로 유지해 나가기 위해 하루하루를 몸부림치며 살고 있다.

 어쩌면 대한민국 청소년을 옭아매는 지금의 입시 현실이 바뀌지 않는 한 이러한 상황은 지속될지도 모른다. 하지만 교사의 작은 관심과 애정이 학생들의 인생을 변화시킬 수 있다는 점은 변함없다. 학생들의 바람은 크지 않다. 그저 있는 그대로의 나를 인정하고, 내 말을 들어주며 나의 가능성을 믿어주는 교사를 간절히 원할 뿐이다.

 물론 교사도 괴롭고 힘들겠지만 서로 존중하고 인정하며 행복한 학교를 만들 수 있는 방법은 정말 없을까.

 인터뷰

"학생과 교사는 대화의 파트너" *

　문 : 학생들과 잘 소통하고 이끌 수 있는 방법은 뭘까요?

　답 : 학생들은 자신을 믿고 그들의 개성을 존중해주는 선생님을 제일 좋아한다고 했는데, 선생님들도 마찬가지로 선생님을 믿고 이해해주는 학생을 좋아해요. 하지만 교육자인 선생님이 먼저 학생들을 믿고 이해해야죠. 선생님이 먼저 마음의 문을 열고 다가가 손을 내밀면 학생들은 저절로 선생님을 따르게 되어 있어요.

　문 : 선생님과 학생 간에 생긴 갈등은 어떻게 해소할 수 있을까요?

　답 : 솔직한 대화로 푸는 게 최선이에요. 학생과 교사의 관계도 엄연히 하나의 인간관계이므로 마음을 연 대화가 필요해요. 일방통행식의 지시와 강압이나 미봉책으로 문제를 덮으려 하면 상처만 더 커져 갈등의 골만 더 깊어지게 마련이에요. 먼저 오해를 풀어야 해요. 그러려면 서로 마음을 열고 소통을 해야겠지요. 아이들은 아직 어려서 그렇다지만 우리 어른들도 참 소통하는 방식을 잘 모르는 것 같아요. 무엇보다 아이들을 교육의 대상으로만 치부하지 말고 소통 즉 대화의 파트너로 인정하는 게 중요합니다. 그래야 아이들도 다가와서 마음을 열죠.

　문 : 선생님도 참을 수 없을 만큼 화가 날 때는 어떻게 하시나요?

　답 : 학생들은 대체로 선생님 말에 잘 따르지만 가끔 그럴 때가

있지요. 예를 들어, 지각을 일삼는 학생에게 여러 번 타이르고 경고를 했는데도 번번이 약속을 어기고 지각을 할 때는 참을 수 없이 화가 나죠. 그럴 때는 따끔하게 야단도 치고 벌을 세우기도 합니다.

문 : 요즘 학생들에게 전하고 싶은 말씀은?

답 : 요즘 입시로 힘들어 하는 학생들에게 "자기 자신을 더 사랑하고 소중하게 여겨라, 당당한 태도를 가져라, 공부를 못한다고 해서 기죽지 말고 꿈을 당당히 펼치고 꿈을 향해 나아가라"고 말하고 싶습니다.

* 이 글은 J여고 은정주 선생님과의 인터뷰를 바탕으로 함.

Energy 웃다 울다 지치다가도 다시 **펄펄** 살아 오르다

파면된 조연희 교사, 길거리 스타가 되다

학생들은 지식을 전달하는 교사는 있지만

존경할 만한 '참된 스승'은 없다고 말한다.

학생들이 교사들에게 요구하는 것은 대학에 가기 위한 통로만은 아니다.

학생들은 교사를 통해 생각도 키우고 독립된 인격체로 성장하고도 싶어 한다.

하지만 학생들이 만나는 모든 교사가 그렇지만은 않다.

지난 2003년 동일학원 교사들은 "동창회 없는 동창회비 징수, 학생식당 회계비리 의혹, 협동조합 부당운영" 등을 지적하며 1인 시위와 천막 농성을 벌였다. 이에 서울시 교육청은 특별감사를 진행, 그 결과에 따라 61건의 행정조치와 74건의 신분조치를 취했다. 김 모 전 이사장은 벌금 1000만 원의 처분을 받았다.

하지만 학교 측은 집회, 천막 농성 등의 활동을 이유로 2004년 6월 검찰에 조연희, 음영소, 박승진 교사를 형사고발하였고, 2006년 6월에는 세 교사에 대해 파면을 결정하였다. 이후 조 교사는 동일학원 앞에서 길거리 수업을 진행했고, 수업마다 100여 명 이상의 학생들이 참여하는 등 학생들의 호응을 이끌어냈다.

2006년 8월 음영소, 박승진 교사는 무죄 처리가 되어 학교로 돌아갔지만, 조연희 교사에게는 벌금 50만 원의 형이 내려져 아직까지 학교로 돌아가지 못하고 있다.

"이 시의 성격은 자기 고백적, 성찰적이야. 또 참여적인 성격을 띠지. 그리고 '별'과 '바람'이라는 시각적 심상을 이용해서 시

인의 마음을 표현하고 있어. 별과 바람이 함축하고 있는 의미를
아는 것이 중요해. 별표, 시험에 나온다.”

고등학교 문학 시간. 교사가 윤동주의 〈서시〉를 설명한다. 내
신과 수능시험에 나올 가능성이 높은 문제라며 강조하는 교사의
말에 학생들은 한 자라도 놓칠세라 열심히 받아 적는다.

그 와중에도 몇몇 학생들은 수업에 관심 없는 듯 딴청을 피우
지만 교사는 아랑곳하지 않고 수업을 진행한다. 순간 교실이 어
수선해지자 교사는 손에 들고 있는 회초리로 교탁을 치며 “집중”
하고 소리친다. 하지만 학생들의 마음은 이미 수업에서 떠난 지
오래다. 질문하는 학생이 없는 한, 수업은 교사의 설명으로만 채
워진다.

중·고교 수업이라면 과목에 관계없이 흔히 볼 수 있는 풍경
이다. 교육부는 창의적인 인재를 양성한다며 수행평가, 서술·논
술형 문제를 도입했지만 주입식 수업 방식은 변함이 없다. 학생
들은 점차 수업에 흥미를 잃어간다.

길거리로 내쫓긴 선생님이 뜨는 이유

“조연희가 뜨는 이유가 뭐죠?”

한 포털사이트 게시판에 이런 질문이 올라왔다. 학교에서 파
면된 조연희 교사가 길거리에서 수업을 강행, 그 동영상이 언론

에 공개되면서 그는 '파면된 교사'가 아니라 '사랑받는 교사'로 화제가 되었다. 조연희 교사는 동일여고 국어교사로 재직하던 중, 사립학교 내부 비리를 고발했다가 해직되었다.

하지만 그는 학생들에 대한 사랑과 교육에 대한 열정으로 '길거리 수업'을 선택했다. 지난 2006년 7월 11일, 해직된 지 1년 5개월 만에 조연희 교사는 그렇게 교단에 다시 섰다. 길거리 수업 첫날, 평소 같으면 수업시간이 빨리 끝나기를 기다릴 학생들 200여 명이 방과 후 길거리 수업을 찾았다. 학생들은 처음에 파면된 조 교사를 지지하는 마음으로 참여했지만 시간이 지날수록 수업에 매력을 느꼈다.

국어과 전공인 조연희 교사는 이날 수업에서 윤동주의 〈길〉과 가수 GOD의 노래 〈길〉을 비교했다.

길

윤동주

잃어버렸습니다.
무얼 어디다 잃어버렸는지 몰라
두 손이 주머니를 더듬어
길에 나아갑니다.

돌과, 돌과 돌이 끝없이 연달아
길은 돌담을 끼고 돌아갑니다.
담은 쇠문을 굳게 닫아
길 위에 긴 그림자를 드리우고

길은 아침에서 저녁으로
저녁에서 아침으로 통했습니다.
돌담을 더듬어 눈물짓다
쳐다보면 하늘은 부끄럽게 푸릅니다.

풀 한 포기 없는 이 길을 걷는 것은
담 저 쪽에 내가 남아 있는 까닭이고,

내가 사는 것은 다만,
잃은 것을 찾는 까닭입니다.

시를 읽고 난 조연희 교사가 물었다.

"여기에서 '담'은 화자가 넘기에 무척 어려워 보이지요? 여러분에게 이러한 '담'은 무엇인가요?"

학생들은 일제히 대학과 성적이라고 답한다.

"역시 인문계다보니 성적, 대학이 담으로 작용하네요. 하지만 담을 뛰어넘기 위한 몸부림이 있다면, 이미 그것으로 담을 넘어선 것이에요."

시의 한 제재에 불과한 '담'을 두고 교사와 학생들은 서로 자기의 고민을 꺼내놓았다. 이 수업만큼은 시가 '자기 고백적'이라느니, '자아 성찰적'이라는 분석은 나오지 않았다. 대신 학생과 교사는 시를 놓고 인생과 고민을 나누었다. 조 교사는 자기 경험담을 허물없이 털어놓으며 수업을 진행했다. 수업이 끝났지만 학생들은 보충질문을 하고 수업의 소감을 나누고 싶어 조 교사 옆으로 모여든다. 김진주(가명, 고2)는 "딱딱한 기존 수업과 달라 너무 좋았다"며 매우 만족스러워 했다.

이튿날도 길거리 수업은 열렸다. 이날 조연희 교사는 신동엽의 〈산에 언덕에〉라는 시를 가르쳤다. 길거리 수업은 교사와 학생이 시를 매개체로 자신의 인생을 꺼내놓고 이야기하는 '소통의 마당'이 되었다. 교과서의 시는 더 이상 '교과서'에만 갇혀 있지 않았다.

길거리 수업에 꼬박꼬박 참여했던 김지은(가명, 고2)은 조 교사의 수업에 대해 이렇게 말한다.

"조연희 선생님 수업에 참석했던 아이들은 모두 수업이 정말 좋다고 말해요. 현재 학교 문학수업은 선생님이 일방적으로 진행하거든요. 하지만 조연희 선생님은 수업 중 우리 의견을 물어봐요. 이렇게 수업 잘하는 선생님은 학교에 계셔야 하는 것 아닌가요?"

학생들이 찾아와 듣는 조연희 선생님의 '길거리 수업'

학생들이 길거리 수업에 참석하는 것은 쉽지 않았다. 몇몇 학교 측 교사들이 학생들이 수업을 듣지 못하게 막았기 때문이다. 그럼에도 불구하고 수업마다 100여 명이 넘는 학생들이 참여한 이유는 무엇일까?

가장 큰 이유는 조연희 교사가 온몸으로 보여준 정의로움 때문이었다. 조연희 교사가 사학비리에 맞서다 해직되었고, 그것은 매우 용기 있는 행동이라는 것을 누가 알려주지 않아도 학생들은 잘 알고 있었다. 사는 모습만으로도 존경받을 만한 사람, 그런 사람이 바로 조연희 교사였던 것이다.

그리고 또 다른 하나는 조 교사가 수업시간에 보여준 진정성이었다. 조 교사는 교과서의 지식을 단지 지식으로만 가르치지 않았다. 학생들과 소통하며, 사람이 살아가는 데 필요한 무엇인가를 나누려 노력했다. 그런 노력은 학생들 앞에서 솔직하고 진실한 모습으로 나타났다. 학생들은 수업에서 조 교사의 삶에 대한 이야기를 들으며 자신을 돌아볼 수 있었고, 애정을 느낄 수 있었다.

언젠가 조연희 교사가 수업 도중 학생들에게 "지금 이 순간 그리운 사람이 있느냐"고 물었다. 한 학생이 조심스럽게 돌아가신 아버지 이야기를 꺼냈다. 순간 수업 분위기가 숙연해졌다. 하지

만 조 교사는 당황하지 않고 자기 아버지가 돌아가신 이야기를
했다.

"우리 아버지도 10여 년 전에 돌아가셨어요. 그런데 아직도 우
리 어머니는 '아버지가 옆에 계신 것 같다'고 이야기하세요. 진짜
로 사랑하면 그렇게 되나 봐요."

숙연해졌던 수업 분위기는 눈 녹듯 풀렸고, 학생들의 눈은 빛
나기 시작했다.

"시험에 맞춰 진도만 나가는 선생님 수업을 듣다가 조연희 선
생님 수업을 들으니 이야기 하나하나가 귀에 들어와요. 우리는
진심으로 우리를 위하는 선생님이 필요해요. 왜 이런 분이 해직
된 거죠? 빨리 교실로 돌아오셨으면 좋겠어요."

우리가 진정으로 원하는 게 먼지나 아세요

20년간 재직했던 학교에서 파면된 교사가 오히려 학생들에게
많은 사랑을 받고 있다는 사실을 어떻게 설명해야 할까.

흔히 학생들은 학교에 지식을 전달하는 교사는 있지만 존경
할 만한 '참된 스승'은 없다고 말한다. 학생들이 교사들에게 요구
하는 것은 대학에 가기 위한 통로만은 아니다. 학생들은 교사를
통해 생각도 키우고 싶고, 독립된 인격체로 성장하고도 싶어 한
다. 하지만 학생들이 만나는 모든 교사가 그렇지만은 않다.

"너희가 지금 놀고 있는 이 시간에, 다른 학교 학생들은 공부하고 있어. 그래도 괜찮아?" "조금만 참고 공부해라. 어차피 대학 가면 너희들이 원하는 거 다 할 수 있어."

우리가 선생님들로부터 평소에 귀에 못이 박히도록 듣는 얘기다. 물론 학생들이 공부를 열심히 하기 바라는 진심어린 걱정이 담겨 있을 테지만 정작 학생들이 간절히 듣고 싶어 하는 얘기는 따로 있다. 원하는 것이 가로막힌 상황에서 그 공부하라는 소리만 백번을 들은들 어찌 귓등에나 들릴 것인가. 모든 것이 대학 입학으로 귀결되는 한국 교육에서 학생들은 길거리 수업이라는 짧은 시간을 통해 삶의 지혜를 전달하는 스승을 만났던 것은 아니었을까. 조연희 교사는 아직 학교로 돌아가지 못하고 있다. 그리고 여전히 학생들은 조연희 교사를, 그리고 조 교사의 수업을 간절히 바라고 있다.

학생들이 거리로 나선 것은 지나친 경쟁을 부추기는 학교와 사회에 대한 저항이었다. 누르고 눌러도 꼼짝 않고 웅크린 채 버티며 대학으로, 사회로 탈출하던 학생들이 드디어 세상을 놀라게 만든 것이다. 어디서부터 시작된 것인지 모르는 돌림 문자와 인터넷 공간을 이용한 그들의 투쟁은 기성세대의 상상력을 훨씬 뛰어넘었다. 그간 학생들의 힘을 과소평가했던 세상은 그들을 다시 보게 되었다. 또한 학생들은 경쟁의 고통을 알면서도 살아남기 위해 순응하는 어른들과 달리 비인간적인 학교에 대한 분노하고, 소중히 여겼던 친구들과의 우정을 무너뜨리고 싶지 않은 진심을 보여줬다.

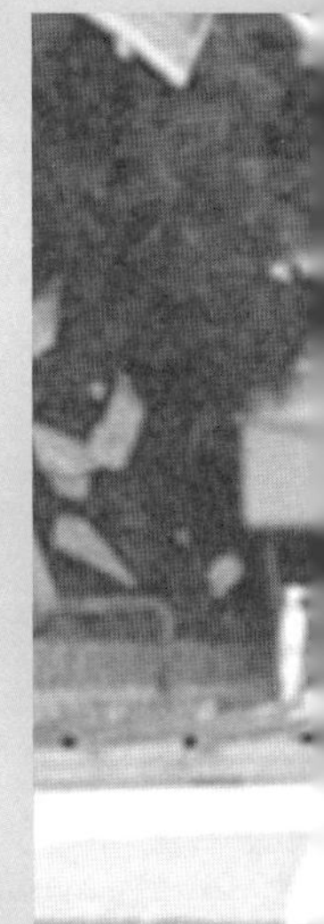

넷째 마당

마침내 여럿이 하나 되어
세상을 향해 외치다

저주받은 89년생들, 세상을 뒤흔들다

학생들이 거리로 나선 것은 경쟁을 부추기는 학교와 사회에 대한 저항이었다.

누르고 눌러도 꼼짝 않고 웅크린 채 버티며 대학으로, 사회로 탈출하던

학생들이 드디어 세상을 놀라게 만든 것이다.

학생들이 진정으로 바라는 것은 무엇인가. 자신의 삶에 주인이 되는 것.

자기 미래를 만들어갈 권리를 가지는 것이다.

학생들의 주인선언은 이제부터 시작이다.

　　　　2005년 5월 7일, 서울 광화문 주변에는 긴장감이 돌았다. 6000여 명의 경찰과 960여 명의 교사들이 번득이는 눈빛으로 지나가는 사람들, 특히 중고등학생으로 보이는 사람들을 살피고 있었다. 삼삼오오 무리를 지은 학생들은 자신의 학교가 '티'나지 않게 교표를 잘 가리고, 눈치를 살피다가 행사장 주위로 모이기 시작했다.

　이날은 이른바 '내신등급제반대 촛불시위'(주최 측에서는 '자살학생 추모제'라 했지만 모든 언론에서는 '내신등급제반대 촛불시위'라 불렀다)가 열린 날이다. 그간 한국 사회를 유지해온 입시경쟁과 서열화의 당사자인 고등학생들이 최초로 세상을 향해 정면도전하고 나선 것이다. 세상은 두려워했다. 경찰과 교사들은 몇 만의 시위대가 몰려들 것이라며 날마다 대책회의를 했고, 교육부에서는 학생들을 설득했다. 또 개별 학교에서는 학생들이 행사에 참여하지 못하도록 협박했다.

　그러나 정작 놀란 것은 학생들이었다. 어른들은 왜 그렇게 호들갑을 떨까? 우리는 단지 하고 싶은 얘길 하려는 건데, 왜 나오지 말라고 하는 걸까? 당신들이 언제 우리한테 관심 있었다고.

교육부는 이날 고등학생들의 시위를 "우발적이고 충동적이며 2008입시안을 제대로 이해하지 못한" 어리석은 행위로 몰아갔다. 하지만 거꾸로 그들의 과민반응은 고등학생들이 가진 힘이 얼마나 큰지 세상에 알리는 계기가 되었다.

내신등급제 반대 촛불 문화제, 개최일 전에 일어난 풍경

"내신 때문에 돌아버리겠어요."

4월, 중간고사 전후로 11명의 학생들이 스스로 목숨을 끊었다. 치열한 내신경쟁이 이들 죽음에 직간접적인 영향을 준 것으로 알려졌다. 학생들의 잇단 자살 소식은 언론매체와 각종 포털사이트 등에서 빠르게 퍼져 나갔다. 학생들은 추모를 넘어 그들의 고통에 공감했다.

실제로 고등학교 1학년 학생들은 바뀐 내신제도 때문에 혼란을 겪고 있었다. 교육부를 비롯한 시민단체 등이 공교육을 살리겠다는 취지로 도입한 '내신등급제'는 학교를 더욱 혹독한 경쟁의 장으로 만들었다. 특히 첫 번째 중간고사가 끝난 후, 학교는 말이 아니었다. 내신에 대한 학생들의 압박은 심각한 상황이었고, 요점정리를 해놓은 교과서가 도난당했다는 이야기가 돌기 시작하면서 친구들 사이에 미묘한 갈등이 시작된 것이다.

학생들의 이런 괴로움은 인터넷을 통해 급속도로 퍼져나갔다. 인터넷 게시판에는 학생들의 현실을 토로하는 글이 끊임없이 쏟아졌고, 수천수만 조회수를 기록했다. 이어 내신등급제를 반대하는 인터넷 카페가 만들어졌고 그 반응은 가히 폭발적이었다.

그러나 교육계를 비롯한 사회여론은 "학생들이 내신등급제를 잘 모르기 때문에 일어나는 현상"이라고 몰아갔다. 그들은 애초부터 학생들의 이야기에 관심이 없었다.

"내신등급제 반대 촛불시위 5월 7일 7시 광화문 앞!! 돌려."

어디에서부터 시작됐는지 모를 돌림 문자가 학생들 사이에 퍼지기 시작했다. 일명 '저주받은 89년생'이라고 불리는 고등학교 1학년 학생들은 계속되는 자살과 살벌해진 학교 분위기가 내신등급제 때문이라고 생각했다. 이에 온라인에서는 내신등급제를 폐지하기 위해서 학생들이 시위라도 해야 한다는 여론이 모아지기 시작했고, 이런 의견이 휴대폰 문자메시지를 통해 급속도로 퍼져 나갔다.

청소년단체를 비롯한 시민단체도 본격적인 대응에 나섰다. 계속되는 학생들의 자살을 어른들도 나서서 막아야 한다는 절박함 때문이었다. 결국 이런 의견을 모아 5월 7일 자살학생추모제를 열기로 했다. 죽음을 선택할 수밖에 없었던 학생들을 추모하고, 그 원인을 제공한 사회에 항의 메시지를 전달하기 위해서였다.

시민단체의 추모제와 학생들 스스로 제안한 시위의 날짜가 우연히 맞아 떨어지면서 학생들 사이에서는 5월 7일에 광화문으로 모이자는 통문에 점점 더 열기가 가해지기 시작했다. 이에 깜짝 놀란 교육부는 시위 참가 학생의 학내 징계와 강제귀가 조치 등의 내용이 담긴 공문을 각 학교로 내려 보내는 등 강경한 입장을 표명했다.

하지만 학생들의 동요도 잠시, 7일 열리기로 한 촛불추모제에 힘을 모으자는 쪽으로 여론이 모아졌다.

청소년들과 어른들, 소통 없는 숨바꼭질

예상대로 교육부를 비롯한 사회 곳곳에서 학생들이 거리로 나서는 것을 한목소리로 반대하고 나섰다. 여론매체는 "학생들의 시위는 우발적이고 충동적인 감정으로 진행되는 것"이라며 그 의미를 축소 평가했다. 교사, 학부모 단체 등도 학생들이 '내신등급제 반대'를 표명하는 것은 옳지 않다며 우려를 나타냈다.

"학생들에게 이번 시위는 위험합니다. 혹시 울컥하는 마음에 충동적으로 행동하면 어떡합니까? 어린 학생들의 주장 표출은 좋지 않습니다. 그뿐 아니라 이런 학생들의 감정을 조장해 이익을 남기려는 어른들이 있어 더욱 위험합니다."

"학생들의 촛불시위는 잘못된 생각입니다. 이번 2008입시안은 공교육을 정상화하고 사교육을 잠재우기 위한 정책입니다. 학생 여러분이 2008입시안을 잘 모르고 오해하고 있는 것입니다."

이처럼 여론은 청소년이 충동적인 마음에서 시위를 벌여서는 안 된다는 데에만 초점을 맞출 뿐, 그들이 왜 차가운 길바닥으로 나서려 하는지에 대해서는 전혀 궁금해하지 않았다.

✤ 5월 7일 아침, 학교

드디어 5월 7일, 촛불행사에 얼마나 모일지 아무도 알 수 없었다.

이른 아침 등교하는 학생들 사이에서도 의견이 분분했다.

"너 오늘 광화문 갈 거야?"

"글쎄……. 어제 텔레비전에서 그러는데 시위에 참여하는 학생들에게는 징계를 내린대. 좀 너무하지 않냐? 그렇게까지 할 필요가……."

오전 8시, 한창 1교시 수업이 진행될 시간이지만 교실은 조용하기만 하다. 담당교사들도 전부 교실에 들어오지 않았다. 교사들은 아침에 열린 긴급교무회의에 참석해 촛불시위 대책을 세우는 중이다.

교감이 입을 열었다.

"오늘 학생들의 시위가 있을 예정이랍니다. 각반 학생들이 동요하지 않게 잘 지도해주시고, 학생들의 하교지도를 철저히 해서 시위에 참여하지 않도록 해주십시오. 그리고 학생지도부장님과 지도부 선생님들은 3시까지 광화문에 집결해주세요."

30분 늦게 1교시가 시작되었다. 학생들은 묘한 긴장감을 느낄 수 있었다. 곧 교내방송이 정적을 깨뜨렸다.

"인터넷상에서 몇몇 학생들이 오늘 광화문 촛불시위를 주동하고 있는 것 같은데, 우리 학교 학생들은 참여하지 않기를 바랍니다. 만약 시위에 참여했다가 적발될 경우 징계를 할 예정이니 수업을 마치면 집으로 속히 돌아가세요."

전국의 교육청은 각 학교에 학생들이 시위에 참여하지 않게 해달라는 공문을 보냈고, 일선 학교에서도 이를 위해 만전을 기울였다. 이날은 토요일이었음에도 불구하고 전교생 강제야간자율학습을 하는 학교도 있었다. 매 수업시간 들어오는 교사들마다 촛불시위 이야기로 한 시간을 보냈다.

✤ 5월 7일 오후 5시, 광화문

과연 몇 명의 학생들이 모일까? 이는 언론에서 보인 초미의 관심사였다. 학생들이 목숨을 끊을 때는 단신으로 처리하던 언론사도, 광화문에 모두 모여 치열한 취재경쟁을 벌였다. 하지만 텔레비전 화면 속에 학생들은 보이지 않고, 학생들의 참여를 막기 위해 주위를 서성이는 교사들만 눈에 띌 뿐이었다. 교사들은 사전회의를 거쳐 교사들끼리 알아볼 수 있는 신호로 가슴에 테이프를 붙이고 나왔다.

그러나 실제 광화문에는 많은 청소년들이 모여 있었다. 먼저 나서기는 두렵지만 진정으로 교육이 바뀌기를 열망하는 청소년들이 광화문 인근에서 행사가 진행되기를 기다리고 있었다. 학생들은 교보문고 안 팬시점, 패스트푸드점, 광화문 사거리 길 건너편 광장에 자리잡고 조심스레 행사현장을 바라보고 있었다.

행사를 돕기 위해 모인 자원봉사자들의 움직임도 빨라졌다.
이들은 안타깝게 목숨을 끊은 학생을 위한 추모영정을 세우고,
하얀 국화로 추모비를 만들었다. 또 학생들에게 나눠줄 양초와
종이컵을 챙기는가 하면, 행사장소를 보장하기 위해 인간 띠를 형
성했다. 자원봉사자들의 표정에는 초조함과 기대감이 공존했다.

✤ 5월 7일 오후 5시 30분, 자살 학생을 위한 촛불추모제

"자살 학생을 위한 촛불추모제를 시작하겠습니다."

사회자의 엄숙한 목소리가 추모제의 시작을 알렸다.

"지금부터 촛불추모제를 시작하려 합니다. 추모제 참여를 위
해 오신 학생, 교사 여러분은 이곳으로 모여주십시오."

모인 학생들은 100여 명, 그마저도 모두 얼굴을 가린 채 다소
겁에 질린 표정이었다. 학생들이 당당하게 거리에 나서는 것이 이
리도 어려운 일이란 말인가? 사회자의 외침에도 조용하기만 하다.

한편 지하철 입구부터, 행사장 주변을 감싸고 있는 학생주임
교사들은 교복을 입은 학생들만 보면 무조건 집으로 돌려보내기
시작했다. 곳곳에서 학생들을 돌려보내려는 교사와 그것을 저지
하는 자원활동가 사이에 다툼이 벌어졌다. 실랑이가 계속되자 자
원활동가들은 지하철 입구부터 광화문 행사장까지 스크럼을 짜
고 길을 만들기 시작했다. 자원활동가들이 손에 손을 잡아 길을
만들어주자 학생들이 들어오기 시작했다. 어느새 참여 학생들은
500명 이상으로 불어났다. 추모제 행사장의 분위기가 서서히 달
아올랐다.

추모제는 자살한 학생들을 위한 묵념으로 시작되었다. 얼굴도 잘 모르는 학생의 영정 앞, 광화문 앞 좁은 인도에 모인 1000여 명의 학생들은 조용히 고개를 숙였다. 검푸른 빛이 돌며 밤을 재촉하는 하늘, 학생들은 초에 불을 붙이기 시작했다. 하나 둘 빛을 밝히며 넓게 퍼져가는 촛불 위로 학생들의 진심어린 표정이 드러났다.

가장 먼저 단상에 올라온 주최 단체 사단법인 21세기청소년공동체 희망의 이근미 사무국장은 다소 무겁지만 미소를 머금은 표정으로 서서히 입을 열었다.

"여러분 그동안 많이 힘드셨죠? 여러분만큼 학부모님들도 선생님들도 마음이 아팠을 것입니다. 중간고사가 끝나고 많은 학생들이 목숨을 끊었지만 여론은 왜 학생이 죽어야만 했는지 귀 기울이지 않았습니다. 우리는 그 학생들을 추모하기 위해, 그리고 그 현실을 알리기 위해 추모제를 준비했습니다. …… 이 자리에는 선생님들과 부모님들이 많이 와 계십니다. 여러분이 느끼는 답답한 심정을 마음껏 이야기해주세요. 용기를 내서 이 자리에 온 만큼 희망을 만들어갑시다."

✤ 5월 7일 오후 7시, 자유발언대를 울린 절규

추모의식이 끝나자, 움츠렸던 학생들이 하나 둘 무대로 나와 자유발언대에 참여했다. 아무도 들어주지 않았던 그들의 외침, 학생들은 거침없이 자기주장을 밝히기 시작했다.

"우리는 더 이상 바보가 아닙니다. 우리의 문화를 어른들에게 보여주고 우리의 생각을 전해야 합니다. 우리는 이제껏 어른들이 시키는 대로만 했습니다. 그 결과 학생들이 죽어가고 있습니다.”

“청소년들이 이렇게 모인 건 처음인 것 같습니다. 오늘 이 자리에는 나 대신 자살한 학생들이 있습니다. 나의 목숨을 지켜준 그 친구들의 명복을 빕니다.”

“우리는 성적으로 등급이 매겨지는 돼지고기가 아닙니다. 학교는 영화 ‘배틀로얄’처럼 친구를 죽여야 내가 사는 전쟁터가 아닙니다. 수능에 내신, 본고사까지 학생을 철인삼종경기 선수로 만들어야 직성이 풀립니까. 교육의 진정한 틀을 바꿔야 합니다. 우리가 원하는 건 자유로운 학교입니다.”

참여자는 서울·경기지역 학생들뿐이 아니었다. 전라남도 영광에서 수업이 끝나자마자 5시간을 버스를 타고 왔다는 한 학생은 “우리나라 학생들이 OECD 국가 중 학습능력은 최고라고 하는데, 협동능력은 최저다. 그 이유는 친구와 경쟁하며 노트도 빌려주지 않는 교실에서 살아가기 때문”이라고 외쳤다. 그는 우리가 꼭 바꾸어야 할 것은 교실이라며 멀리서 올라온 이유를 밝혔다.

학교폭력으로 목숨을 끊은 학생들의 어머니들도 함께했다. 이들은 참가 학생들에게 서로 친구가 되어주기를 간곡히 당부했다.

“우리 아이는 자기 얘기를 들어줄 수 있는 친구 한 명만 있었어도 죽지 않았을 거예요.”

학생들 한 명 한 명의 성토가 이어지면서 밤은 점점 깊어갔지만, 학생들의 얼굴에는 점점 화색이 돌았다. 발언이 이어질 때마다 큰 환호성이 울려 퍼졌다.

청소년의 현실을 노래하는 그룹 '엑기스'는 이날 〈청소년이 주인이다〉라는 노래를 불러 자리를 더욱 뜨겁게 달궜다.

"아침 일찍 일어나 공부가 전부고 머리는 똑같고, 학교에서 나의 꿈을 찾을 수가 없네. 우리의 꿈이 입시 속에 묻혀 이게 진짜 교육인가, 청소년이 주인이다."

행사에 참여한 청소년들은 재미있는 힙합비트와 랩이 어우러진 후렴구인 '청소년이 주인이다'를 목청껏 따라 불렀다.

✤ 5월 7일 오후 8:00 학생들의 주인선언

한 차례 발언이 끝난 후 자리를 빼곡히 메운 학생들 사이로 네모난 유리상자가 돌기 시작했다. 교육부에 보낼 학생들의 요구사항이 담긴 편지를 담는 상자였다. 사회자는 "한 달 동안 기다려보자"고 말하며 6월 7일까지 교육부의 책임 있는 답변을 요구했다. 촛불추모제는 학생들의 헌화와 모 대안학교의 교가인 〈꿈꾸지 않으면〉을 함께 부르면서 8시 20분경 마무리됐다. 조용한 마무리였지만 학생들의 가슴은 뜨겁게 달아올랐다.

이날, 교육부나 경찰이 우려했던 사태는 발생하지 않았다. 행사 초반부터 자원봉사단은 인간 띠를 잇고 행사장의 질서를 유지했으며 학생들 또한 진지한 모습으로 자리를 지켰다.

구리에서 왔다는 한 고1 학생은 "이렇게 우리가 뭉칠 수 있었다는 것이 너무나 새롭고, 대단하다고 느꼈어요. 오늘이 시작이에요. 다음에도 이런 자리가 있으면 꼭 친구들과 함께 참여할 겁니다"라며 소감을 밝혔다.

학생들이 거리로 나선 것은 지나친 경쟁을 부추기는 학교와 사회에 대한 저항이었다. 누르고 눌러도 꼼짝 않고 웅크린 채 버티며 대학으로, 사회로 탈출하던 학생들이 드디어 세상을 놀라게 만든 것이다. 어디서부터 시작된 것인지 모르는 돌림 문자와 인터넷 공간을 이용한 그들의 투쟁은 기성세대의 상상력을 훨씬 뛰어 넘었다. 그간 학생들의 힘을 과소평가했던 세상은 그들을 다시 보게 되었다. 또한 학생들은 경쟁의 고통을 알면서도 살아남기 위해 순응하는 어른들과 달리 비인간적인 학교에 대한 분노하고, 소중히 여겼던 친구들과의 우정을 무너뜨리고 싶지 않은 진심을 보여줬다.

학생들이 진정으로 바라는 것은 무엇인가. 자신의 삶에 주인이 되는 것. 자기 미래를 만들어갈 권리를 가지는 것이다. 학생들의 주인선언은 이제부터 시작이다.

친구는 우리가 지킨다,
의정부 중학생들의 촛불시위

학교는 경쟁을 가르치고, 사회는 이해타산을 가르치고 있지만

우리 청소년들은 그래도 아랑곳하지 않고 기꺼이 남을 위해 나서고 있다.

그들이 있다는 사실, 그 자체만으로도

우리 사회의 미래를 희망이라 부를 수 있지 않을까.

“공부 못하는 게 죄는 아니잖아요. 더 이상 친구들이 의정부를 떠나게 할 수는 없습니다.”

“우리 후배들을 위해서라도 이번엔 가만히 있을 수 없습니다.”

매서운 겨울바람이 살을 에는 12월 겨울밤, 의정부역 광장에는 수백여 명의 중학생들이 차가운 바닥에 앉아서 촛불시위를 하고 있었다. 아직 앳된 얼굴을 한 중학생들은 쟁쟁거리는 목소리로 그들의 주장을 밝히고 있었다.

분명 시위라고는 생전 처음 참여해볼 텐데 그들은 두려워하는 기색도 없다. 더군다나 손발이 모두 얼어 감각이 무디어지는 추운 겨울밤에 그들이 거리로 나선 까닭은 무엇일까?

살을 에는 한겨울 밤에 우리가 왜 거리로 나섰겠어요

지난 2005년 의정부시에 거주하는 중3 학생들 322명이 인근

양주, 포천, 남양주, 동두천으로 진학하는 초유의 고입 탈락 사태
가 발생했다. 다른 해와 달리 고입 지원자가 폭발적으로 늘어나
면서 각 고교마다 평균 20여 명의 탈락자가 나왔다. 특히 2006년
개교하는 H고등학교는 중상위권 학생들이 대거 몰려 정원에서
130여 명이나 초과됐다.

비평준화 지역인 의정부는 내신과 연합고사 성적(각각 200점,
100점 만점)을 합산해 학생을 선발한다. 이로써 각 고교마다 지원
가능한 내신기준치에 따라 학교가 서열화되어 있다. 그 중 의정
부고와 의정부여고는 최상위권 학생이 진학하는 명문 고등학교
다. 이런 구조로 인해 매년 타 지역에서 전입하는 숫자만 550여
명에 달한다. 결국 성적이 좋지 않으면 의정부에 살면서도 다른
지역 학교로 진학하는 웃기는 상황이 매년 벌어지고 있는 것이다.

특히 이번 의정부의 상황은 예년과 달리 매우 심각했다.

2004년, 관내 고교에 입학하지 못할 것이라고 생각한 중3 학생
들이 인근지역 학교로 안정적 하향지원을 한 결과, 의정부 내 고
교는 정원에서 100여 명이나 미달됐다. 이에 중3 담임교사는 학
생들에게 소신지원을 권유했고, 그 결과 중위권 학교인 H고에 학
생들이 많이 몰리게 된 것이다.

고입 합격자 발표가 있던 날, 의정부 시내 중학교 학생들은 희
비가 교차했다. 예상치 못한 대거 탈락사태로 넋을 잃은 어린 여
중생은 울다 실신해 응급실로 옮겨졌다. 교실에는 정적이 흘렀
다. 합격한 학생들도 맘 편히 기뻐할 수 없었다. 학부모도 경악했
다. 중상위권 성적으로, 의정부 지역 고등학교에 무리 없이 진학

할 것이라 믿었던 자녀가 탈락했다는 소식은 납득하기 어려웠다. 상황을 접한 의정부 시민단체, 학부모단체는 대책회의를 했다. 떨어진 학생들에 대한 대책부터 비평준화제도를 비판하기까지, 심각한 토론이 이어졌다.

친구의 불행이 곧 나의 불행이기 때문이에요

하지만 누구보다 문제해결에 앞장선 것은 다름 아닌 의정부 중학생들이었다. 이들은 마음을 나눈 친구를 멀리 떠나보내야만 하는 현실을 도저히 받아들일 수 없었다. 그래서 그간 친목을 도모해오던 의정부지역학생회연합 임원들이 친구에게 문자 메시지를 돌리고, 인터넷 게시판에 글을 남겼다. 소식은 순식간에 펴졌다.

합격자 발표가 있던 날 저녁, 시내 8개 학교의 학생회 임원들이 패스트푸드점에 급히 모였다. 사태의 심각성을 공감한 학생들은 자연스레 촛불시위를 하자는 방향으로 의견을 모았다. 의정부 시내 여러 학교에서 대량 탈락자가 나왔다는 점, 그리고 이번 사태의 원인이 비평준화제도와 경쟁적 입시현실 때문이라는 문제의식을 공유했다. 하지만 무엇보다 이들이 추운 겨울 거리로 나선 것은 친구를 의정부에서 떠나보낼 수 없다는 우정 때문이었다.

"공부 못하는 게 죄는 아니잖아. 더 이상 친구들이 의정부를 떠나게 둘 수는 없어.”

“우리 후배들을 위해서라도 이번엔 가만히 있을 수 없어. 반드시 문제를 해결하자.”

이튿날 바로 촛불시위가 열렸다. 2005년 12월 15일 오후 5시, 의정부광장 앞에는 놀라운 광경이 벌어졌다. 12월 중순, 살을 에는 칼바람 앞에도 300여 명의 청소년이 ‘친구를 돌려 달라’ ‘비평준화 NO’라고 적은 피켓과 초를 손수 준비해 거리에 나섰다.

한편 집회가 열린다는 소문을 듣고 달려온 교육청 관계자와 학생부장, 교감 등 학교 관계자는 참가 학생을 돌려보내기 위해 실랑이를 벌였다. 그러나 학생들의 의지를 꺾을 수는 없었다. 학생들이 자리를 정돈하고 촛불시위의 시작을 알리자 의정부역을 지나던 시민들도 발걸음을 멈추고 집회장 주위로 모였다.

“오늘 H고 떨어진 친구가 저에게 ‘정말 죽고 싶다’고 말하더군요. 정말 마음이 아프고 슬펐습니다. 교육청은 왜 우리에게 저 멀리 있는 양주로 학교를 가라고 하는 겁니까. 어른들 때문에 왜 우리가 이렇게 힘들어야 합니까.”

“촛불시위를 막으려고만 할 것이 아니라 이 문제를 사람들이 바로 알아야 합니다. 우리 모두 하나 되면 이길 수 있습니다. 의정부 친구, 우리는 이길 수 있습니다. 힘냅시다. 의정부 파이팅.”

한 여중생이 단상에 올랐다.

“우리는 미래를 이끌어갈 희망이자 주역입니다. 에디슨은 초등학교만 나왔지만 훌륭한 과학자가 되었습니다. 고등학교에 떨어져 다른 도시로 학교를 다녀야 하고, 어린 나이에 죽고 싶다는 생각을 하게 만드는 것은 잘못된 일입니다. 그런데 대한민국은 그렇습니다. 우리가 바라는 것은 교육청의 대책입니다. 교육청이 우리의 입장을 생각했으면 좋겠습니다. 우리를 이렇게 만든 것은 바로 어른들입니다."

말을 마친 여학생은 울음을 터트렸다. 촛불을 든 학생들은 "울지 마!"를 함께 외치며 다독였다. 이어 〈바꿔〉라는 노래의 가사를 바꿔 부르며 다 함께 촛불을 흔들었다.

촛불시위를 지켜본 시민들도 학생들에게 한마디씩 던졌다.

"친구를 위해 참가한 학생들이 대견하다. 추운 날씨에 애들이 무슨 고생이냐 그래."

"우리 아이가 다른 지역으로 쫓겨나 학교를 다녔기 때문에 탈락한 학부모의 심정을 이해한다. 서울처럼 평준화돼서 집 근처 학교에 다니면 얼마나 좋겠나."

예상 밖의 호응에 놀란 의정부 중학생들은 촛불시위를 계기로 문제를 해결할 수 있다는 자신감을 얻었다. 당시 발곡중학교 학생회장 황선민(중3)은 촛불시위를 준비하는 과정이 어려웠지만 힘들어 하는 친구를 지켜보고 있는 것이 더 가슴 아팠다고 말했다.

"솔직히 무섭긴 했지만 죄짓는 게 아니기 때문에 당당했어요. 우리의 권리를 주장하는 것뿐인데도, 몇몇 선생님들은 문화제를 잘 치룰 수 있도록 보호해 주는 것이 아니라 오히려 방해하는 것이 이해가 안 됐어요."

의정부 중학생들은 일주일 동안 매일 촛불시위를 진행했다. 눈이 오는 날도 있고, 마스크와 장갑을 착용했지만 입이 얼어 말을 못하는 경우도 있었다. 그러나 학생들은 끝까지 자리를 지켰다.

1주일가량 지속된 의정부 중학생들의 촛불시위와 학부모·교사들의 항의도 결국 현실을 바꾸지는 못했다. 그러나 의정부 중학생들이 우리에게 전하는 메시지는 결코 쉽게 넘겨버릴 수 없다. 그들은 남을 위해 싸울 줄 알고, 남의 눈물을 닦아줄 줄 아는 우리 사회의 희망이다.

우리 사회의 다양한 이익집단은 하루에도 수십 건씩 집회를 하고 캠페인도 한다. 그러나 '자신의 이익'이 아닌 '남의 아픔'을 나누기 위해 거리로 나서는 어른들은 별로 없다. 이날 집회에 참여한 학생들 대부분은 원하는 고등학교에 합격한 학생들이었다. 그들이 이 집회에 참여한다고 해서 얻을 수 있는 것은 아무것도 없었다. 하지만 그들은 아무런 계산도 없었고, 아무런 이해타산도 없이 단지 친구를 위해 차가운 길바닥으로 나왔다.

학교는 경쟁을 가르치고, 사회는 이해타산을 가르치고 있지만 우리 청소년들은 그래도 아랑곳하지 않고 기꺼이 남을 위해 나서고 있다. 그들이 있다는 사실, 그 자체만으로도 우리 사회의 미래를 희망이라 부를 수 있지 않을까.

비평준화, 공부 못하면 중학생도 하류인생

사상 초유의 의정부 고입 대량 탈락, 학급당 학생 수 50명 과

밀학급, 고교 서열화……. 이들의 공통분모는 '고교 비평준화'다. 서울을 비롯한 대부분의 지역은 고교 평준화가 이뤄졌지만 의정부, 광명, 안산 등 소수 경기도 지역에서는 여전히 비평준화 제도로 인해 학생들이 시름에 빠져 있다. 해마다 고입에 탈락한 학생들은 의정부에서 양주로, 안산에서 시흥으로, 평택에서 용인으로 학교를 다닌다. 그 때문에 학교를 그만두고 검정고시를 치르는 학생도 늘고 있다.

이러한 '고교 비평준화' 정책으로 인해 지난 2006년 평택에서는 제2의 의정부 사태가 벌어졌다. 12월 18일 1차 고입선발고사 결과 평택시에 거주하는 중3 학생 250여 명이 거주지와 1~2시간 거리에 있는 송탄, 안중, 동탄, 용인 등으로 진학하게 된 것. 특히 비평준화 지역에는 연합고사 점수에 따른 고교 서열화 현상이 심해 이른바 명문고로 진학하려는 학생들의 경쟁이 더욱 심각하다. 평택지역도 다른 학교에 비해 학업성취도가 높다는 한광고교에 지원자가 몰리면서 정원에서 120명이나 초과됐다.

H여고에 지원해 탈락한 김다한님(중3)은 "탈락 이후 엄마가 여기저기 학교를 알아보고 계신다"며 고교 입학에 대한 절박함을 나타냈다. 김 양은 동탄과 용인에 93명이 미달됐다는 정보를 얻었지만 자가용으로 1시간, 대중교통으로 2시간 거리를 3년 동안 통학해야 하는 것이 자신 없어 걱정이라고 전했다.

경기도교육청은 2002년 평준화된 경기도 7개시(안양, 군포, 의왕, 과천, 고양, 부천, 성남분당) 평준화 연구용역 결과가 나오면 나머지 지역에 대한 평준화 정책도 검토하겠다고 약속했다. 하지만

2006년까지 제도 개선을 위한 대응은 전혀 없었다.

비평준화 지역의 경우 고교 입학 시 전 과목 내신과 선발고사(100점) 점수를 합산·반영한다. 이 중 내신(200점)은 교과활동(1학년 20퍼센트, 2학년 30퍼센트, 3학년 50퍼센트) 150점, 봉사활동(10퍼센트) 20점, 출결상황(10퍼센트) 20점, 수상실적(5퍼센트) 10점을 더해 산출한다.

사정이 이러다보니 비평준화 지역에 살고 있는 중학생들은 내신관리와 연합고사 준비라는 두 마리 토끼를 잡기 위한 고충에 시달리고 있다. 그래서 학생들은 중3 여름방학 때부터 고등학교 영어·수학 과목 선행학습을 하고, 연합고사를 대비하고자 종합학원에 다니는 데 많은 시간을 보낸다.

한 중등전문학원 관계자에 따르면 선행반은 학생의 성적 수준에 따라 5개 반으로 나뉘어 운영되는데, 학원비는 한 달에 36만 원정도, 오후 6시 30분부터 밤 12시 20분까지 8교시 코스로 진행된다고 한다. 하지만 이 수업은 내신이 185점(200만점) 이상인 학생만 접수할 수 있도록 되어 있어 아무나 수강할 수도 없다.

안산에서 명문고로 꼽히는 D고등학교에 지원하려는 김혜헌(중3)은 중학교에 올라오면서부터 보습학원에 꾸준히 다니고 있다. 오후 4시 정도에 학교수업을 마치면 곧바로 학원으로 가서 5시 30분부터 밤 10시 30분까지 고교 영어, 수학 등 입시공부를 한다. 혜헌은 "주위 친구들 보면 하향지원하는 추세지만, 당장은 조금 힘들더라도 좋은 학교에 가서 공부하는 것이 좋을 것 같아요"라고 말한다.

중학교 때부터 시작되는 입시 부담, 막대한 사교육비 지출, 경쟁 심화 …….

비평준화는 학생들과 학부모에게 고통을 안겨주고 있다. 하지만 이 가운데 가장 큰 문제점은 '고교입시'가 아이들의 인생을 너무 일찍부터 결정해버린다는 것이다. 안산 상록중학교 최영일 교사는 "많은 아이들이 중학교 때부터 자기 인생이 결정되어 있다고 생각해 참 안타깝다"고 말한다. 특히 성적이 낮은 학생일수록 자기 삶을 '하류인생'이라고 단정 짓는 경우가 많다는 이야기는 씁쓸하기만 하다. 꿈을 먹고 산다는 10대에 대학입시도 모자라 고입의 '좁은 문'을 통과하기 위해 허덕이는 중학생들의 현실은 비평준화가 해결되기 전까지 계속될 것으로 보인다.

이심전심 의리로 쟁취한 두발 자유, S고등학교 종이비행기 시위

그것은 '두발 자유' 라는 사안의 메시지를 넘어섰다.

그들이 날린 종이비행기는 자유에 대한 열망이었다.

별로 똑똑하지도 잘나지도 않은 고등학생들의 인간선언이었으며,

동시에 그들이 가진 집단적 힘의 잠재성을 보여준 사건이었다.

　　황당한 교칙과 규율이 존재하고, 비상식적인 사건이 수시로 일어나는 대한민국 학교, 대부분의 학생들은 억울하고 답답해도 '학생이니까' 그저 참고 견딜 수밖에 없었다. 하지만 2005년 5월, S고등학교 학생들은 과감하고 멋지게 학교에 도전을 했다. 칙칙하고 답답했던 학교 담을 넘어 푸른 하늘로 그들의 종이비행기를 힘껏 날렸다. 두발 자유를 위한 종이비행기 시위는 학교의 높은 벽을 넘어, 청소년이 당당하게 자유를 선언한 사건으로 널리 알려졌다.

　　5월 19일 5교시, 쉬는 시간을 알리는 종이 울렸다. 평소 같으면 매점으로 뛰거나 괜히 복도를 어슬렁거릴 시간이었다. 그러나 이날은 뭔가 달랐다. 수업종이 치든 말든 늘 시끌벅적했던 복도는 웬일인지 텅 비어 있었다. 어느 교실에서 싸움구경이라도 난 것일까? 교실에는 이유를 알 수 있는 긴장감이 돌았다.

　　"정말 날릴까?"

　　"이러다 마는 것 아냐, 학교 잘리면 어떡하지?"

　　대부분의 학생들이 창문 앞에 달라붙어 있다. 저마다 학생들은 모두 손에 종이 한 장씩 쥔 채 창밖으로 펼쳐진 운동장을 바라보고 있다. 뭔가 긴장한 듯 굳은 표정들, 이런 분위기는 이 교실만이 아니었다. 창밖으로 고개를 빠끔히 내민 학생들. 순간 3층 어디에선가 한 학생이 창밖으로 팔을 크게 휘둘렀다. 곧이어 학생들은 커다란 함성을 지르며 종이비행기를 날렸다. 하늘 높이 날아올라, 짧은 순간 하늘을 뒤덮었던 비행기는 건물 아래 화단을 하얗게 장식했다.

오랜 편견의 벽을 넘어 외친 겁 없는 '인간선언'

우리 사회에는 실업계 학생에 대한 편견이 여전히 존재한다. 그 중에서도 공업고등학교는 공부에 관심 없고 놀기 좋아하는, 이른바 '꼴통'이라고 불리는 학생들이 가는 곳이라는 인식이 크다. 이러한 사정은 S고교도 다르지 않았다. 갖은 이유로 학교를 빠지는 학생들과 가르칠 의욕을 잃은 교사…….

"잠 좀 자지 마라."

"떠들지 마라."

"학교에선 담배 좀 피지 마라."

수업 내용은 교사의 무시 발언과 욕설이 반이다. 하지만 그런 학교에서 가장 먼저 희망의 싹이 트기도 한다. 사건의 발단은 학기 초 심화된 두발 단속. 학생들을 제압하려는 학교와 이를 거부하는 학생의 기氣싸움이 시작됐다.

"내일까지 머리 잘라와!"

"어쭈, 말 안 들어? 이 새끼야, 죽고 싶냐?"

"내일까지 부모님 모시고 와!"

등교 시간, 정문을 지키고 선 생활지도교사는 수업시간이나 쉬는 시간마다 '바리캉'과 가위를 들고 다니며 학생들의 머리에 고속도로를 냈다. 학생들은 단속을 피하기 위해 수업을 빠지거나 아침 일찍 등교하는 등 쫓고 쫓기는 전쟁이 시작됐다.

"아휴~ 차라리 학교 안 가고 말죠."

"친구들이 우리도 인권이 있다고 외치는데 학주 앞에서는 얄짤 없죠."

"머리 길어서 걸리면 존나 맞아요. PVC 파이프나 강목 같은 걸로. 진짜 아파 죽는다니까요. 근데 존나 맞고 머리도 잘려요. 아, 씨발……. 뭔가 해야 되는 것 아니에요?"

이렇듯 학생들의 두발 자유 요구는 봇물 터지듯이 터졌지만 그 누구도 명쾌한 해답을 주지 못했다.

5월 초, 모 학교에서는 '라커 시위'(운동장 조회대, 담벼락 등에 'No Cut' '두발 자유를 보장하라'는 문구를 스프레이 페인트로 칠하는 사건이 연속 발생했다)를 벌이기도 했다. 그러나 언론보도 후 학생과 학교의 갈등은 더욱 심화됐다. 어떠한 이유에서도 학교의 명예를 실추시키는 행동을 해서는 안 된다는 이유에서였다. 학생들 사이에서도 논란이 일었다. 학교 명예가 실추되면 이미지도 나빠지고 대학 진학에 좋지 않을 것. 두발 자유 운동에 앞장섰던 학생들도 조금씩 지쳐갔다.

날씨는 따스한 봄이지만, S고 학생들의 학교생활은 혹독한 겨울나기의 연속이었다. 강제 이발과 함께 행해지는 체벌로 학생들은 몸과 마음에 상처를 입었다.

S고 학생들도 인터넷에 글을 올리기 시작했다. 머리카락 잘린 사진을 휴대폰 카메라로 찍어 인터넷에 올리는가 하면, 학교 홈페이지 게시판, 언론사 게시판 등에 두발 규제의 억울함을 호소하는 글을 올렸다. 학생들은 인터넷에 올라온 학생인권과 두발 자유에 관한 뉴스를 보면서 더욱 자극을 받았다. '두발 규제는 일제 잔재' '신체자유권, 자기결정권 무시' '유엔아동인권권리' 등 학생의 권리를 보장해야 한다는 내용의 자료는 학생들의 주장에 힘을 실어주는 논리가 됐다.

봄은 우리 스스로 꽃피운다

재승(가명, S고 2년)은 친구들에게 종이비행기 시위를 해보자고 제안했다.

"까짓거 성공하면 두발 자유가 될 테고, 실패해도 손해 볼 건 없잖으냐."

한 명이 두 명이 되고 두 명이 네 명이 되면서 종이비행기 시위를 하자는 이야기가 빠르게 전해졌다. 하지만 섣부른 판단은 금물, 얼마나 많은 친구들이 함께할지가 시위 성패의 관건이었다.

"에이, 애들이 그걸 한다고?"

한 번도 경험해보지 않은 일. 친구들에 대한 불신과 '설마' '우리가 할 수 있을까' 하는 학생들의 의구심은 적극적인 참여를 가로막았고, 두발 단속에 걸리지 않았던 학생들의 입장은 또 달랐다. 그 누구도 예측할 수 없었다.

시위를 벌이기로 한 5월 19일. 또다시 강제적인 두발 단속이 시작됐다. 학생들은 '올 것이 왔다'는 생각이 들었다. 재승을 비롯한 몇몇 학생들은 5교시 수업시간이 끝나는 2시 15분에 종이비행기를 날리기로 결정했다. 그리고 쉬는 시간마다 매점으로 달려가 2학년이든 3학년이든 붙들고 동참하라고 권유했다. 1, 2, 3학년이 모두 모이는 매점은 '시위 제안'을 하기에 가장 적합한 장소였다. 아는 얼굴이든 모르는 얼굴이든 선배든 후배든 이미 상관없었다.

3교시 즈음 학생들은 공책을 찢어 종이비행기를 접기 시작했다. 깨끗한 종이는 아니었지만 종이에는 '두발 자유'라는 글도 적어보았다. 이렇게 완성된 종이비행기는 교사들에게 걸릴까봐 폐휴지통에 숨겼다. 그래도 불안해 그 위를 신문지로 덮어놓았다.

점심시간이 끝나고 5교시가 시작됐지만 학교는 조용했다. 아무도 종이비행기나 시위에 대해 언급하지 않았다. 단지 무언의 눈치작전이 시작됐다.

'과연 이번 시위가 성공할 수 있을까? 점심시간에 보니 별로 반응도 없던데. 이러다 우리 반만 엿 먹는 거 아냐?'

마침내 5교시 수업을 마치는 종이 울렸다. 그날따라 종소리가 유난히 크게 들렸다. 각 반에는 묘한 흥분과 긴장감이 돌았다. 학생들은 약속이나 한 듯 창문 사이로 고개를 내밀고 동태를 살핀다. 하지만 덜컥 겁이 났다. 솔직히 징계가 두려웠다. 예정 시간이 가까울수록 무엇이든 해볼 수 있을 것 같았던 처음의 마음과 달리 두려움이 엄습했다.

학생들이 창가로 몰려든 친구들 사이를 비집고 들어가 얼굴을 내밀었다. 교정을 ㄷ자로 감싸고 있는 학교, 맞은편 교실에 있는 학생의 얼굴이 한눈에 들어왔다. 왼편 교실에도 마찬가지였다. 1학년 교실에도, 평소에는 관심도 없던 2학년 컴퓨터과의 실습실 창문에도 빼곡한 학생들의 얼굴이 한눈에 들어왔다. 정말 많았다. 2학년 교실에도 3학년 교실에도 있었다. 다들 서로의 얼굴을 쳐다보고 있었다.

그 순간 아래층에서 종이비행기가 날아올랐다.

"지금이래."

"던지자."

"와! 와!"

환호성이 터졌다. 아무도 몰랐지만 세상을 깜짝 놀라게 한 종이비행기 시위가 시작되는 순간이었다. 폐휴지수거함에 쌓아두었던 종이비행기가 하늘을 날기 시작했다. 한 사람이 몇 개씩 접어놓은 종이비행기는 계속 하늘을 날아올랐다. 순식간에 수백 수천 개의 종이비행기가 하늘을 뒤덮었다.

하늘을 뒤덮은 종이비행기, 우리도 그렇게 날고 싶었다

"최근 논란이 되고 있는 중고등학생들의 두발 자유화 문제를 놓고 서울 한 고등학교에서는 학생들이 집단적으로 종이비행기를 날리는 시위를 벌였습니다. 서울의 한 고등학교, 학생들이 교실 창문 밖으로 한꺼번에 종이비행기를 날립니다. 종이비행기에는 두발 자유화를 요구하는 글귀가 적혀있습니다. 학교 측의 엄격한 두발 단속에 항의해 수백여 명의 학생들이 일제히 시위를 벌인 것입니다. S고등학교에서 MBC 9시 뉴스 ○○○입니다."

이날 세상은 깜짝 놀랐다. 언론은 종이비행기 시위 장면을 그대로 보여주었다. 이날 뉴스를 본 사람들은 중고등학생이 두발 자유를 외치며 시위를 했다는 사실에 놀랐고, 학생들은 자신의 또래들이 자유의 비행기를 날렸다는 사실에 또한 놀랐다.

사건이 커지자 학교 측이 주동자를 찾기 시작했다. 평소에 행실이 좋지 않다고 소문난 학생들은 차례대로 교무실로 불려갔다. 이들은 체벌과 함께 퇴학시키겠다는 말을 듣기도 했다. 하지만 학교는 시민단체 등의 강력한 항의와 학생들에게 우호적인 여론의 기세에 밀려 결국 학생들의 의견을 받아들였다.

회색빛 건물 위로 하얗게 날아오르는 종이비행기, 학생들의 시원한 함성, 빠끔히 내민 얼굴마다 스쳐가던 환희의 표정……. 언론에 공개된 S고 종이비행기 시위가 사람들에게 매우 강렬한 인상을 남겼다. 그래서인지 그 뒤에 나온 유명 영화, CF에서도 이 장면 그대로를 담기도 했다. 또한 두발 자유 등 학생들이 자신의 의견을 표명하고 싶을 때 종이비행기를 날리는 것이 자연스러워졌다.

특별한 주동자도 없고, 많은 준비도 없었던 어느 고등학교의 종이비행기 시위는 오래도록 사람들의 가슴속에 남을 것이다. 그것은 '두발 자유'라는 사안의 메시지를 넘어섰다. 그들이 날린 종이비행기는 자유에 대한 열망이었다. 별로 똑똑하지도 잘나지도 않은 고등학생들의 인간선언이었으며, 동시에 그들이 가진 집단적 힘의 잠재성을 보여준 사건이었다.

마침내 여럿이 하나 되어 세상을 향해 외치다

진정으로 바라는 학교,
누구의 힘으로 바꾸나

청소년들은 현실에 체념하지 않고 실천 활동을 벌이기 시작했다.

인터넷을 통해 교육청이나 학교에 항의 글을 남기던 청소년들은

보다 적극적이고 구체적인 노력 없이는

자신이 원하는 것을 얻을 수 없다는 것을 깨달았다.

영영 열리지 않을 것 같던 문을 그렇게 조금씩 열어내기 시작한 것이다.

지난 2006년 10월, ‘77회 학생의 날’을 맞아 〈대한민국 청소년 현실과 학생회의 할 일〉이라는 주제로 토론회가 열렸다. 70여 명의 학생회임원이 참여한 토론회는 모처럼 열띤 토론으로 달아올랐다. 학생회임원들은 자기 학교의 문제점과 학생회 활동의 어려움을 폭포수처럼 쏟아냈다. 토론회 분위기는 여느 국가정책토론회와 견주어도 손색이 없을 정도로 열정적이고 진지했다.

"대의원회의에서 논의된 용의복장 및 두발 규제 완화 입장을 학교에 전달했지만, 학생회의 의견은 전혀 받아들여지지 않고 무시당했다."
"공부 잘하는 학생들을 따로 모아서 보충수업을 진행하는 것은 불공평한 것 아닌가?"

저마다의 경험을 바탕으로 한 학생들의 성토는 그칠 줄 모르고 이어졌다. 한참을 어려움과 불만을 토로하던 학생들은 자연스럽게 "학생회는 이런 현실에서 어떠한 역할을 해야 하는가? 어떻게 학교를 바꿀 것인가?"라는 질문을 던지기 시작했다.

수많은 논의 끝에 참가 학생들은 학생들의 요구를 대변하는 학생회연합조직을 만들고, 학생회에 대한 학생들의 불신을 씻어버리기 위한 열정을 보여줘야 한다는 데 의견을 모았다. 또한 학생들이 정말 바라는 것이 무엇인지 세상에 알려줘야 한다는 사명감으로, 청소년 8대 요구사항을 정리해 11월 3일 학생의 날 기자회견을 갖기로 하고 마무리를 지었다. 행사에 참여한 학생회 임원들은 스스로가 학교 현실을 바꾸기 위한 첫걸음을 뗐다는 기쁨에 흥분을 감추지 못했다.

2006년 청소년 8대 요구

1. 학생은 존중받을 권리가 있다. 우리의 인권을 존중해달라.
2. 학생다움은 누구의 기준인가! 두발 규제 폐지하라.
3. 학생회는 학생의 대표이다. 학생회와 동아리의 자치권을 인정하라.
4. 선생님은 독재자가 아니다. 일방적인 권위주의를 반대한다.
5. 우리는 공부하는 기계가 아니다. 배우고 싶은 것을 배우고 싶다.
6. 폭력은 계몽의 도구가 될 수 없다. 일방적인 체벌을 반대한다.
7. 성적과 등수로 학생을 차별하지 마라.
8. 비위생적이고 위험한 급식 이제 그만! 제대로 된 급식을 먹고 싶다.

우리 스스로 나서지 않으면 아무것도 바뀌지 않아

　주변인이라고 불리던 청소년은 2000년도에 들어서면서 자본주의 사회의 주요 소비계층으로 자리 잡았다. 10대의 유행 코드는 바로 '돈'이 되었다. 기업은 그들의 구미에 맞는 각종 상품을 내놓았고, 청소년이 원하는 것이라면 무엇이든 가능하게 되었다. 단, 입시 현실과 학교를 제외하고…….

　기업과 사회는 청소년들을 교묘하게 상업적 마케팅 대상으로 바라보지만, 청소년들은 상업화라는 틈새 속에서 문화의 주체로 서려는 움직임들을 보였다. 또한 같은 맥락에서 청소년들은 자기 목소리를 내고, 자신의 삶을 창조해내는 가능성과 희망을 만들어내고 있다.

　그런 청소년의 주체성이 서서히 현실에서도 나타나기 시작했다. 청소년들은 (사회문화적으로는 진보하고 있지만 학교와 입시 교육은 근본적으로 변화하지 않는) 현실에 체념하지 않고 실천 활동을 벌이기 시작했다. 인터넷을 통해 교육청이나 학교에 항의 글을 남기던 청소년들은, 보다 적극적이고 구체적인 노력 없이는 자신이 원하는 것을 얻을 수 없다는 것을 깨달았다. 절대로 바뀌지 않을 것 같았던 학교의 닫힌 문을 그렇게 조금씩 열어내기 시작한 것이다.

경기도 ○○고등학교는 해마다 두발 규정에 대한 학생들의 불만이 끊이지 않았다. 새 학기가 시작될 때면 교사들은 어김없이 두발 단속에 나섰고, 많은 학생들이 체벌을 받고 강제 이발을 당했다. 학생들은 단속을 피하려고 아침 일찍 등교하고, 수업시간에도 움츠려 지내야 했다. 이들에게 학교는 통제와 곤욕을 주는 공간 이외에 의미가 없었다.

햇살이 따사롭던 5월 어느 날, 몇몇 학생들의 하소연에 머무르던 '두발 규제' 성토에 불꽃이 일기 시작했다.

"언제까지 이렇게 숨어 다녀야 하나? 우리 이렇게 하지 말고 뭔가 해보면 어떨까? 인터넷에서 보니 두발 자유 시위를 하는 학교도 있던데, 우리라고 하지 말라는 법 있어?"

인터넷을 통해 다른 학교의 두발 자유 운동에 자극받은 몇몇 학생들은 우선 교육청 사이트에 학교를 고발하는 글을 올리기로 했다. 첫날, 교육청에 올린 글은 전교생을 자극했고 삽시간에 소문이 퍼졌다. 교육청 자유게시판에는 연일 두발 자유를 원하는 '도배 글'이 올라오기 시작했다. 게시판에서 친구가 쓴 글을 보며 서로 자극받고 감동했다. '자식들, 아무것도 안할 것처럼 굴더니…… 제법인데?'

알 수 없는 희열과 통쾌함을 느꼈다.

며칠 후 등교시간, 정문을 들어서는 학생과 교사들은 입을 다물 수가 없었다. 운동장 담벼락과 건물 벽에 스프레이로 "우리는 두발 자유를 원한다"는 구호가 곳곳에 쓰여 있었다.

학교가 발칵 뒤집혔다. 학생들이 교육청에 올린 글과 라커 시위로 학교 분위기가 흉흉해지자 학교에서도 무언가 조치를 취하지 않을 수 없는 상황이었다. 처음 인터넷 시위가 논란이 됐을 때는 '학생들의 우발적인 행동이겠거니' 하면서 무시하고 넘어갔다. 하지만 라커 시위를 보면서 학교는 학생들의 힘을 무시할 수 없다는 위기감을 느꼈다.

학교 측은 사태가 더 커지기 전에 사건을 수습하려고 했다. 월요일 조회시간, 교장선생님은 두발 규제를 대폭 완화하겠다고 발표했다. 물론 더 이상의 학생들의 우발적인 행동은 자제해달라는 내용과 함께.

"와! 와!"

발표가 다 끝나기도 전에 각 교실마다 터지는 함성에 교장선생님의 말은 그대로 묻혀버렸다. 강제 이발을 당하면서도 아무것도 할 수 없는 현실이 억울하고 화가 나서 시작한 작은 행동이 이렇게 변화를 가져올 줄은 정말 생각도 못했다. 무섭고 절대 변하지 않으리라 생각했던 교사들이 긴장하고 꼬리를 내리는 모습은 예상치 못한 결과였다. 학생들의 완승이었다.

처음 인터넷 시위를 제안했던 학생들은 스타가 되었다. 주변 친구들이 학생에게 찾아와 저마다 제안했다.

"야, 우리 학교 급식도 좀 해결해주라. 에어컨도 어떻게 해봐."

이번 기회에 학교를 바꾸자고. 자신감을 얻은 학생들에게 어려움은 없었다. 두발 규제 완화에 크게 공헌한 덕에 학생회장 출마를 결심하게 되었다. 그 소식은 재빠르게 학교 전체에 퍼졌고, 다른 학생들은 '나가봤자 개가 당선되겠지' 하고 생각하며 출마할 엄두도 내지 못했다. 그 학생은 예상대로 압도적인 지지를 얻으며 학생회장에 당선됐다.

제주 ○○중학교, 매년 학생회장 선거 때마다 나오는 공약 1번은 두발 자유 및 복장규제 완화다. 대의원회의 때 제기도 해보고, 학급회의 때 토론도 해보지만 언제나 교사들은 묵묵부답이었다. 이번에 당선된 학생회장도 현실을 바꾸기에는 역부족이었다.

"두발 자유는 절대 안 돼. 어차피 안 될 걸, 얘기도 꺼내지 마라."

새로 당선된 학생회장이 교장실로 직접 찾아가서 말씀드려도 봤지만 결과는 마찬가지였다. 학생들이 무슨 말을 해도 선생님이나 학교는 받아들이지 않을 것이라는 생각이 들었다.

"시위를 해볼까, 집단으로 수업을 거부하고 운동장에 나와서 요구를 하면 들어주지 않을까."

강하게 하지 않으면 절대로 들어주지 않을 것이라는 것을 학생들은 알고 있었다. 하지만 가장 두려운 것은 학교의 징계였다. 하지 말라는 선을 넘는 순간 학교에서는 징계와 퇴학을 가할 권리가 있었다. 부모님이 학교에 와야 하고, 무서운 선생님들과 마주할 생각만 해도 가슴이 떨렸다. 그렇다고 포기해버리기엔 너무나도 억울했다.

'지금 내 주장이 틀린 건가. 학생은 인간도 아닌가. 선생님들이 강제적으로 두발 단속을 하는 건 너무한 일 아닌가.'

학생회장은 자기 생각이 틀리지 않다고 확신하고 다시금 마음을 다잡았다. 그는 인터넷을 통해 두발 자유 운동에 관한 정보를 알아본 후 서명용지를 만들었고, 바로 이튿날부터 교내 서명 운동을 시작했다. 스스로 옳다고 생각한 순간 징계는 두렵지 않았다. 서명용지는 곧바로 학교 전체로 퍼졌고 거의 대부분의 학생들이 서명에 동참했다. 학생회장은 전교생의 서명이 담긴 용지를 들고 교무실로 향했다.

"너희들이 원하는 게 뭐니? 그래서 어떻게 했으면 좋겠어?"

평소에 학생들의 이야기를 듣지 않으려 하던 선생님들의 목소리가 부드러워졌다. 묵직한 서명용지를 손에 든 학생회장은 당당하게 입을 열었다. "우리의 의견이 반영되지 않은 현 두발 규정은 문제가 많습니다. 학생들의 의견을 들어 학생들이 원하는 방향으로 두발 문제가 해결되었으면 좋겠고, 학생들의 목소리를 듣기 위한 공청회를 개최했으면 합니다."

학생들의 시위는 자기 삶의 주체로 우뚝 서는 실천행위

서울 ○○고등학교에서는 1, 2학년 각반에 "○월 ○일 ○교시 끝나고 쉬는 시간에 교장실 앞에서 시위를 하자"는 문자가 돌기 시작했다. 그날, 교장실 앞에는 100여 명의 학생들이 모여서 시위에 들어갈 태세였다. 모이긴 했으나 그 다음에 뭘 해야 할지 몰랐던 학생들은 웅성이다가 학생주임의 불호령에 곧바로 해산하고 말았다. 비록 시위는 진행되지 못했으나 학교 측은 학생들의 불만을 일부 해소해 주었다.

경기도 ○○고등학교는 공부에 방해가 된다는 이유로 학교 축제를 주말에서 평일로 옮기고, 기간도 2일에서 1일로 단축했다. 물론 학생들의 의견은 들어보지도 않고 내린 학교 측의 일방적인 결정이었다. 학생회와 동아리 대표들은 학교의 결정에 반대하는 서명 운동을 진행했다. 학교 측도 '모두 퇴학시키겠다'며 강경한 자세로 학생들을 압박했다.

서울 ○○중학교에서는 국어시간에 '학교생활'이라는 주제로 발표수업이 진행되었다. 학교의 여러 가지 문제점을 지적하고 토론하던 학생들은 스스로 바꾸지 않으면 아무것도 달라지지 않는다는 것을 느꼈다. 수업을 들은 학생들은 학교의 부당한 용의복장 규정에 항의해 운동장에 모여 시위를 벌였다.

이처럼 학생들의 시위 사례는 인터넷을 통해 빠르게 퍼져나갔다. 누구도 가르쳐주지 않고 배울 수 있는 곳도 많지 않았지만, 학생들은 인터넷 사이트나 개인 홈페이지에 올라 온 시위 사진 한 장, 학생들의 주장 글 하나에 조금씩 학교를 바꿀 방법을 터득해 나갔다. 물론 학내에서 벌어진 시위가 모두 성공한 것은 아니다. 그러나 학생들은 그 소중한 경험을 통해 세상을 바꾸는 방법, 자신의 권리를 당당하게 요구하는 방법 그리고 자신감을 쌓아갔다.

아직까지 학생들의 저항은 '두발 자유'로 국한되고 있다. 하지만 그것은 장기적으로 '교육환경개선' 요구나 '경쟁적 입시제도 반대' 등으로 발전할 수 있으며, 이는 학생들이 교육정책의 일방적 수용자가 아니라 주체가 될 수 있는 가능성을 보여주고 있다.

많은 학생들이 저항하고 행동하는 것. 학생들이 나서서 움직일 때, 학교가 가장 긴장하고 요구사항이 수렴된다는 것이 최근 1, 2년 동안, 선배들이 학교에서 혼나고 징계위협을 받으면서까지 얻어낸 결과라는 것을 깨달았다.

학생들의 현실은 누가 대신해서 바꿔주지 않는다. 그들의 상식으로 도저히 납득할 수 없을 만큼 불합리하고 모순된 현실, 회피하지 않고 그것과 당당하게 마주하는 학생들의 힘으로 조금씩 바뀌고 있다.

이는 비단 '학교에 대한 저항' 또는 '불합리한 권위주의에 대한 항거'만을 의미하지 않는다. 자신의 삶을 옭아매는 모든 것들로부터 자유로워지기 위해 용감하게 나서는 인간의 모습, 그 과정에서 인간은 가장 아름다운 본연의 모습을 찾게 된다. 바로 자신이 자기 삶의 주인으로 우뚝 서는 실천행위다.

지금 이 순간에도 어디선가 자기 양심과 이성에 물음을 던지며 행동에 나서는 학생들이 반드시 있을 것이다. 학생들의 행동은 앞으로도 계속될 것이다.

학생인권 개선을 요구합니다
동성고 3학년 오병헌의 1인 시위

"제가 겪은 일이 우리 학교에서만 일어난다고 생각하지 않습니다.

전국의 많은 학교에서 비슷한 일들이 지금 이 순간에도 일어나고 있습니다.

제 작은 행동이 다른 학교를 변화시키는 데도 밑거름이 되었으면 합니다."

　　겉으로 바라본 학교 모습은 무척 평화로워 보인다. 하지만 교실 안을 들여다보면 0교시, 야간자율학습, 강제보충수업, 두발 규제 등을 둘러싸고 학교와 학생 사이의 갈등이 존재하는 걸 알 수 있다.

　　일부 학생들은 학교의 두발 규제를 피해 아침 교문지도가 서기 전에 등교를 하며 학교의 통제에 반발한다. 또 다른 학생들은 강제적으로 진행하는 야간자율학습을 도망치면서 반항을 한다. 매일같이 학교와 학생 사이의 보이지 않는 갈등이 발생하지만, 크게 부각되지 않는 것은 학교라는 구조가 체벌, 징계 등 통제와 처벌로 이루어지기 때문이다.

　　"너, 맞고 정신 차릴래? 그냥 정신 차릴래?"

　　"벌점 있으면, 나중에 대학 갈 때 불이익 있는 것 알지?"

　　"머리가 왜 이렇게 길어? 술집 가려고 그래? 네가 대학생이야?"

　　2006년 5월 8일, 자신이 다니던 학교 앞에서 '0교시 폐지, 체벌 금지' 등 8가지 요구조건을 내걸고 1인 시위를 펼쳤던 오병헌(당시 고3)은 통제와 처벌로 이루어지는 학교 구조를 밑바닥에서부터 뒤흔들었다는 점에서 의미가 크다.

"강제적인 0교시 싫어요. 두발 규제 싫어요. 육체적, 정신적 폭력을 그만두세요."

병헌이 외친 한마디 한마디는 한국 교육의 현주소를 여실히 드러냈다. 그리고 학생에게도 인권이 있다는 것을 온 세상에 알렸다.

병헌이 다니던 학교의 모습은 이랬다. 교사들은 두발 길이를 지적하며 강제 이발을 실시했다. 또한 교사들은 학생에게 부당하게 0교시를 시켰다. 체벌도 했다. 한번은 병헌이 교사의 전화를 받지 않았다는 이유 하나만으로 교사에게 맞았다. 병헌의 친구는 주번 활동을 제대로 하지 않았다는 이유로 손바닥을 맞아야만 했다. 일부 교사들은 교실당 35명의 학생들을 책임지는 상황에서 학생들을 지도하기 위한 차선의 선택이라고 말한다. 또한 입시 위주 교육 현실에서 학생들을 대학에 많이 보내려면 0교시와 보충수업을 할 수 밖에 없다고 말한다. 하지만 학생들은 그렇게 생각하지 않는다. 학생이기 이전에 인간으로서 존중받고 싶다는 생각을 한다. 체벌에 앞서 인간적인 지도를 받고 싶으며, 강제적으로 하는 교육이 아니라 '자기 선택'을 통한 교육을 하고 싶어 한다. 병헌이 다른 학생들과 다른 것은 '더 이상 참을 수만은 없었다'는 것이다. 그래서 그는 두발 길이가 규정보다 긴 학생들에게 '군대식 훈련을 실시하겠다'는 학교의 공지를 받고, 바로 1인 시위를 결심한다.

병헌이 겪은 학교생활은 그만의 경험이 아니다. 우리나라 모든 중·고등학생들의 공통된 경험이다. 대학 진학이라는 '신성불가침의 교리' 아래 온갖 체벌과 통제를 감수하며 살아가는 학생들이다. 하지만 병헌의 1인 시위는 더 이상 체벌과 통제를 통한 교육이 통하지 않을 것임을 예고한다.

병헌은 1인 시위에 나서면서 적은 글 말미에 이렇게 호소했다.

"제가 겪은 일이 우리 학교에서만 일어난다고 생각하지 않습니다. 전국의 많은 학교에서 비슷한 일들이 지금 이 순간에도 일어나고 있습니다. 그래서 저의 작은 이 행동이 다른 학교를 변화시키는 데도 작은 거름이 되었으면 합니다."

1인 시위에 나서며 드리는 글

오늘 학생 여러분과 선생님 여러분 많이 놀라셨을 겁니다. 그리고 마음속으로나 겉으로나 저에게 지지의 뜻을 가진 분들과 다양한 방면으로 도와주셨던 분들에 대해 감사하다는 말씀을 드리고 싶습니다.

저는 이번 일이 학교 내부변화의 계기가 되었으면 합니다. 이번 1인 시위를 시작하며, 저는 다음 내용에 대한 학교의 성의 있는 답변을 목요일까지 기다리겠습니다.

저는 굉장히 오랜 시간 동안 조용히 있었습니다. 한동안은 잘못되었다고 생각하는 일에 대해서 말해보기도 했었죠. 하지만 저는 잘못된 것을 말했다는 이유로 학교 측의 탄압을 받아야 했습니다. 그래서 제가 선택한 방법은 비겁하게도 조용히 있는 것이었습니다. 학교에서 어떤 불의가 일어나도 조용히 있는 것. 그렇게 조용히 있는 동안 마음은 항상 불편했습니다. 그럼에도 말을 하지 못했던 것은 학교의 탄압이 무서워서였습니다. 하지만 이제 오랜 시간의 침묵을 깨고 말을 할 때가 왔다고 생각합니다.

솔직히 말하자면 지금도 무섭긴 합니다. 하지만 무서움에 떨고만 있으면 학교는 가만히 있는 사람에게도 무섭게 굴 것입니다. 더 이상 무서움에 떨면서 숨죽여 지낼 때는 지났습니다. 학생 여론도 헌법에 명시된 기본권 조항도 학교의 인권탄압을 막아내지 못하였습니다. 설사 학생회를 통하여 저의 목소리를 전달한다 할지라도 인권탄압을 막을 수는 없을 것입니다. 학생회의 힘이 너무나 약하고, 수차례 이야기해도 학교는 귀담아듣지 않았습니다.

이렇게라도 나서지 않는다면, 용기를 갖고 우리 학교의 문제를 사회에 드러내지 않는다면 변화가 불가능하다는 것이 학교를 다니며 깨달은 교훈입니다. 또 제가 겪은 일이 우리 학교만의 문제는 아니라고 생각합니다. 지금 이 순간에도 전국의 많은 학교에서 비슷한 일이 일어나고 있습니다. 그래서 저의 작은 이 행동이 다른 학교를 변화시키는 데도 작은 밑거름이 되었으면 합니다.

1. 강제적인 0교시 보충수업을 그만두십시오.

우리 학교에서는 3학년 학생들을 대상으로 0교시 보충수업이 강제 시행되고 있습니다. 그 바람에 3학년은 6시 55분까지 등교하는 수고를 감수해야 합니다. 그래서 우리는 항상 부족한 잠에 허덕입니다. 그러다보니 수업에 집중하기 힘듭니다. 하지만 학생들에게는 선택의 자유가 없습니다. 학생들은 학교가 시키는 대로 무조건 보충수업에 동의해야 합니다. 0교시가 싫다고 말하는 학생들에게 선생님은 "0교시 없어지면 9교시 생긴다"고 대답하십니다.

학생도 사람입니다. 하루 15시간 가까이 학교에 남아 꼼짝하지 않고 과중한 학습노동을 받아야 한다는 건 말이 되지 않습니다.

2. 비상식적인 두발 제한 규정을 없애십시오.

우리 학교는 두발 제한 규정이 엄격합니다.

'앞머리 7센티미터 이내, 옆머리는 귀에 닿지 않게, 뒷머리는 머리선 위로, 구레나룻은 제거'

선생님은 교문 앞에서 혹은 교실을 돌며 단속을 합니다. 그 단속 과정에서 학생 체벌도 일어납니다. 최근에는 단속에 걸린 학생들에게 군대식 제식훈련을 시키겠다고 했습니다.

우리 학교의 두발 규정은 학생 의견을 제대로 반영하지 않은 것입니다. 지난해 1학기 두발 규정에 대한 설문조사가 있었습니다. '두발 규정 완화'가 다수 학생의 의견이었지만, 학생부장 선생님은 3월 31일 열린 대의원회의에서 설문조사 결과가 조작됐다며 조사 결과를 무시했습니다. 그 후 학생회에서 다시 '두발 완화' 쪽으로 의견을 모아 학교에 의견을 전달하였지만, 학교운영위원회에서는 '두발 완화란 결국 현행 유지와 다름없는 것'이라는 납득하기 힘든 결정을 내렸습니다. 결국 두발 규정 폐지 또는 개정은 물거품으로 돌아갔습니다. 이후 지난해 2학기에 들어서야 앞머리 5센티미터 이내에서 7센티미터 이내로 약간 완화되었을 뿐입니다.

머리 길이와 색깔을 획일적으로 만드는 일이 학생들의 인권을 보장하는 일보다 중요합니까? 심지어 어떤 선생님은 "머리가 길면 빨갱이"라는 말씀까지 하셨습니다. 비상식적인 두발 규정은 강제 이발 등 단속으로 이어지고, 이 과정에서 인격모독과 신체의 자유 침해까지 일어난다고 생각합니다.

당장 반인권적인 두발 제한 규정을 완전히 없애시기 바랍니다. 더 이상 머리가 길다는 이유로 맞거나 군대식 제식훈련을 받는 일은 없어야 합니다.

3. 육체적, 정신적 폭력을 그만두십시오.

우리 학교에서는 체벌과 폭언이 빈번하게 일어나고 있습니다. 심지어 작은 실수에도 싸대기를 때리는 경우까지 있습니다. 폭언도 자주 일어납니다. 저도 체벌을 빈번하게 경험해왔습니다.

실수를 했다고 맞아야 할 이유는 없습니다. 때린다고 무엇이 나아집니까? 저만 해도 맞으면 기분만 더 나빠질 뿐입니다. 폭언도 그렇습니다. 학생은 인간도 아닌가요? 만약 선생님이 실수했을 때 체벌이나 폭언으로 응징을 받는다면, 어떤 기분이 들까요?

당장 비인권적인 체벌과 폭언을 중단하여 주시기 바랍니다.

4. 사상·양심의 자유를 보장해주십시오.

저는 올해 1월 담임선생님으로부터 읽고 있던 사회과학서적을 모두 없애라는 처분을 받았습니다. 선생님은 시사월간지 《한겨레21》이나 《한겨레신문》은 학교에 가져오지 말라고 명령하셨습니다.

왜 그런 책은 읽으면 안 되는 것입니까? 강제 야자를 하지 않는

조건으로 책을 없애겠다고 대답하긴 했지만, 아직도 선생님의 명령을 이해할 수 없습니다.

학생에게도 사상·양심의 자유가 있습니다. 학생에게도 자유롭게 정보에 접근할 권리가 있습니다. 저에게 내려진 서적 제한 명령을 철회하시기 바랍니다.

5. 학생회장 성적제한 규정을 없애십시오.

저는 '내신 50퍼센트'라는 성적제한 규정에 걸려 학생회장 선거에 출마해보지도 못했습니다.

성적제한……. 학생회장을 하는 데 성적이 그렇게 중요한지 잘 모르겠습니다. 성적이 좋은 학생회장이 뽑혀도 학교에는 학생들 의견이 전혀 반영되지 않습니다. 저는 1, 2학년 때 학급 회장으로서 대의원회의에 참여했는데, 당시 학생회장은 성적이 좋은 편이었습니다. 성적 좋은 학생회장이 이끄는 학생회에서 모아진 의견도 선생님들 선에서 잘려 나가기 일쑤였습니다. 중요한 것은 학생회장의 성적이 아닙니다. 진정으로 학생들을 생각하고 활동을 활발하게 할 의욕이 있는 사람이 학생회장이 돼야 그나마 학교에 학생들의 의견을 계속해서 전달할 수 있습니다. 그걸 위해선 성적제한을 없애고 의욕이 있는 사람이면 누구나 출마할 수 있게 해야 합니다.

모든 학생들에게 빼앗긴 피선거권을 돌려주시기 바랍니다.

6. 의견을 말할 자유를 돌려주십시오.

저희 학교 게시판에서는 실명으로만 글을 쓸 수 있고, 익명으로 남길 경우 글이 삭제됩니다. 실명으로 남긴 경우에도 제가 쓴 글은 여러 차례 삭제됐습니다. 학교에서는 게시판을 민주적으로 운영할 것이라고 얘기했습니다. 학생들의 의견을 함부로 지우지 않고, 지우더라도 의견을 묻고 지우겠다고 했습니다. 그런데 제 글은 의견도 묻지 않은 채 지워졌습니다.

학생에게도 의견을 말할 자유, 학교의 문제점에 대해 말할 권리를 돌려주시기 바랍니다.

7. 비상식적인 징계를 멈추십시오.

지난 겨울방학 전, 학생들이 하루 종일 수업을 받지 못한 채 운동장에서 기합을 받은 일이 있었습니다. 그리고 학생부장 선생님은 제식훈련까지 시키겠다고 엄포를 놓았습니다. 두발 규정에 따라 장교 머리처럼 머리를 깎지 않았다고 말입니다. 군대식 제식훈련, 얼차려 같은 징계는 비상식적입니다. 온 사회가 군사문화를 비판적으로 바라보고 있지만, 아직도 학교는 군사독재시대의 유산을 간직하고 있는 것입니다. 게다가 학생들 사이에서는 심화반 아이들은 걸려도 징계를 받지 않는다는 불만이 있습니다.

당장 비상식적이고 차별적인 징계를 중단하시기 바랍니다.

8. 집회·결사의 자유를 보장해주십시오.

최근 우리 학교에서는 '5.14 청소년인권행사'를 소개하는 스티커가 몇 군데 붙었습니다. 그러자 학생부장 선생님께서는 두발 단속을 하면서 "만약 이번 5.14집회에 참여하면 퇴학시키겠다"고 말씀하시는 등 집회 참여를 막았습니다.

　　제가 알기로는 헌법은 모든 법 위에 있고, 집회결사의 자유는 모든 국민에게 보장되어 있습니다. 학생이란 이유로 집회를 통한 의사표현을 하면 안 됩니까? 오히려 학교에서는 이런 권리의 행사를 권장해야 합니다. 무조건적인 순종 속에서 제대로 된 사고를 할 수 없습니다. 또 사고 없이 인간은 발전하지 않습니다.

　　인권행사 참가를 막기 위해 학생들을 협박하는 일을 중단하시기 바랍니다.

　　이러한 불합리한 현실로 인하여 저는 오늘 학교 앞 거리로 나섰습니다. 이번 1인 시위로 학교에서 받게 될 불이익이 무섭기도 합니다. 하지만 제가 더 무서운 것은 부당함이 정당함으로 자리 잡고, 오히려 정의를 밀어내는 것입니다. 12년이나 지켜봤지만 학교는 정당함을 주장하는 데 굉장히 부정적인 반응을 보여왔습니다. 이는 제가 학교의 자정능력에 대해 불신하게 된 이유입니다.

　　그래서 저는 모든 위험을 무릅쓰고 거리로 나섭니다. 억압의 시작을 상징하는 0교시, 학교의 불의를 보고 조용히 있어서는 안 됩니다. 학생의 인권을 빼앗은 학교를 바꿔야 합니다. 전국의 모든 학교에서 지금 곧 변화가 일어나야 합니다.*

* 지난 2005년 5월, 당시 동성고 3학년이던 오병헌이 학교 앞에서 8가지 학생인권 개선을 요구하며 1인 시위를 시작할 때 쓴 글.

돌아보니 자랑스러웠던 미완의 혁명

두발 자유 시위를 주도한 윤종훈

우리가 시작한 두발 규제 완화 운동이 인권과 자유라는

긍정적 가치를 지켜냈다.

또 교과서에만 갇혀 있던 인권과 자유의 가치를 현실로 끌어내기 위해,

우리는 권위주의와 끊임없이 소통을 시도했다.

우리의 노력은 가슴속에 깊숙이 자리잡아 앞으로의 삶에

진실과 허위를 가늠하는 귀중한 척도가 될 것이라 믿었기 때문이다.

　지난 2005년 5월 26일, 성남 ○○고 학생들 천여 명은 등교 시간을 이용, 두발 자유를 위한 교내 집회를 진행했다.

　학생들이 이렇게 나서게 된 것은 학교의 두발 규제가 지나쳤기 때문. 당시 성남 ○○고는 스포츠형 머리의 두발 규정을 가지고 있었지만, 교사들은 규정과 다르게 개인적인 판단으로 학생들의 두발 길이를 검사했다. 또한 일부 교사들은 두발 검사를 하는 과정에서 두발 길이가 긴 일부 학생들을 체벌했고, 학생들의 불만은 높아져만 갔다.

　학생들의 집회는 순식간에 일어난 것이 아니라 2주 전부터 차근차근 준비되었다. 집회를 기획한 학생들은 자율학습 시간에 각 교실을 돌며 "함께하자"고 제안했다. 이와 동시에 학생회를 중심으로 학교 측에 두발 규제를 완화해달라는 제안도 했다.

　하지만 학생들의 제안은 받아들여지지 않았고, 이에 학생들은 결국 집회를 선택했다. 학생들은 20여 분 동안 "학생회 의견을 무시하지 마라" "학생인권을 무시하지 마라" 등의 구호를 외쳤다.

결과적으로 집회 이후 학생들의 주장이 받아들여지진 않았지만, 성남 ○○고 학생들이 보여준 투혼은 학생들의 힘으로 학교를 바꿀 수 있다는 희망을 퍼뜨리기에 충분했다.

다음은 시위를 주도했던 윤종훈의 기록이다.

창살 없는 교도소에서 감옥살이 3년을 시작하다

끔찍하도록 짧은 머리와 엄격한 생활 규제, 매일 반복되는 야간자율학습까지. 일명 '뺑뺑이'(평준화 지역에서 추첨으로 거주지 근처의 고교에 배정하는 제도) 방식으로 ○○고등학교에 배정된 학생들은 주변에서 전해들은 이야기를 나누며 ○○고등학교의 이미지를 구체화해 나갔다.

아이들이 겁을 먹는 것은 당연했다. "높은 대학 진학률을 유지하기 위해선 어쩔 수 없는 일"이라며 제법 어른 흉내를 내는 친구도 있었지만 학교에 대한 두려움은 마찬가지였다. 입학을 앞두고, 신나게 놀다가도 고등학교 이야기가 시작되면 다 내팽개치고 동네 형들에게 주워들은 정보를 교환하며 한나절을 보내곤 했다. 걱정과 두려움, 새로운 생활에 대한 설렘을 더한 상태로 우리는 ○○고등학교에 입학했다.

나의 모교는, 주변 학교에 비해 긴 역사와 높은 대학 진학률을 자랑하고 있었다. 그래서인지 선생님들과 졸업생들의 학교 사랑과 자부심이 유별난 편이다. 또 그래서인지 학교에서는 제법 그 럴듯한 신입생 환영회를 열어주었다.

선생님과 재학생들을 만나면서 충격적이었던 것은 그들의 인사법이었다. 두 다리를 모으고 '○○'(학교 이름) 또는 '단결'이라는 구호를 외치며 거수경례를 붙이는데, 마치 군대에 와 있는 것 같았다. 당시에는 거수경례가 군사정권 시절에 학생 통제를 위해 사용된 집단주의의 산물이라고까지는 생각지 못했다. 하지만 개인을 (어느 집단에) 복종시키려는 것 같아 굉장한 이질감과 거부감을 느꼈던 것으로 기억한다.

그러나 나를 가장 놀라게 한 것은 무서우리만치 근엄한 선생님의 표정도, 학생들의 복종적인 태도도 아니었다. 내가 당황하고 혐오감을 느낀 것은 다름 아닌 바로 나 자신 때문이었다. 신입생 대표 선서를 하러 단상에 올라간 나는, 너무도 당연하다는 듯이 교장선생님과 친구들에게 '단결'을 외치며 거수경례를 했다.

나는 저항 한 번 해보지 못하고, 학교가 강요한 집단주의 문화에 처음부터 종속된 것이다. 이를 당연시했던 당시 분위기에 억눌려서인지, 학교 규칙에 감히 문제의식을 가질 수 없었던 것인지는 모르겠지만 이 사건이 내게 가져다준 의미는 무척이나 컸다.

"이 학교에 입학한 이상 너희는 공부하는 기계"라는 말을 듣거나 "명문 대학 입학을 위해 3년 동안은 모든 것을 포기하라"는 이야기를 들을 때도 입학식이 떠올랐다. 나는 자연스럽게 선생님 말씀에 순응하는 학생이 되었다. 어쩌다 아무 비판의식 없이 학교에 순응해가는 내 모습에 갈등하다가도 이내 고개를 저으며 생각을 떨쳐내곤 했다. 그렇게 하면 별 탈 없이 그날 하루도 조용히 보낼 수 있었으니까.

문제의식을 공유하면서 '혁명'의 싹을 틔우다

대학에서 선후배, 친구들이 모여 앉아 술을 마실 때면 등록금 인상과 같은 학교에 대한 불만이 훌륭한 술안주가 되곤 한다. 고등학교도 마찬가지로 친구들과 우유를 마시며 나누는 최고의 화제 역시 두발 규제 등의 엄격한 생활 규제에 대한 불만이었다. 학생들은 뭘 몰랐던 1학년 때와 달리 2, 3학년이 되자 두발 제한을 비롯한 엄격한 생활 규제에 대해서 문제의식을 느끼고 있었다.

옆 반 아무개가 두발 검사에 걸려서 오리걸음으로 운동장 몇 바퀴를 돌았고, 머리가 깎였다거나 심한 경우 각서를 썼다는 소문이 들려올 때마다 비판과 불만의 목소리가 들끓었다. 하지만 그뿐이었다. 이를 우리 손으로 직접 해결하자는 의견이 모아지지는 않았다. 그 대신 학생회 간부들에게 책임을 전적으로 떠넘기기 일쑤였다. 변화를 이끌어내기까지의 괴로움과 고통을 누구나 알고 있었기 때문이다.

체육시간이 끝난 뒤, 나른한 수업시간. 아깝게 놓치고 말았던 골키퍼와의 일대일 찬스를 어슴푸레 떠올리며 조심스레 책에 얼굴을 파묻는다. 순간 내 무거운 눈꺼풀을 단숨에 들어 올린 단어는 바로 인권!

> "인간은 자유롭고 평등하게 태어나서…… 모든 정치적 결사의 목적은 인간의 자연적이며 시효에 의하여 소멸할 수 없는 권리들을 보전함에 있다." ─ 프랑스 인권선언
>
> "모든 사람은 평등하게 태어났으며, 조물주는 몇 개의 양도할 수 없는 권리를 부여했으며……." ─ 미국 독립선언서

'200년 전에 선언한 인권이 왜 아직도 현실에서는 보장받지 못하는지, 쳇.'

프랑스 인권선언과 미국 독립선언서의 기본 정신인 천부인권 사상을 존중해야 할 필요성을 절감하며 고개를 들었을 때는 이미 두발 규제에 대한 불만이 쏟아지고 있었다. 우리 학교 학생이라면 누구나 한번쯤은 경험했을 두발 규제의 모순과 폭력적인 처벌을 비판하는 의견이 모이는 것은 순식간이었다. '불편하지만 어쩔 수 없는 일'로 여겼던 두발 규제는 차츰 '우리 손으로 바꿔 나가야 할 구시대의 유물'로서 인식됐다. 변화가 시작된 것이다.

그 첫 번째 발걸음은 학급 반장이었던 친구가 내딛었다. 대다수의 학생들은 전근대적인 두발 규제에 불만을 가지고 있었지만 이를 공론화하기는 쉽지 않았다. 그 때문에 아이들의 요구는 천차만별이었고, 선생님들의 권위주의에 대응하기엔 논리적 한계도 있었다. 그래서 아이들의 의견을 하나로 모아 정당성을 확보할 필요가 있었다. 이를 위해 우리 학급 반장은 전교생을 상대로

서명 운동을 펼쳤다. 그리고 두발 규제 철폐(또는 완화)에 뜻을 같이하는 아이들을 모아 두발 자유 운동을 시작했는데, 이때 나도 본격적으로 운동에 참가하게 되었다.

그러나 이 사실이 학교에 알려지면 주모자들이 교무실에 끌려가 설득당하고, 운동 자체가 무산될 수 있으리라 생각했다. 그래서 서명 운동은 뜻을 같이 하는 친구들 2~3명이 한 조가 되어 움직였다. 선생님들의 눈을 피하기 위해 저녁식사 시간이나 쉬는 시간 등을 이용했다.

어려움이 없을 수 없었다. 학생회가 폭력적인 두발 규제에 저항하는 학생들의 움직임에 중립적인 입장을 표명한 것이다. 학생회장의 입김이 작용했던 것 같다. 학생회장도 처음에는 학생들의 의견을 지지했지만 학생부 선생님들에게 수차례 꾸지람을 듣고 위협을 받으면서 적잖은 위기의식을 느낀 것 같았다(학생부 선생님들이 실제로 학생회장을 '위협' 했다기보다 학생회장이 그렇게 받아들였다는 의미다). 그 때문에 학생회를 통해 공식적으로 의견을 모으고 전달하는 방식은 포기해야 했다. 따라서 두발 자유를 바라는 학생들이 직접 뛰어다녀야만 했다.

하지만 무엇보다 힘들었던 것은 '고등학교 3학년'이라는 굴레였다. 고3이 공부 이외 활동에 많은 시간과 정력을 쏟는다는 사실이 주변 사람들에게 큰 걱정을 끼치고 말았다. 행여 밉보일까, 가급적 조용히 진행하려 했지만 우리 손으로 무언가를 한다는 사실에 감정적으로 크게 들뜬 나머지 부산하게 일을 진행하고 말았다.

걱정거리는 이뿐이 아니었다. 당시 대학 입학 모집인원의 40퍼센트 이상을 수시전형으로 뽑았는데, 괜히 두발 규제 문제를 건드려서 선생님들에게 '찍히면' 좋을 일이 없었다. 학교생활기록부의 교사 평가나 추천서를 쓸 때 큰 불이익을 받을 수 있었다. 이를 결코 무시할 수 없었기 때문에 대목 대목마다 운동을 포기하자는 의견이 없었던 것도 아니다. 하지만 우리들은 강제적이고 폭력적인 두발 규제가 반드시 사라져야 한다는 사실에, 작으나마 신념과 정당성을 지니고 있다고 믿었다. 그렇게 서로를 다독이며 우리는 우정을 쌓아갔고, 더불어 두발 자유 운동도 윤곽을 그려 나가기 시작했다.

운동장과 교무실에서 자유의 함성이 울려 퍼지다

서명 운동을 끝내고 학교 측에 '두발 규제 완화(또는 철폐)'와 '두발 자유'라는 표현을 같이 사용했는데, 여기서부터는 두발 규제 완화로 정리하겠다. 두발 규제 완화 운동을 시작할 당시 아이들 사이에서도 '정도'에 따른 논의가 많았다. 우리 운동이 단순히 두발 길이 몇 센티미터에 집착하는 것이 아니라 두발 규제에 필연적으로 따르는 폭력과 검열 문화 자체에 대한 거부였기 때문에 '완전한 자유'를 주장해야 한다는 주장과 현실 상황을 고려해서 일정 정도의 '완화' 정도만 주장하자는 의견으로 갈렸다. 결국 후자 쪽으로 방향을 설정하고 우리의 요구 사항을 전달했는데, 학교 측의 반응은 정말 황당했다.

"서명 운동이 조작된 것이 아니냐?" "학생들을 협박한 것은 아니냐?" 운운하며 운동의 본질을 흐렸다. 또 "이런 방식으로 면학 분위기를 흐리고 다니면 교칙으로 처벌하겠다"는 등의 말까지 듣고 나니, 불쾌함과 모멸감에 상처를 받았다. 그러나 개인적 감정은 뒤로하더라도 두발 규제 완화를 위해서는 보다 강력한 방식을 통해 의견을 표출해야 할 필요성을 깨달았다.

그래서 모아진 의견이 운동장 시위였다. 두발 규제 완화 운동에 찬성하는 학생들이 운동장에 모여 구호를 외치면서 인상적으로 의사를 전달한다면, 학교 측도 사태의 심각성을 느끼리라 생각했다. 학교로부터 지나치게 강경한 방식이라고 제재를 당할 수도 있다고 생각했다. 그러나 지난 수년간 소극적으로 시도해온 두발 규제 완화 노력이 모두 무산된 경험을 돌아볼 때, 이는 가장 합리적인 방안이 될 것이라는 데 합의를 보았다.

운동장 시위를 하기 위해서는 자발적인 학생들의 참여와 질서 의식 그리고 학교에 효과적으로 의사를 전달하는 것이 중요했다. 두발 규제 완화 운동이 긍정적인 방향으로 나아가는 것에 기뻐한 많은 친구들이 도움을 주기 시작했다. 덕분에 학급별로 참여 의지가 있는 학생들을 파악하고 대표자들을 소집한 가운데 "감정적으로 흥분해 과격한 행동을 하지 말자"고 당부했다. 쉬는 시간, 식사 시간을 가리지 않고 많은 학생들이 대화에 참여해서 운동장 시위의 취지를 충분히 이해하고, 이를 지지할 수 있게 되었다.

또한 효과적인 의사 전달을 위해 우리의 생각을 선명하게 알릴 수 있는 구호를 생각해냈다. 나와 한 친구는 머리를 맞대고 현 두발 규제가 가지고 있는 모순과 이에 대한 학생들의 입장, 두발 규제를 완화해야만 하는 이유에 관한 우리의 의견을 모아 선생님께 전하는 글을 완성했다.

마침내 재학생 1400여 명 가운데 1000여 명이 운동장에 모였다. 하지만 그날 운동장의 기억이 내게는 없다. 나와 두 명의 친구는 운동장 시위에 참가하는 대신 각 층 교무실을 돌아다니며 선생님들께 우리의 취지를 알리고 완성된 글을 전해드려야 했기 때문이다.

자처한 일이었지만 운동장에 모인 많은 학생들에 놀라며 연유를 묻는 선생님들께 두발 규제 완화 운동의 정당성을 외칠 때면 등 뒤로 식은땀이 주르륵 흘렀다. 어처구니가 없다는 듯이 빤히 쳐다보는 수많은 시선의 폭력 앞에서, 부끄럽기도 하고 두렵기도 한 마음에 계획했던 것처럼 깔끔하고 명확하게 해내지 못하고 어영부영 2층 교무실을 나와 숨을 돌리고 있던 순간이었다.

"학생들의 인권을 보장해주세요."
"폭력적인 처벌을 멈춰주세요."

나의 어수룩한 모습으로 발갛게 상기됐던 얼굴은 이제 피식 웃음을 짓고 있었다. 어느새 나는 운동장 쪽을 슬쩍 돌아다보며, 3층 계단으로 힘찬 발걸음을 내딛고 있었다.

미완의 혁명이 전하는 작은 희망

운동장 시위로 확고해진 두발 규제 완화 운동의 열기는 언론에 보도되면서 선정적인 방향으로 붉게 달아올랐다. 학교와 학생들을 대결구도로 몰고 간 일부 언론의 자극적 보도와 이에 격앙된 몇몇 학생들의 돌발 행동으로, 이후 두발 규제 완화 회의에서 기대만큼의 결실을 얻기 힘들었다. 학생들 내부에서도 "확실한 의사표명을 했으니 이제 자중하자"는 의견이 상당수 나왔고, 다가오는 수시 1학기 모집과 대학입시도 이를 부채질했다.

우여곡절 끝에 학교는 다소 완화된 두발 규정을 내놓았다. 많은 학생들이 이에 분개했지만 한번 사그라진 불꽃을 키우기에는 역부족이었다.

후배들에게 두발 규제 완화 운동을 부탁하며 공식적으로 운동을 그만두던 그날, 그간의 준비 과정이 한 편의 영화처럼 스쳤다. 혁명을 완성하지 못했다는 점이 그렇게 아쉽고 부끄러울 수가 없었다.

하지만 고등학교를 졸업하고 객관적인 입장으로 돌이켜본 우리의 경험은 매우 유쾌한 일이었다고 자부한다. 애초에 우리가 시작한 두발 규제 완화 운동이 인권과 자유라는 긍정적 가치를 지켜낸 것이다. 또 이를 교과서에서 일상으로 끌어내기 위해, 우리는 권위주의와 끊임없이 소통을 시도했다. 우리의 노력은 가슴 속에 깊숙이 자리 잡아 앞으로의 삶에 진실과 허위를 가늠하는 귀중한 척도가 될 것이라 믿기 때문이다. 문제는 그 노력의 기억들을 어수룩한 감상에 사로잡혀, 이미 끝나버린 미완의 혁명으로 평가절하할 것이 아니라 앞으로의 현실에 녹여낼 수 있는가의 여부일 것이다.

사제 간의 소통이 어찌 이다지도 어렵나요

대전 G고등학교 이민형의 〈나의 두발 자유 운동일지〉

"학생들과 소통하기 위해 만들려는 문서마저도 일일이 선생님들에게

'검열'을 받아야 한다는 사실은 우리에게 가장 큰 좌절감을 안겨주었다.

검열이라는 것도 웃기다. 선생님들 생각과 맞으면 그냥 묵인하면서,

학교의 대외적 이미지에 손상이 갈 것 같은 문제는

철저히 검열하고 따진다."

　　우리 청소년들은 어른들이 생각하는 것처럼 과연 천방지축이고 철이 없을 정도로 아직 어릴까? 그래서 그들이 마땅히 누려야 할 자유를 규제하고 인격적인 무시를 일삼아도 되는 것일까? 선생님들이든 학부모들이든 그렇지 않다고 원론적인 대답을 내놓겠지만 청소년들이 느끼는 현실은 심각한 수준이다. 물론 그들의 자유와 인격을 무시하는 어른들의 행동은 예외 없이 "이게 다 너희들의 미래를 위해서"라는 말로 합리화된다. 어른들은 꿈에도 모른다, 그 "미래를 위해서"라는 미명 아래 자행되는 어른들의 만행에 가까운 배려(?)가 자칫 그들의 미래를 망치고 꿈을 앗아갈 수도 있다는 사실을. 어른들은 잘 모른다, 그들은 대학 진학을 위한 공부 기계가 아니라는 사실을. 어른들은 애써 모른 체 외면한다, 억압당한 채 그들 안에 들끓고 있는 청춘의 고민과 열정 그리고 그에 따른 상처를. 그래서 어른들은 그렇게 쉽게 강요한다, 그 나이에 당연히 누려야 할 모든 자유를 유보하라고. 어른들은 자기들도 그 나이를 겪어왔으면서 왜 짐짓 모른 체 딴전을 부리는 걸까.

여기 이민형(고3)이 기록한 두발 자유화 운동일지는 어쩌면 어른들에게 보내는 강력한 '시위'다, 우리도 어른들 못지않게 성숙한 생각으로 신중하게 결정하고 행동할 줄 아는 어엿한 인격체라고.

대화와 설득으로 권리를 찾으려한 민형의 운동일지

✤ 첫째 날 : 우리에게도 스스로 할 수 있는 능력이 있어요

아이들도 그동안 쌓인 게 많았나보다. 두발 단속을 할 때도 수군거리기만 하던 아이들이, 전교생을 모아놓고 두발 검사를 한 이후로는 태도가 달라졌다. 아이들은 두발 규제를 없애기 위해 서명 운동을 벌이자고 했다.

구체적인 방안을 논의하기 위해 오늘 대의원회의를 열었다. 각 반의 반장, 부반장은 두발 규제에 대한 자기 입장과 회의를 이끌어가기 위한 전략을 준비해왔다. 처음엔 준비한 만큼 순조롭게 진행됐다. 학생들은 두발의 길이와 학생다운 행동, 성적은 아무런 관계가 없다고 주장했다.

하지만 생활지도부장 선생님의 생각은 달랐다. 선생님은 학생들이 급식실에서 새치기를 하고 뒷정리도 제대로 하지 않는 모습, 학교 기물을 함부로 다루는 학생들의 올바르지 않은 행동이 두발 길이 등 용모와 관련이 있다고 주장했다.

학생들은 교칙이 신체의 자유를 보장하는 헌법보다 앞설 수

없다고 주장했지만, 선생님은 강한 반대의 뜻을 보이셨다. 회의
가 지속될수록 "헌법과 연결 지으려면 국가에 소송을 걸어라"는
등의 말씀을 하시면서 갈등은 점차 극에 다다랐다. 급기야 선생
님은 "이런 식으로 회의를 하면 앞으로는 대의원회의를 열지 않
겠다"고 으름장을 놓고는 회의장을 나가버렸다.

그러나 곧 생활지도부장 선생님이 흥분을 가라앉히고 회의장
으로 돌아오셨고, 지금까지 나온 의견을 종합해 학교운영위원회
의에서 결정하기로 합의했다.

✤ 둘째 날 : 그래도 바꿔야 합니다

어제 대의원회의에서 생활지도부장 선생님은 안건을 학교운
영위원회(이하 학운위)로 넘긴다고 했다. 하지만 여기서 문제가 발
생했다. 어제만 해도 우리가 약속만 잡으면 회의가 열리겠거니
생각했다. 하지만 실상은 그렇지 않았다. 먼저 학교장과 학운위
위원장의 요청이 있어야 학운위가 소집되고, 안건심사를 위한 발
안 역시 학교장이 할 수 있었다. 결국 우리가 학운위 회의를 소집
하려면 먼저 학교장의 심의를 거쳐 준비한 안건을 심의받고, 학
교장과 학운위 위원장의 요청이 있어야만 한다.

우리는 학교운영 관련절차를 전혀 알지 못했을 뿐 아니라 관심
도 없었다는 것에 대해 자책했다. 또 한편으론 위의 사실을 제대
로 알려주지 않은 생활지도부장 선생님이 야속하게 느껴졌다. 나
는 선생님이 우리 논의가 진전되는 것을 막기 위해 일부러 그런
것 같다고 생각했지만, 지나친 해석이 아니냐는 의견도 있었다.

생활지도부는 학교의 기강과 대외적 이미지를 확립하기 위해 강제력과 카리스마를 가지고 학생들을 통제해왔다. 이런 상황에서 학생들이 생활지도부의 권위에 정면으로 도전했을 때, 생활지도부 교사가 느낄 수 있는 감정은 다양하리라 생각한다. 조금 유치할 수 있지만 어떤 선생님의 경우에는 '학생들에게 진다'는 느낌을 받을 수도 있다. 특히 생활지도부장 선생님은 "학생들 하나 통제 못하는 무능한 교사"라는 소리를 들을까 두려하는 것 같다. 교장선생님의 압박은 선생님에게 가장 큰 어려움이다. 학생들을 통제하지 못했을 경우, 교장선생님이 생활지도부장 선생님을 불러놓고 책임을 추궁하기도 한다.

한편 학부모님의 압박도 생활지도교사가 겪는 어려움 중 하나다. "도대체 학생들 머리 하나 단속 못 하고 뭐하느냐?" "당신들 학교가 무슨 공고나 상고나 되는 줄 아느냐?"는 학부모 항의가 빗발친다.

그래서 가끔은 우리가 선생님을 너무 힘들게 하는 건 아닌가 하는 생각도 한다. 그렇지만 잘못된 현실을 방치해서는 안 되는 것 아닌가. 생활지도부가 학교 측의 상당한 압력을 받아온 것도 사실이고, 학생지도에 따른 고충이 많은 것도 사실이다. 그러나 지금까지 어떤 방식으로든 학생들을 규제하고 처벌해온 것은 부정할 수 없다. 그 때문에 우리는 최대한 선생님에게 피해가 가지 않도록 일을 진행하자는 결론을 내렸다.

먼저 두발 자유 논의를 전체 학생들과 공유하기 위해 회의를 열기로 했다. 학생 의견을 모은 후 서명 운동 등의 절차를 거쳐 학생과 학부모 간 대담을 할 수 있는 기회를 만들기로 했다. 그 후 적당한 결론이 나오면 교장선생님을 만나 뵙고, 학운위에 발안할 수 있도록 해보자고 했다.

✤ 셋째 날 : 우리에겐 가능성이 있다

오늘은 1, 2학년 남자 대의원들을 모아서 두발 규정 개정을 위한 대책을 논의하기로 했다. 대의원은 그간 준비해 온 규정을 바탕으로 토의를 했다.

사실 현재 우리 학생회 내에서는 두발 규정에 대한 정확한 의견일치를 보지 못한 상태다. 나는 애초에 "두발 완전 자유화를 요구하자"고 했다. 하지만 나를 제외하고는 "일단은 두발 규제 완화를 요구하자"는 쪽으로 의견이 모였다. 이에 남자 대의원이 준비해온 내용을 바탕으로 다시 의견조율을 하기로 한 것이다.

나는 "두발 자유화로 방향을 잡아야 한다"는 주장을 굽히지 않았다. 지금까지 우리가 전개한 논리에 의해 귀결되는 논리는 당연히 두발 자유화다. 헌법에 신체에 제약을 가할 수 없다고 해놓고 학교 규정에서 두발을 규제하는 것은 모순이다.

하지만 문제는 논리가 아니라 현실이었다. 과연 '두발 자유화'가 학부모나 선생님에게 수용될까 하는 것이었다. 이에 대부분의 대의원은 한꺼번에 '두발 자유화'를 주장했다가는 거부당할 것이라고 예측했다. 그래서 적당히 타협하기로 했다. 우리의 논리에 비춰보면 결론은 두발 자율화가 맞다. 하지만 그럴 경우 현실적으로 너무 강력한 저항에 직면할 우려가 있으므로 우선 '두발 규제 완화'를 주장하면서 최선의 결과를 끌어내자는 것이다.

그리고 향후 대책을 논의했다. 먼저 각자 학부모 동의서를 받아오기로 했다. 학교장과 교사의 권한이 아무리 막강하다지만 학부모가 움직인다면 사정이 달라질 수 있다고 판단한 것이다. 물론 학부모의 의견 역시 보수적인 성향이 강하지만 그래도 밀져야 본전 아닌가.

다음에는 학생-학부모-교사 3자 대담을 추진하기로 했다. 의사결정 과정에서 선생님과 학부모의 의견 둘 다 수렴되지 않는다면 차후에 반드시 문제가 발생할 것이기 때문이다. 한편에서는 선생님들을 설득할 수 있도록 미리 준비하자는 의견들도 나왔다.

마지막으로 우리의 학교생활에서 문제로 지적되는 행동부터 바꾸자는 의견이 나왔다. 대의원들이 나서 학생들을 선도하고 캠페인을 통해 점차 문제들을 해결해 나가기로 했다. 또 학생회에서는 따로 공문을 만들어 학생들에게 돌리기로 했다.

하지만 앞일을 생각하니 벌써부터 막막했다. '과연 학생들이 잘 따라줄까?' 하는 의구심이 하루에도 몇 번씩 들었다. '과연 우리가 해낼 수 있을까?' 하는 염려로 자신감을 잃기도 했지만 다시 한 번 마음을 다잡았다.

✢ 넷째 날 : 끝없는 사다리, 우리가 할 수 있는 것은?

나와 학생회장은 일단 오늘 해야 할 일부터 생각해보았다. 먼저 우리가 해야 할 일은 학생 서명과 학부모 동의서 그리고 바른 생활 캠페인에 관한 문서 배포 등이었다. 점심시간을 이용해 반장들에게 서명용지를 나눠주었다.

　하지만 문제는 학부모 동의서였다. 일단 학교 내에서 공문 형식으로 문서를 배포하려면 학교의 허락을 받아야 했다. 우리는 어떤 과정을 거쳐야 하는지 정확히 파악하기 위해 생활지도부 선생님께 여쭤봐야만 했다. 우리는 또 다시 약간의 좌절감을 느낄 수밖에 없었다. 학교 내 공문 역시 학교장의 승인을 거쳐야 한다는 것이었다. 이런 당연한 절차를 한 번도 생각지 못하고 너무 추상적으로 계획을 세운 것을 후회했다.

　학부모 동의서를 배포하는 것은 다소 어렵고 번거로운 절차가 뒤따랐다. 먼저 공문을 작성하여 생활지도부의 심의를 받고, 그 후 교감선생님께 한 번 더 심의를 받아야 한다. 그리고 최종으로 교장선생님의 허락이 필요하다. 뭐 고작 세 번의 과정 같지만, 우리에게는 생활지도부에 접근하는 것만 해도 엄청난 일이었다(가장 어려운 것은 역시 생활지도부장 선생님의 강압적 태도였다). 이런 과정에서 '과연 우리 학생이 할 수 있는 것은 뭘까?' 하는 회의감이 강하게 들었다. 교사와 달리 학생이 무언가 추진하는 데 너무 복잡한 과정을 거쳐야 하는 이중잣대가 상당히 불만스러웠다.

　한 칸 올라가면 또 한 칸 있고, 조금 올라갔다 싶었는데 또 장애물이 가로막고……. 정말 착잡하고 비참한 심정이었다.

　9교시로 예정된 대의원회가 개최되었다. 교감선생님은 "공부나 열심히 하지, 왜 쓸데없이 머리를 신경 쓰느냐. 교칙을 정했으면 일단 지키기라도 해야 하는 것 아니냐. 너희들이 지금 서명 운동 하는데 그거 왜 하느냐?"고 나무랐다. 나는 우리가 서명 운동을 하는 건 선생님과 학부모님과 대화할 때 기초자료로 활용하기 위한 것이라고 설명했다. 교감선생님은 잠시 화를 누그러뜨리고 한 가지 의견을 제시하셨다. 우리가 정말로 원한다면 학부모와 선생님들 중 대표성을 지닌 몇 명을 정해서 학생 대표와 논의할 수 있는 공식적인 자리를 마련해주신다는 것이었다.

나는 현재 추진하고 모든 상황에 대해 다시 한 번 정리해 말씀드렸다. 선생님은 우리가 원하는 논의는 반드시 이뤄지게 자리를 마련하겠다고 약속했다. 단, 우리가 무조건적인 자유를 주장한다면 받아들일 수 없으니 정확하고 납득할 만한 기준을 만들어 오라고 조건을 덧붙였다. 뜻밖의 일이었지만, 어쨌든 우리가 궁극적으로 바라던 3자 대담에 대한 고민은 어느 정도 해결됐다.

✤ 다섯째 날 : 함께하지 않으면 민주주의가 아니다

오늘은 참담한 기분을 느낄 수밖에 없었다. 구두로 진행한 캠페인이어서 그런지 얼마 동안 지켜지던 '급식시간에 줄서기'가 벌써 무너졌다. 줄이 엉망이 되자 체육선생님이 직접 나서서 학생들을 통제했다. 하지만 더욱 가슴 아팠던 것은 같이 규칙을 지키기로 한 대의원들까지 새치기하는 모습을 보인 것이다.

두발 규제 완화에 대한 학생들의 관심도 줄었다. 복도를 지나가다 마주치면 이것저것 물어보던 반장들도 이제는 시큰둥했다.

나는 이렇게 질서가 금세 무너진 이유와 함께 두발 자유화 운동이 시들해지고 있는 원인을 생각해봤다. 아무래도 가장 큰 문제는 사안을 전체 학생들 사이에 공론화하지 못한 것 같다. 학생 스스로가 관심을 갖지 못한 상태에서 몇몇이 일을 추진해봤자 제대로 이루어질 리 만무하다.

몇몇의 의도대로 일을 해나가려면, 강력한 통제력과 권력이 있어야 한다. 하지만 그것은 교장선생님이 아닌 다음에야 가질 수 없는 것이었다. 그러기에 학생 스스로가 적극적으로 참여하고 변화하기 위해서는 '우리가 해 나가는 일에 대해 적극적으로 공론화해서 함께할 수 있는 분위기를 조성해야 하는 것'이 마땅했다.

하지만 우리는 그것에 실패했다. 4일간 아무것도 못했다는 문제도 있었고, 같이 일을 추진하는 친구들부터 적극성이 부족했다. 또한 우리가 일을 추진하면서 조금 안일하게 생각했던 문제도 있었다.

민주사회는 시민이 주인이 되는 사회다. 시민이 주인이라는 것은 한두 사람이 일을 주도하는 것이 아니라 다수가 함께 일을 주도하는 것이다. 이번 일도 그렇다. 진정 민주적 변화를 원한다면 모두 함께 협력할 수 있도록 분위기를 만들어가야 할 것이다.

학생들과 소통하기 위해 만들려는 문서마저도 일일이 선생님들에게 '검열'을 받아야 한다는 사실은 우리에게 가장 큰 좌절감을 안겨주었다. 검열이라는 것도 웃기다. 선생님들 생각과 맞으면 그냥 묵인하면서, 학교의 대외적 이미지에 손상이 갈 것 같은 문제에 대해서는 철저히 검열하고 따진다.

이러한 문제를 해결하기 위해서는 가장 먼저 '학생들만의 경로'가 필요하다. 쉽게 말해서, 우리끼리 소통하고 서로 의견을 나누며 캠페인을 벌이는 등의 문제를 외부 간섭 없이 추진할 수 있는 환경이 조성되어야 한다.

현재 학생회는 법정기관이 아니라 학교 내 소속된 자치기구이기에 기본적으로 생활지도부 산하에 종속된다는 문제점이 있다. 그 때문에 학교의 방침과 조금만 엇나가면 뭘 하려 해도 곧바로 제재가 들어온다. 두발 자유화 등 학생인권이 보장되려면 학생들이 소통하고 주체적으로 일을 추진할 수 있는 제도적 장치는 반드시 마련되어야 한다.

✤ 에필로그 : 아직 끝난 게 아니다

시간이 흐를수록 의지는 약해지는 게 맞다. 우리의 노력과 경험을 비롯해 많은 것이 부족한 상황에서, 모든 것이 혼란스럽고 어렵기만 하다. 하지만 이미 추진하고 있는 것을 이대로 끝낼 수는 없었다. 어떤 몸부림을 치더라도 이뤄내야 한다.

우리는 먼저 학부모를 대상으로 설문을 실시하기로 했다. 하지만 설문 자체의 문제점이 너무 많았다. 솔직한 답변을 들을 가능성이 희박하다는 점, 회수율이 낮을 수 있다는 점 등 과연 제대로 된 설문이 될까 의심스러웠다. 하지만 현재 학생들의 관심이 멀어진 상황에서 조금이라도 관심을 끌려면 어떤 계기가 있어야 한다고 생각했다. 설문이라도 해서 학생들에게 우리의 활동이 아직 현재진행형이라는 모습을 보여주고 우리 의지를 전달할 수 있으면 좋을 것 같았다.

우리의 당초 계획은 방학 중 삼자대면을 거쳐 학기 시작과 함께 개정된 두발 규정을 적용하는 것이었다. 하지만 진행 상황이

미비하여 과연 제대로 일이 이루어질까 고심하다가 교감선생님을 찾아뵙게 되었다.

원래 방학 중 회의를 약속한 분은 교감선생님이셨다. 하지만 생활지도부에서는 회의 일자를 3월 초로 잡자고 주장했다. 여러 가지 이유가 있었다. 어쨌든 확답을 듣기 위해 우리는 교감선생님을 찾아갔고, 마침 자리에는 생활지도부장 선생님도 함께 계셨다.

처음에 약속하신 것과 다르게 교감선생님도 회의 일자를 3월 초로 잡으려는 눈치였다. 3월 초에 회의를 잡으려는 생각은 이렇다. 먼저 보충수업 기간 중이므로 전교생이 없는 관계로 전체 동의를 얻을 수 있는 여건이 아니다. 그리고 출근하지 않는 선생님을 제외하고 임의로 회의를 여는 것은 좋지 않다. 3월이면 1학년이 들어온다. 그때 새로 오시는 선생님도 있고, 가시는 선생님도 있다. 이런 이유로 3월에 회의를 열자는 의견이었다.

솔직히 우리가 보기에도 지금이 그렇게 적합한 시기는 아니라고 판단했다. 위와 같은 이유도 있었고, 보충수업 기간이 거의 끝났다는 사실도 회의를 열기에 좋지 않은 조건으로 작용했다.

하지만 우리가 우려하는 문제는 과연 3월이 되고, 우리가 3학년이 되면 제대로 된 논의를 할 여건이 마련될까 하는 것이었다. 또 이렇게 미루고 미루다가 일이 흐지부지되는 것은 아닐까, 3학년 되면 본격적으로 입시체제에 돌입하게 되니까 아예 참여하기 힘들도록 원천봉쇄하는 건 아닐까.

개인적인 평가지만 그래도 우리 학교 교감선생님은 신의는 있는 것 같다는 생각이 든다. 평소에 하시던 모습들이나 대화하는 부분에서 상당히 인격적인 모습을 많이 느껴왔기에, 회의를 열기로 약속했다면 반드시 지킬 것 같다는 생각이 들었다. 물론 사람을 쉽게 판단하기는 어렵지만 말이다. 어쨌든 생활지도부장 선생님은 장황한 설명을 끝내고 자리를 뜨셨고, 우리는 남아서 교감 선생님과 조금 더 이야기를 하게 되었다.

먼저 교감선생님은 우리가 하려는 설문에 대해 상당히 부정적인 반응을 보이셨다. 역시나 설문의 신뢰도와 회수율 문제들 그리고 회의에 참여한 학부모 대표와 설문 결과의 차이가 발생할 경우에 생길 문제점 등을 들었다. 하지만 위의 생각처럼 설문 자체의 효과보다는 공론화의 도구 중 하나로 여기고 있는 상황에서 설문을 추진하지 않을 수는 없다는 게 우리의 판단이었다.

회의 개최 시기에 대해서는 우리도 3월 초에 하는 것이 합리적이라는 생각이 들었지만, 일단은 방학 중에 개최하는 것으로 조금 우겨보다가(?) 3월 초에 회의를 여는 것으로 결정하였다. 솔직히 구두로 합의한 내용이라 많이 불안하긴 하지만 그래도 한번 믿어봐야겠다.

이제 3월로 모든 게 미뤄졌다. 씁쓸하기도 하고, 더 잘해야겠다는 생각도 든다. 이런저런 감정이 미묘하게 교차한다. 이렇게 주어진 환경 속에서, 이제까지 해왔던 실수들과 문제점들을 잘 되돌아보고, 성공을 위해서 더 노력해야겠다. 또 노력해야겠다는 말에서 그치는 것이 아니라 실천으로 옮길 수 있도록 더 나를 다그치는 한 달을 보내야겠다. 아직 끝난 게 아니다.

정말, 미친소는
너무한 거 아니에요

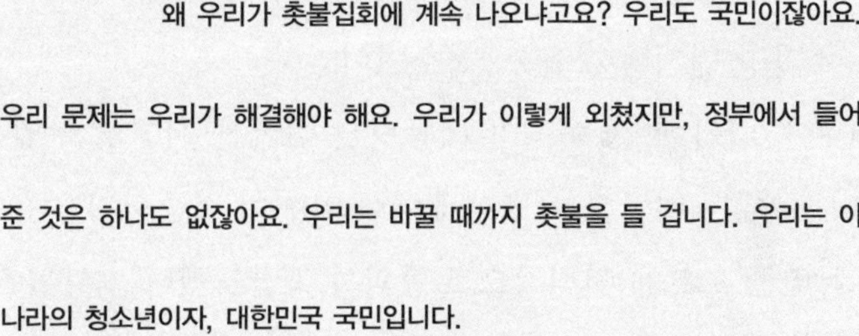

왜 우리가 촛불집회에 계속 나오냐고요? 우리도 국민이잖아요.

우리 문제는 우리가 해결해야 해요. 우리가 이렇게 외쳤지만, 정부에서 들어

준 것은 하나도 없잖아요. 우리는 바꿀 때까지 촛불을 들 겁니다. 우리는 이

나라의 청소년이자, 대한민국 국민입니다.

　　2008년 한해 우리 국민을 가장 뜨겁게 했던 것은 '국민의 요구를 반영하라'며 대통령에게 소통을 요구한 광우병 촛불집회였다. 우리는 주부, 어린이, 대학생, 네티즌, 이른바 386세대 등 각계각층 사람들이 모두 한마음으로, 하나의 목표를 향해 달려가는 놀라운 경험을 하게 되었다. 그리고 그 시작은, 가장 먼저 촛불을 든 청소년이었다.

　　2008년, 미국에 간 이명박 대통령은 미국산 쇠고기 수입을 발표했다. 문제는 미국산 쇠고기에 대한 안전이 검증되지 않은 상황에서 국민들 모르게 전격적으로 합의하고 발표했다는 사실이다.

18세인 저도 사태의 심각성을 아는데,
대통령은 왜 모르세요?

　　세상은 난리가 났다. 온라인, 오프라인 가릴 것 없이 청소년이 모이는 공간이면 '광우병'에 대한 이야기가 끊이지 않았다. 청소년들은 가장 먼저 이명박 대통령의 미니홈피로 달려갔다. 미국산 쇠고기 수입을 발표한 지 일주일 정도가 지난 4월 27일 하루에만 2만여 개가 넘는 글이 달렸다. 경민이도 이날 이 대통령의 미니홈피에 글을 남겼다.

"경제 때문에 국민을 상대로 광우병 실험을 할 겁니까? 18세인 저도 사태의 심각성을 아는데, 대통령이 이러면 어쩝니까?"

이날 올라온 글들은 하나같이 '미국산 쇠고기 수입 반대'였다. 미국과의 협상보다 중요한 것은 국민들의 건강이라는 충고도, 광우병 우려가 있는 미 쇠고기를 수입하는 대통령이 우리나라 대통령이 맞느냐는 질책도 잊지 않았다. 동방신기, 슈퍼주니어 등 연예인 팬클럽은 물론 '엽기 혹은 진실' '쭉빵' 등 청소년들이 주로 찾는 카페에도 광우병을 걱정하는 글이 계속 올라왔다. 청소년들이 가장 많이 가입해서 활동한 '미친소닷넷'도 이때 나왔다.

하지만 이명박 정부는 수입을 중단하지 않았다. 국민의 걱정도 해소해주지 못했다. 청소년들은 국민의 물음에 대답하지 않는 이명박 정부를 보면서 폭발했다. 시대에 민감하고 빠른 청소년들이 촛불집회에 나가기까지 그리 오랜 시간이 필요하지 않았다.

대답 없는 정부에 실망, 촛불을 든 청소년들

5월 2일과 3일 청계광장에 모인 청소년 수는 1만 명을 훌쩍 넘었다. 청소년이 켠 촛불은 청계광장을 밝게 수놓았다. 청소년은 경기도에서도, 강원도에서도, 저 멀리 부산에서도 서울로 올라왔다. 집회에서 청소년들은 자신들의 요구를 담은 피켓을 제작했다. '미친소, 너나 즐쳐드셈' '대통령도 리콜되나요?'와 같이 기성세대 집회에선 볼 수 없었던 참신한 구호들이 나왔다.

고3인데도 불구하고 촛불집회에 꼬박 나왔던 리나는 집으로 돌아가는 지하철 안에서도 촛불을 끄지 않았다. 자신이 태운 초는 하나지만, 이 촛불이 둘이 되고, 셋이 되고, 백이 되고, 만이 될 수 있다는 믿음이 있었다. 모 고등학교 학생들은 집회가 끝나도 집으로 돌아가지 않고 광화문 모퉁이에서 자신들만의 캠페인을 열었다.

"국민 여러분, 지금 이명박 대통령이 미국산 쇠고기를 수입하려고 하고 있습니다. 광우병에 걸리면 어떡합니까? 우리가 나서서 우리의 건강을 지켜야 합니다. 국민 여러분 촛불을 듭시다."

사실 이때 청소년들은 촛불집회에 참여하는 것이 쉽지 않았다. 중간고사 기간이었기 때문이다. 청소년들에게 시험이란 것은 대학 입학과 연결되는 중요한 관문이다. 성적이 몇 점이냐에 따라 울고 웃는 청소년이기에, 청소년들이 공부를 하지 않고 거리에 나오는 것은 쉽지 않은 일이다. 하지만 청소년들은 "우리가 죽는데, 시험이 다 무슨 소용 있느냐"면서 책상에 앉아 공부하는 대신 촛불을 들었다.

청소년이 왜 촛불을 들었는지 알고 싶나요

청소년이 나서자 가장 혼란에 빠진 것은 정부와 교육당국, 보수언론이었다. 이들은 한목소리로 "전교조가 배후에 있다"거나 "청소년이 놀 곳이 없어서 거리에 나왔다"는 태도를 보였다. 교육청은 일선 학교에 공문을 보내 청소년들이 집회에 나가지 못하도록 지도해달라고 했다. 또 학교 교사들을 동원해 참가한 학생들을 집으로 돌려보내기도 했다.

청소년을 보는 기성세대의 시선이 또 한 번 들통 났다. 하지만 그 모든 행동도 청소년을 막을 수 없었다. 학교에서 촛불집회에 나가지 못하게 막자, 학생들은 학교 안에서 침묵시위를 벌였다. 급식에 쇠고기 반찬이 나오면 항의의 표시로 다 같이 먹지 않았다.

무엇이 청소년을 이렇게 참여하게 했을까? 청소년은 '옳고, 정의로운 것'을 판단해서 움직였다. 청소년들은 가족, 친구의 건강을 염려했고, 대한민국의 미래를 걱정했다. 그리고 국민을 가장 먼저 생각하지 않는 대통령에게 분노했다.

청소년들은 잘못 돌아가는 세상을 지켜보지만은 않았다. 자신들이 나서면 세상이 바뀔 것이라고 생각했다. 자기들을 막는 정부를 보면서, 청소년들은 '뭔가 잘못 되도 한참 잘못되었다'는 것을 느꼈고, 어른들이 해결하지 못하면 자신들이라도 먼저 나서야겠다고 생각했다.경찰이 촛불 참여 시민들에게 물대포를 쏠 때 청소년들의 참여는 절정을 이루었다. 전국에 사는 청소년들이 분통을 참지 못하고 촛불에 참여했다. 포항에 사는 원길(19)이가 촛불집회에 참여한 것도 이때부터였다. 원길이는 한 여대생이 전경의 군홧발에 차이는 동영상과 경찰들이 물대포를 쏘는 동영상을 보면서 가만히 있어서는 안 되겠다고 생각했다. 곧바로 서울로 올라갔다. 원길이는 때로는 찜질방에서, 때로는 노숙을 하며 두 달 넘게 촛불집회에 참여했다.

경찰이 진압을 시작하고 나서도 물러서지 않았다. 경찰이 방패로 밀쳐도 청소년은 그만두지 않았다. 경찰이 성인들을 연행하자, 청소년들은 어깨동무를 하고 연행을 막았다. "저희는 연행되더라도 나올 수 있지만, 어른들은 연행되면 안 되잖아요. 우리가 지켜야죠." 청소년들은 연행되면서도 '어른들을 보호했다'는 생각에 웃을 수 있었다. 원길이도 이때 연행된 청소년 중 한 명이었다.

용감하지만 자유로운 세대

청소년의 두드러진 진출을 지켜보면서 과거 '폭력'과 '독재'를 경험했던 세대들은 입을 모아 그들에게 박수를 보내면서도 한편으로는 걱정을 접어둘 수 없었다. 과거 독재정권 시절, 인간이 인간에게 할 수 있는 무지막지한 폭력을 경험한 386세대는 경찰의 방패와 물대포 앞에서도 겁 없이 도전하는 청소년들을 걱정했다.

수십 년간 독재와 폭압으로부터 자유롭지 못했던 기성세대는 한 마디 말을 할 때도 눈치를 봐야 했고, 두려워해야 했다. 수없이 많은 밤을 지새우며 목숨을 걸고 행동했던 기성세대에게 '정의' 란 너무 진지하고 큰 희생을 해야 얻을 수 있는 어려운 것이었다.

하지만 우리 청소년들은 자유롭다. 자신이 옳다고 생각하는 것을 말하는 데 별로 주저함이 없다. 또 옳다고 생각하면 행동한다. 그들의 행동은 투명하고 아름답다. 혹자는 그것이 가볍다고 말하지만, 한 사회가 건강하게 굴러가기 위해서는 '옳은 것을 옳다고 말하고, 옳은 것을 위해 행동할 줄 아는' 사회여야 하지 않을까.

촛불집회에 참여한 한 청소년의 이야기로 마무리한다. 누구보다 용감하게 2008년을 보낸 청소년들에게 박수를 보낸다.

"왜 우리가 촛불집회에 계속 나오냐고요? 우리도 국민이잖아요. 우리 문제는 우리가 해결해야 해요. 우리가 이렇게 외쳤지만, 정부에서 들어준 것은 하나도 없잖아요. 우리는 바꿀 때까지 촛불을 들 겁니다. 우리는 이 나라의 청소년이자, 대한민국 국민입니다."

축제를 준비하면서 누구도 이렇게 하라든가 저렇게 해야 한다고 가르쳐준 사람은 없었다. 학생들은 시작에서부터 지금에 이르기까지 오로지 자신들의 생각과 노력으로 여기까지 왔다. 그 과정에서 상처 받기도 하고 갈등으로 고민에 빠지기도 했지만, 지금 이 순간 축제 공간은 그야말로 학생들이 진정으로 자신이 살아 있음을 발견하고 표현하고 존재감을 마음껏 느끼는 자리다. 다소 어색하지만 잘 모르는 친구들의 손도 잡아보고, 때론 미워하기도 했던 학생부장 선생님과 어깨동무도 했다. 무언가 가슴속에 뜨거운 것이 올라왔다. 그간 동아리 활동이 귀찮게도 느껴졌고, 학원·과외 때문에 연습에 자주 빠지는 친구도 있었다. 성적이 떨어지면 모두 동아리 책임으로 몰아붙이는 부모님과 선생님이 미워질 때도 있었다. 그러나 그 모든 것을 이겨내면서 여기까지 왔다.

다섯째 마당

청소년 활동의 대안,
새로운 **희망**을 엮는다

청년문화의 새로운 가능성, 청소년 동아리활동

축제를 준비하면서 누구도 이렇게 해야 한다고 가르쳐준 사람은 없었다.

우리는 시작에서부터 오로지 우리 스스로의 생각과 노력으로 여기까지 왔다.

그 과정에서 서로 상처받기도 하고, 돈이 없어서 굶기도 했다.

때로는 갈등이 생겨서 고민에 빠지기도 했지만,

지금 이 순간 축제 공간은 그야말로 우리가 진정으로

살아 있음을 발견하고 표현하고 존재감을 마음껏 느끼는 자리다.

누군가는 그렇게 말한다. '청소년문화'가 곧 '대중문화'가 되어버린 이유는 대학 동아리들이 죽었기 때문이라고. 작게 보면 동아리 활동이 학생들의 취미 활동이라고 볼 수 있지만 그것들이 살아있을 때 비로소 '청년문화'가 꽃핀다는 말일 것이다.

현재 중·고등학교 동아리 역시 크게 활성화되어 있지는 않다. 그러나 동아리 활동은 청소년문화와 삶에 커다란 영향을 미치고 있으며, 특히 학교 안 동아리를 살리는 것은 매우 의미 있는 일이다.

닫힌 학교에서 '나'를 찾고 '우리'를 열다

시대가 많이 변했다고들 하지만 여전히 학교는 공부 잘하는 학생들은 존중하지만 공부 못하는 학생들은 날개 부러진 새 같은 존재다. 미래가 보이지 않는 무력감에 빠져 하루하루를 힘겹게 살아가야만 한다. 또 아침자율학습, 보충수업, 과외, 학원 등으로 하루 종일 지치고 힘들게 살아가는 청소년들에게 탈출구는 그만큼 절박하다.

그런 측면에서 동아리 활동은 학교 안의 또 다른 배움터가 되고 있다. 청소년들은 동아리 활동을 하면서 자기 자신이 정말 하고 싶었던 일이 무엇인지, 꿈이 무엇인지 찾아보게 된다. 또한 앞뒤로 꽉 막힌 생활에서 유일하게 '해야 하는 일'이 아니라 '하고 싶은 일'을 할 수 있는 것이 바로 동아리 활동이다.

"악기 사줘! 연습실 줘! 풍물 사랑!"
"우리의 문화는 우리가 만든다!"
"우리들은 원한다, 많은 지원금!"
"딴따라로 부르지 마세요!"

2006년, 사단법인 청소년문화예술센터에서 개최한 청소년자유콘서트에는 약 100여 개의 동아리에서 1000여 명의 학생이 참여했는데, 공연에서 그들이 외쳤던 요구가 바로 위의 내용이었다. 얼마나 절박했으면 동아리 학생들이 가장 좋아하는 '공연'에 나와서도 이런 요구를 외쳤을까. 그만큼 학교 안 동아리 활동 환경은 열악하다. 담당교사를 구하기 힘든 동아리도 있고, 재정 지원이 전혀 없어 축제 때마다 사비를 수십만 원씩 걷어야 하며 끼니를 거른 채 연습을 한다. 그뿐 아니라 연습할 공간도 전혀 없는

데, 일부 교사들은 그들을 배려하기는커녕 "공부는 안하고 놀기만 하는 학생들" 취급을 하기도 한다. 이는 동아리 활동을 하는 청소년들을 힘들고 지치게 한다.

그러나 이런 어려움에도 불구하고 중·고등학교 동아리들이 계속 유지되고 있는 이유는 뭘까? 아마 개인의 발전만 있었다면 절대 불가능했을 것이다. 현재 중·고등학교 동아리가 지탱되는 가장 큰 힘은 바로 공동체 문화일 것이다. 혼자서는 불가능하지만, 함께 작품을 만들고 공연을 할 수 있는 친구와 선후배가 있다는 사실. 어려운 일이지만 함께 만들고 마침내 축제를 통해 빛을 발하게 되었을 때, 한층 더 두터워진 그들의 '동지애'는 아마도 가슴 벅찬 경험과 희망이 될 것이다.

✤ 동아리 활동은 공동체의 복원

현재 대중문화가 곧 청년문화이자 청소년문화가 되어버린 현실에 대해 많은 사람들은 '문제'라고 입을 모아 우려하고 있다. 그렇다면 모든 것을 상품화하고 극도로 자극적인 대중문화를 극복하고 어떻게 건강한 청년문화를 만들 수 있을까? 대학생, 청년층을 놓고 생각하면 참으로 암담한 현실이 아닐 수 없다. 하지만 눈을 돌려 중·고등학생들을 보면 이는 불가능한 이야기가 아니다.

포털사이트에서 청소년들의 '학교놀이'에는 청소년뿐 아니라 어른들도 리플을 많이 달고, 자신의 중·고등학교 시절의 경험을 공유한다. 이처럼 청소년 시기의 경험은 사람의 한평생을 바꿔놓을 만큼 중요하다.

동아리 활동은 자신이 하고 싶은 일을 주체적으로 선택하여 책임지고, 점점 파괴되는 공동체를 다시 복원하는 일이다. 더불어 청소년들의 끼와 열정으로 삶과 문화가 통일되는 새로운 문화적 가능성을 지닌 활동이기도 하다. 동아리 활동을 살리는 일이야말로 입시교육 안에서 가장 훌륭한 대안교육이며 청소년의 건강한 문화를 가꾸는 일이다.

동아리의 재구성, 희망의 재구성

1 동아리 활동의 시작은 새로운 시련의 시작

새 친구들과 새로운 선생님 그리고 중학교 때보다 훨씬 많아진 교과서……. 새로운 생활에 적응하느라 신입생들은 눈코 뜰 새 없이 바쁘다. 그러나 형형색색의 동아리 홍보 포스터는 정신없이 바쁜 그들의 눈길을 끌기에 충분했다. 다른 학교와의 대면식, 선후배 간의 우애, 소속감 그리고 화려한 축제 등 포스터에 씌어있는 문구는 신입생들의 가슴을 설레게 하기에 충분했다.

Y여고 신입생 지윤도 동아리 가입 희망자다. 공부에 대한 압박도 만만치 않았지만 지윤은 동아리 활동을 꼭 하고 싶었다. 새로운 경험도 하고 싶을 뿐 아니라 학교생활에서 그런 재미조차 없다면 답답할 것 같다는 생각이 들었다.

어떤 동아리에 가입할까 고민하던 어느 날, 2교시 쉬는 시간에 짧은 스커트에 세일러복을 입은 2학년 선배들이 들어왔다.

"1학년 여러분 반갑습니다. 저희는 Y여고 합창단 '프레모니' 입니다."

반쯤 높은 톤, 맑고 깨끗한 목소리에 반 친구들의 시선이 집중됐다. 가운데 서 있던 2학년 선배는 반걸음 앞으로 나오더니, 자신감 있는 목소리로 합창반을 소개했다. 합창반을 하면 뭐가 좋고 어떤 활동을 하는지 설명하는 선배의 말이 지윤의 귀에는 들리지 않았다. 좀 튀어 보이는 멋진 단복과 자신감 있는 선배들의 모습만으로도 지윤은 합창단에 마음이 끌렸다. 또 평소에 노래 부르는 것을 좋아했기에 지윤은 쉽게 마음을 결정했다.

지윤은 짝꿍 윤서와 함께 선배들에게 가입신청서를 받아왔다. 고등학교에 와서 처음으로 사귄 윤서와는 금세 친해졌다. 윤서와 함께라면 동아리 활동이 더욱 즐거울 거라고 생각했다.

면접을 보던 날. 잔뜩 긴장하고 간 지윤은 다소 안심이 되었다. 면접을 보려고 기다리는 신입생이 몇 되지 않는 것 같아 다행이라고 생각하면서도 한편으로는 '합창반이 인기가 없나' 하는 생각에 좀 서운하기도 했다.

면접장에 들어가니 뭔지 모를 엄숙한 분위기가 흘렀다. 일렬로 죽 앉아있는 선배들 앞에 지윤이 섰다. 두근거리는 마음을 진정하고 선배들의 질문에 또박또박 대답했다.

"우리 동아리는 연습이 많은데 빠지지 않고 참여할 수 있겠어요?"

몇 가지 질문이 끝나고, 노래를 불러보라는 선배들의 한마디. 어떻게 불렀는지는 기억이 나지 않았다. 지윤과 윤서는 가슴을 쓸어내리며 면접장을 나왔다.

다음날 2교시가 끝날 때쯤 선배 한 명이 직접 반으로 찾아왔다. 지윤과 윤서 둘 다 합격했으니 수업 끝나고 2학년 6반 교실로 모이라고 했다. 지윤과 윤서는 서로 마주보며 웃음을 지어보였다. 선배들의 까다로운 면접을 통과했다는 생각에 기분이 좋았다. 생각보다 고등학교생활이 즐거울 것 같은 예감이 들었다.

"선배들에게는 어떻게 인사한다고? 90도로 허리를 굽혀서. 똑바로 안 해?"

방음장치가 잘돼 있는 합창실. 지윤, 윤서와 함께 합격한 10명 정도의 신입단원들이 벽 앞에 일렬로 서 있다. 어색한 듯 기어들어가는 목소리로 인사하는 신입생들에게 선배들은 면접 때와 달리 무섭게 소리를 쳤다.

"다시 한 번 크게."

"선배님, 안녕하십니까?"

얼굴이 하얗게 질린 1학년들은 마치 휴대폰 폴더처럼 허리를 접어 인사했다. 2학년 선배들은 군기를 잡으려는 듯 30분 째 인사 연습만 시키고 있다. 지윤은 당황스러웠지만 시키는 대로 할 수밖에 없었다. 신입생 훈련(?)은 하루로 끝나지 않았다. 발성 연습을 한다고 두 시간 동안 선배들에게 둘러싸여 소리를 지르고, 합창연습실을 윤이 나게 반짝반짝 닦아야만 했다.

어느덧 동아리에 가입한 지 한 달이 지났다.

"에이씨~ 이게 뭐냐. 그 ×× 선배는 왜 그러냐?"

"너무 힘들어서 못하겠다. 계속 이렇게 해야 하냐?"

지윤은 정말 힘들었다. 학기 초 갑자기 어려워진 수업을 적응하기도 힘든데, 수업을 마치고 선배들에게까지 시달리는 것은 정말 쉬운 노릇이 아니었다. 앞으로도 계속될 연습을 생각하니 과연 버텨낼 수 있을지 의문도 들었다. 더군다나 함께 동아리에 들었던 윤서가 오늘 그만두겠다고 했다. 선배들이 신입생 군기를 잡는 것도 힘들었지만 부모님의 압박이 이만저만이 아니라고 했다. 3년 동안 오로지 공부만 해도 좋은 대학을 갈까 말까 한데 동아리가 말이 되느냐고. 대학에 가면 얼마든지 하고 싶은 것을 할 수 있을 테니 합창단을 탈퇴하라는 성화에 드디어 두 손을 들고만 것이다.

지윤은 두 다리에 힘이 쏙 빠져나가는 것만 같았다. 고등학생이 되어서 가장 먼저 사귄 윤서가 합창반을 탈퇴한다는 말에 지윤도 더 이상 의욕이 나지 않았다. 동시에 자신도 결코 비껴갈 수 없는 '대학'을 떠올렸다. 많은 숙제와 학원 과외를 생각하니 한숨만 나왔다. 친구들도 별반 생각이 다르지 않은 듯, 잠자코 있을 뿐이었다.

2 천덕꾸러기로 떠돌다 지쳐버린 우리들의 희망

학기 초, 신입생 환영회와 대면식 몇 번을 치르고 나니 시간이 금세 지나갔다. 2학년이 되면서 풍물반 회장을 맡게 된 진호도 더 바빠질 수밖에 없었다. 다른 동아리들은 후배가 없어서 걱정이지만 진호네 풍물반은 치복을 갖춰 입고 교실을 돌면서 그럴 듯한

품새를 보여서 그런지 다른 동아리들보다 꽤 많은 신입생을 모을
수 있었다.

그러나 그토록 바라던 신입생들이 꽤 들어왔지만 진호는 고민
에 휩싸일 수밖에 없었다. 2학년 4명에 1학년 10명까지 14명 남
짓의 동아리 회원, 그러나 악기도 치복도 모자랐다. 학기 초에는
1학년들에게는 쉽게 악기를 주면 안 된다는 핑계로 악기 연습 대
신 가락을 외우게 했다. 그나마 남아 있는 악기도 말이 아니었다.
동아리방도 없어서 이리저리 쫓기다가 겨우 얻은 습기 가득한 창
고 한구석에 악기를 몰아넣었더니 가죽도 우글우글해지고 소리
도 잘 나지 않았다. 학기 초에 담당 선생님에게 건의도 해보고,
HR시간(학급회의시간 Home Rule)에 안건을 올리기도 했지만 예산
이 없다는 답변만 들을 뿐이었다.

"오늘은 1마당 가운데 호허굿을 연습해보자. 각자 자기 악기
를 준비하자."

조용한 강당에 오랜만에 악기를 칠 수 있게 된 1학년 후배들은
신이 난 표정으로 좀 더 좋아 보이는 악기를 잡겠다고 소란이었다.

쇳소리가 강당을 울리자 다들 진지한 표정으로 악기를 두드리
기 시작했다. 자세는 어설프지만 가락만큼은 정확한 용훈이를 보
며 웃기도 하고, 하루가 다르게 실력이 느는 웅수를 보며 다들 놀
라기도 했다. 제법 후덥지근해진 날씨도 아랑곳하지 않고 악기
연습에 열중하다 보니 다들 이마에 땀이 송알송알 맺혔다.

"팍, 퍽!"

갑자기 둔탁한 소리가 났다. 모두 연주를 멈춘 채 소리의 원인

을 찾았다. 장구 가죽이 찢어지는 소리였다. 그 순간 1학년 후배들의 시선이 죄다 진호에게로 쏠렸다. 안 그래도 악기가 부족해 조심스레 다루라고 수차례 주의를 줬던 차라 후배들은 진호의 표정을 살피기에 바빴다. 가죽을 찢은 웅수의 얼굴이 하얗게 질렸다. 웅수는 아무 말도 못하고 고개만 푹 숙이고 있었다.

그때였다. 닫혀 있던 강당 문이 열리고 교무부장 선생님의 고함소리가 울려 퍼졌다.

"너희들 뭐하는 거야? 3학년 선배들 공부하는 게 보이지 않아?"

"풍물반 연습하는데요."

"당장 그만둬!"

진호는 화가 복받쳐 올랐지만 선생님과 싸울 수는 없는지라 조용히 악기를 싸라고 후배들을 타일렀다.

이튿날, 진호는 동아리 담당 선생님에게 청천벽력과 같은 소리를 들었다. 고3들 공부에 방해되니 학교에서 연습을 하지 말라는 것이다. 어이가 없었다. 눈과 목에서 뜨거운 것이 올라왔다.

"1주일에 한 번만 연습을 하라니요? 그럼 축제는 어떻게 해요?"

"나도 모르겠다. 선생님도 좀 찾아보마. 하여간 방과 후에는 학교에서 연습하지 마라."

교무주임 선생님이 학교에 건의해서 연습을 못하게 했으리라고 진호는 짐작했다. 평소에도 미안하다는 말을 자주 하시던 담당 선생님도 진호의 얼굴을 쳐다보지 못했다. 너무 억울했지만 더 이상 누구에게 항변할 수도 화낼 수도 없었고 고개를 푹 숙인 채 교무실을 조용히 빠져나왔다.

다음날 진호는 풍물패를 이끌고 무거운 악기를 하나씩 둘러맨 채 버스로 두 정거장쯤 떨어져 있는 뒷산을 찾았다. 조용한 산기슭에서 연습을 시작했다. 한 십여 분 연습을 했을까, 경찰이 한 명 올라왔다.

"너희들 뭐하는 거니? 왜 여기서 하는 건데?"

"연습하는데요, 장소가 없어서요."

경찰은 여기서는 연습하면 안 되니 다른 곳을 알아보라고 했다. 인근 아파트에서 항의가 들어왔다나. 기분을 잡쳐버린 진호는 다시 악기를 둘러메고 산을 내려와 부원들을 해산했다.

일주일을 제대로 연습 한 번 못하고 보낸 진호는, 주변을 수소문한 끝에 청소년들에게 연습 공간을 대여해준다는 청소년 수련관을 찾아갔다. 연습실이 제대로 갖춰진 것 같아 기대에 들떴던 진호는 또 실망하지 않을 수 없었다.

방음장치까지 갖춘 훌륭한 연습실이었지만 대관료를 내야 한다는 것이다. 축제 지원금도 없는데 연습실 대관료라니……. 절로 한숨이 나왔다. 어떻게 해야 할지 몰랐다.

"아 진짜, 나보고 어쩌라고……. 정말 못해 먹겠네."

#3 해가 갈수록 초라해져가는 우리들의 대동제

"오늘은 축제 준비를 위한 대의원, 동아리부장회의가 있을 예정이니 학교수업을 마친 동아리부장들은 한 명도 빠짐없이 시청각실로 모여주시길 바랍니다. 다시 한 번 말씀 드리……."

수업이 끝나는 대로 친구들과 PC방에 가기로 했던 형식은 안타까움을 뒤로 한 채 동아리부장회의에 참석했다.

"부장들은 축제계획서와 예산계획서를 만들어서 14일까지 내세요. 축제계획서를 제대로 내지 않으면 축제 예산은 지급되지 않으니, 구체적으로 내역을 잘 적어서 오도록. 그리고 예산계획서는 부풀리거나 딴 곳에 쓸 생각은 하지 말고 하나하나 꼼꼼하게 적어서 내야 합니다. 무조건 많이 쓴다고 다 주지 않으니깐 작년 예산 대비로 짜면 될 거예요."

앞으로 한 달 남은 축제 관련 공지 사항이 많았다. 이번 주 CA시간에 할 일이 많아질 것 같았다.

CA시간, 형식은 교탁 앞에 섰다.

"우리 축제 때 뭘 해볼까?"

언제나 거들기 좋아하는 영호가 먼저 입을 열었다.

"매년 하던 거 말고 코스프레(코스튬 플레이costume play) 같은 걸 해보는 게 어때?"

주변에서 야유가 쏟아졌다. 쪽팔린다는 둥 너부터 해보라는 둥 야유가 오고갔다.

"그럼 너희가 좋은 안을 내봐~ 임마."

흥분한 영호가 받아치자 분위기를 바꾸려는 듯 아이들은 재미있는 안건들을 많이 내놓았다.

코스프레, 애니메이션 제목 맞추기를 비롯하여 인상 깊었던 장면들을 모아서 시사회를 열자는 제안도 나왔고, 사람들이 직접 사진을 찍을 수 있게 배경판을 만들어보자는 제안도 나왔다. 덩달아 신이 난 형식도 몇 가지 제안을 했다. 오랜만에 잘 풀려가는 동아리 분위기에 다들 흡족한 듯했고, 이날 나온 안건들을 학교에 올리기 위해 형식은 꼼꼼히 적었다. 집에 돌아온 형식은 학교에 제출할 계획서와 예산서를 밤늦게까지 정리했다.

목요일, 축제 준비를 위한 동아리부장회의. 약삭빠른 몇몇 동아리는 벌써부터 예산이 어떠네, 뒤풀이가 어떨 것 같네, 하고 있지만 작년에 별로 열심히 하지 못해서 잘 모르는 형식은 조용히 자리만 지켰다. 오늘은 웬일인지 특별활동부장 선생님 대신 교감 선생님이 마이크를 잡았다.

"에……. 학생 여러분, 올해 축제 예산이 많이 줄었습니다. 여러분이 제출한 계획서는 잘 보았습니다만 학교 상황도 여러분이 고려해야 하니까 특별활동부장 선생님이 일괄적으로 예산을 정리해서 알려줄 겁니다. 뭐 궁금한 점이 있으면 이야기하세요."

몇몇 학생들이 자기들은 장비도 필요하고 이것저것도 돈이 많이 들어간다며 질문을 던졌지만 별로 반응이 없었다. 특별활동부장 선생님도 예산이 부족하니 어쩔 수 없다며, 그래도 잘해보자고 말했지만 이미 실망한 학생들의 표정은 달라지지 않았다.

형식네 동아리 축제지원금은 15만 원. 물론 축제를 준비하기에 턱없이 부족한 돈이었다. 축제 뒤풀이는커녕 꼭 필요한 물품도 살 수 없을 것 같았다. 지원금 통보가 끝나자 학생들은 더욱 목소리를 높여 항의하기 시작했다.

"연극반인데요, 조명이 다 깨져서 그거 사는 것만 20만 원이 들어요."

"풍물반두요, 장구 가죽이 찢어져서 연습도 못하고 있어요."

"더 주세요, 더 주세요."

회의가 끝나자 동아리부장들이 하소연을 시작했다.

"돈이 너무 모자라. 작년에도 이 모양이어서 다 2만 원씩 특별 회비를 걷었다니깐."

"우리도 마찬가지야. 돈 거둬서 겨우 물품 사면 끝이야. 선배들이 모아주지 않았다면 뒤풀이도 못했을 걸."

흥분한 몇몇 학생들은 화살을 학생회에게 돌리기도 했다.

"학생회는 뭐하냐? 선생님한테 찾아가서 다시 한 번 말해봐. 15만 원이 뭐냐?"

"그래 맞아, 학생회가 이런 걸 해야지. 안 그래, 학생회장?"

형식도 작년에 축제 준비를 하느라 2만 원씩 걷은 기억이 났다. CA시간, 또 돈을 걷어야 한다는 얘기를 꺼내면 야유를 던지며 못 내겠다고 투정 부릴 동기들과 후배들을 생각하니 머릿속이 복잡했다.

#4 대학입시가 뭐기에 우정마저 금을 낼까

7월 말, 뜨거운 습기에 절로 짜증이 났다. 축제 때 상영할 작품 촬영을 시작한 지 사흘째. 사흘밖에 되지 않았지만 태연은 이미 지쳤다. 그늘을 찾아 땀을 식혔는데도 흥분은 쉽게 가라앉지 않았다.

첫날엔 카메라를 맡았던 주영이 집안에 급한 일이 있다며 오지 않더니, 이튿날은 학원에 가야 한다며 연출을 맡은 친구가 펑크를 내버렸다. 시나리오를 짤 때에도 몇 명씩 빠지는 바람에 남은 사람이 시나리오를 간신히 마무리해야 했다. 그런데 촬영에 들어가서도 상황은 좋아지기는커녕 갈수록 태산이었다. 오늘은 주연을 맡기로 한 친구가 과외 때문에 일찍 가야 한단다. 이미 여러 번이나 빠져서 오늘은 꼭 가야 한다며 촬영을 마치자는 것이다. "야, 정말 너무 하지 않냐? 이제 개학이 일주일도 안 남았는데, 빨리 끝내야 할 거 아냐."

"너도 어제 일찍 갔잖아."

"아, 그거야……."

촬영하는 시간보다 투덜거리거나 사람을 기다리고 또 보내야 하는 시간이 더 길었다. 이렇게 서로 짜증을 내며 투덜거리다보니, 끈끈하게 엉겨도 시원찮을 판에 부원들끼리 모래알처럼 따로 노는 분위기가 심해지고 있었다.

영상동아리 부장 태연은 별말이 없다. 가장 동아리에 열성을 가지고 여기까지 끌어온 그였지만 이런 논쟁에는 이젠 신물이 난다. 학원과 과외…… 학기 초부터 모임을 잡을 수가 없었다. 이제 딱히 대안이 없다. 저마다 개인적인 사무를 포기하고 동아리를 중심으로 뭉쳐주기를 바라는 수밖에.

"목마르고 배고픈데 밥이나 먹으러 가자."

설왕설래를 듣고만 있던 태연은 바지를 툭툭 털며 자리에서 일어났다.

소품 사랴, 편집비 챙겨두랴 예산이 만만치 않게 필요했다. 회비도 걷어야 하므로 아이들은 어제 갔던 패스트푸드점에서 값싼 햄버거로 끼니를 때워야 했다. 거기에 콜라는 리필이 되는지라

세 명당 한 잔 꼴로 시켰다. 배부르게 먹기는 어렵지만 오래 앉아 있다고 눈치를 주는 법도 없고 시원한 에어컨 바람도 맘껏 쐴 수 있는 학교 앞 패스트푸드점은 자연스럽게 영상반의 거점이 되었다. 식사를 마치고 콜라가 두어 잔 리필이 될 때쯤 태연이 입을 열었다.

"자, 이제 우리 어떻게 할까?"

다시 일정을 잡자고 꺼낸 말은 다른 이야기에 휘말렸다.

"주영이 너는 왜 네 맘대로 하냐? 콘티에 나온 대로 촬영해야지."

"내가 보기엔 그게 아닌데 꼭 그렇게 해야 하냐? 이게 낫다니깐."

평소에 고집이 세서 부원 모임 때마다 마찰을 빚곤 했던 주영에 대한 이야기가 또 나왔다. 서로 질 새라 한마디씩 거드는 바람에 일정을 잡자며 말을 꺼낸 태연은 무시되고 격정적인 언사가 오고갔다.

지칠 대로 지친 태연도 상황이 이쯤 되고 보니 감정이 상해버렸다.

"내가 명색이 부장인데 아무도 내 말은 귓등으로도 안 듣는구나. 에이 ××, 안 해. 니들이 다해 먹어라."

원래 그러려던 것은 아니었는데 홧김에 뱉어버린 말은 이미 주워담을 수 없었다. 얼굴이 벌겋게 달아오른 태연은 더 이상 자리를 지킬 수 없었다. 부끄럽기도 하고, 화가 나기도 한 마음에 시나리오를 테이블에 던져놓고 자리를 박차고 나와버렸다.

곰곰이 생각해보면 크게 잘못한 사람은 없었다. 태연도 누구한테라도 학원이나 과외를 빼먹으라고 이야기하지 못했을 것이다. 나도 그런 일이 있다면 먼저 가야 한다고 말했을 것이다. 왜 만날 이런 상황이 계속되는지. 태연도 어쩔 수 없는 상황이 계속되었다. 시험이고 성적이고 다 때려치우고, 이것만 하면 정말 잘할 것 같은데 하는 생각이 들었다.

#5 우리의 젊음이 있는 한 축제는 영원하다

밤 10시, 늦은 시간이었지만 웃음소리가 흘러나왔다. 동아리 방으로 쓰는 교실과 부실에선 학생들이 내일부터 시작되는 축제를 준비하기에 여념이 없다. 이미 30분 전부터 학교 방송으로 빨리 집으로 돌아가라는 선생님의 목소리가 들렸지만, 몇 달 동안 축제만 준비해온 학생들은 별로 개의치 않고 축제 준비에 전력을 쏟고 있다.

전시회를 기획한 애니메이션반, 사진반, 신문반은 수십여 개의 스티로폼 패널을 이용해서 교실 벽을 만들고 전시할 작품들의 마지막 손질을 하고 있다. 얼굴에는 피곤한 기색이 역력하지만 오늘 하루 고생해서 유종의 미를 거두고 싶은 마음은 누구도 다르지 않다.

공연을 준비하는 방송반, 연극반, 합창반 학생들도 상황은 마찬가지다. 강당에서는 일찌감치 외부 조명과 음향시설을 설치하고 마지막 리허설을 하느라 바쁘다. 내일 축제가 잘 마무리되길 기대하는 마음은 담당 교사도 마찬가지. 선생님은 특별히 하는 일은 없어도 강당 앞쪽에서 이런저런 지시를 내리며 빠진 부분이 없는지 꼼꼼히 살핀다.

풍물반도 이날만은 시청각실 연습을 허락받아 마지막 연습에 열을 올리고 있다. 건물 끝에 있는 시청각실에서 울리는 풍물소리로 건물이 떠나갈 듯했다. 마치 내일 축제의 주인공이 풍물패라고 시위라도 하는 듯.

학생회 임원들도 내일 마무리 행사를 준비하느라 한창이다. 가요제에 참여할 학생들의 순서도 결정해야 하고, 입구에서부터 안내를 도와줄 도우미 친구들을 위한 교육도 해야 한다. 또 축제의 마지막을 장식할 대동놀이를 위해서 폭죽도 준비하고, 학생들을 놀라게 할 만한 비밀 이벤트도 준비해야 한다. 정문 앞부터 학교 안 구석구석까지 빈틈없이 붙여놓은 축제 포스터, 거기에 희미한 학교 형광등 불빛, 풍물소리, 학생들의 떠드는 소리가 기묘하게 어울려 내일이 아니라 마치 오늘이 축제날 같았다.

방송부장 선영은 여름방학부터 지금까지 축제 준비를 하면서 있었던 많은 일들이 머릿속을 스쳐갔다. 아쉬움과 안타까움이 가슴 한편에 자리잡고 있었다. 축제를 위해 작품을 만드는 것은 사실 보통 일이 아니었다. 기획회의부터 시작해서 시나리오 작업, 촬영, 편집, 홍보, 방송제 준비 등 여름방학부터 3개월 동안 거의 쉬지 않고 달려왔다. 그간에 동기 2명과 후배 3명이 방송반을 탈퇴했다. 학원수업, 과외 때문이기도 했고, 자기 시간을 투자하는 게 손해라고 생각한 때문이기도 했다. 학교의 지원도 담당 선생님의 도움도 거의 없는 상태로 축제를 준비하면서 때로는 너무 힘겹다는 생각에 동기들과 싸우기도 했고, 후배들에게 짜증을 내기도 했다. 그래도 선영은 방송부원들과 함께 축제까지 달려왔다. 1년에 단 한 번뿐인 축제, 우리들의 꿈과 희망을 모든 사람들에게 보여줄 수 있는 가장 중요한 시간이었다. 선영은 그 기회를 놓치고 싶지 않았다. 아무리 힘들어도 축제를 잘 치르고 나면 그보다 더 큰 보람을 얻을 것이라 믿고 지금까지 왔다.

과연 내일 방송제에는 몇 명이나 올 것인가, 실수는 하지 않을 것인가, 깊은 상념에 빠져 있던 선영은 아쉬움과 설렘을 안고 집으로 향했다.

마침내 축제일 아침, 오전 수업은 듣는 둥 마는 둥 그냥 넘어가고 동아리 활동을 하는 친구들은 일찌감치 담임선생님의 허락을 받아 수업을 빼먹고 축제 마무리 준비에 몰두했다.

2시, 축제를 알리는 교장선생님의 말씀이 끝나자 갑자기 온 학교가 술렁였다. 드디어 진짜 축제가 시작된 것이다. 얼굴이 반반한 친구들이 나서서 이른바 교문 '삐끼'를 했다. 멋진 옷을 빼입고 손님을 맞는 학생들의 표정에서부터 들뜬 축제 분위기를 느낄 수 있었다.

축제를 보러 오는 학생들도 밀리지 않으려는 듯 화려한 옷을 갖춰 입고 손님으로 참석했다. 특히 교류가 활발한 몇몇 동아리들은 이웃 학교 동아리 학생들이 찾아와 축제 준비와 진행을 손수 거들며 바람잡이 노릇을 하기도 했다. 강당에서는 1시간 간격으로 방송제, 연극 공연, 합창반 공연 등이 이어졌고, 같은 시간 야외 교정에서는 각종 전시마당과 인간두더지 같은 눈길을 모으는 이벤트가 진행되었다. 더러는 사람이 몰려 발 디딜 틈이 없기

도 하고, 더러는 사람이 없어 썰렁하기도 했지만 그런대로 축제
는 무르익었다. 학교 안은 학생들의 비명소리와 고함소리, 웃음
소리로 들썩였다.

　방송제가 시작되는 시간, 선영을 비롯한 방송부 친구들은 모
두 바싹 긴장했다. 떨리는 마음으로 관중석을 보니 그래도 꽉 들
어찬 것 같아 안도의 숨을 쉬었다. 앞에서 세 번째 줄, 선영네 반
친구들이 손을 흔들었다. 그 뒷자리에는 방송부를 탈퇴했던 친구
들이 꽃을 사들고 앉아 있었다.

　'이렇게 함께 모일 수 있다는 게 얼마나 기쁘니.'

　드디어 선영의 '큐' 사인으로 방송제가 시작되었다. 모두들 긴
장한 얼굴이었지만, 지난 3개월의 땀방울이 헛되지 않도록 해야
겠다는 생각에 다들 최선을 다하고 있었다. 작품이 크게 뛰어나
지는 않았어도, 방송부원의 학급 친구들, 방송부 연합동아리 친
구들의 응원과 환호 속에서 방송제가 성황리에 끝났다. 인사를
마치고 무대 뒤로 방송부원들이 내려왔다. 이상하게도 그간 서운
하고 힘들었던 마음이 눈 녹듯 사라지는 것 같았다. 동기들의 얼
굴과 눈물을 글썽이는 1학년 후배들의 얼굴을 보니 선영의 눈에
서도 눈물이 흘렀다. 방송부원들은 누구랄 것도 없이 서로 부둥
켜안고 눈물을 흘렸다. 선영도 자신이 왜 우는지 잘 몰랐다. 다만
너무 좋아서, 그간 함께 고생했던 일들이 머릿속을 스쳐가면서
알 수 없는 감동이 밀려왔다. 때로 속을 썩여 미워 보였던 후배들
의 모습도 하나하나 감동으로 다가왔다. 힘든 3개월 동안 함께 축
제를 준비하면서 서로의 마음을 알게 된 것이다.

‘그래, 오늘을 위해 우리가 살았구나. 우리가 방송부를 지켰어.’

축제를 준비하면서 누구도 이렇게 하라든가 저렇게 해야 한다고 가르쳐준 사람은 없었다. 학생들은 시작에서부터 오로지 자기 스스로의 생각과 노력으로 여기까지 왔다. 그 과정에서 친구들에게 상처받기도 하고, 돈이 없어서 굶기도 했다. 때로는 선후배 사이에 갈등이 생겨서 고민에 빠지기도 했지만, 지금 이 순간 축제 공간은 그야말로 학생들이 진정으로 자신이 살아 있음을 발견하고 표현하고 존재감을 마음껏 느끼는 자리였다.

축제는 그리 길지 않았다. 무대 공연과 전시회를 마치고 마지막 순서인 대동놀이를 하러 운동장으로 나왔다. 다소 어색하지만 잘 모르는 친구들의 손도 잡아보고, 때론 미워하기도 했던 학생부장 선생님과 어깨동무도 했다. 무언가 가슴속에 뜨거운 것이 올라왔다. 그간 동아리 활동이 귀찮게도 느껴졌고, 학원·과외 때문에 연습에 자주 빠지는 친구도 있었다. 성적이 떨어지면 모두 동아리 책임으로 몰아붙이는 부모님과 선생님이 미워질 때도 있었다. 그러나 그 모든 것을 이겨내면서 여기까지 왔다. 어느 누구 하나의 능력이 아니라 축제를 준비한 모두의 역할과 노력으로 여기까지 왔다는 게 자랑스러웠다.

어른이 된 먼 훗날에도 오늘의 경험은 잊히지 않을 것이다. 우리의 축제는 영원히 계속된다.

기성세대는 그만 빠지시죠, 이젠 우리가 선택하겠습니다

청소년이 투표권을 갖게 되면 우리 사회에 놀라운 변화를 가져올 것이다.

소통과 공감을 중요시하며 개인보다 공동체를 앞세우는 청소년.

자본주의적 이윤추구로부터 비교적 자유로운 순수한 청소년의 정치적 지향이

망가질 대로 망가진 기존 정치판에 새로운 비전을 제시할 수 있지 않을까?

"아버지는 ○○○당을 꼭 찍어요. 하지만 우리 반에는 ○○○당 지지하는 친구들이 하나도 없어요. 아마 청소년들끼리 선거하면 ○○○당은 떨어질걸요? 자기들 이익만 챙기잖아요."

자유분방한 사고를 지닌 10대에게 고리타분한 정치인들의 언행은 반감을 사기 쉽다. 당리당략을 위해 별것도 아닌 일에 말싸움을 하고, 회의장을 박차고 나가는 정치인의 모습은 아무리 잘 봐주려 해도 봐줄 수가 없다. 그 때문에 국민들은 정치에 염증을 느끼고, 이는 곧 투표율 하락이라는 정치무관심으로 이어진다. 지난 지자체선거에서 나타난 20대 투표율 30퍼센트는 대한민국 정치의 현주소다. 국민들 생각은 눈곱만큼도 하지 않고 오로지 자기네들 이해타산에만 눈이 멀어 목소리를 높이는 정치인들의 모습은 애, 어른 할 것 없이 성질만 돋운다.

선거철, 정치인들이 민생을 챙긴다며 재래시장, 아파트 등 사람 많은 곳을 누비며 유세를 하지만 차갑게 식은 민심을 사로잡기란 쉽지 않다.

과연 국민들이 즐겁고 행복한 삶을 누릴 수 있는 정치는 불가능한 것일까?

2006년 지방자치선거. 지역 일꾼을 뽑는 중요한 선거지만 주민들의 반응은 냉담하다. 정책선거를 하자며 후보마다 화려한 공약을 떠들어댔지만 결국 지역주의에 매몰되고 공명심에 빠진 정치인들의 모습은 실망감만 안겨줄 뿐이다. 특별한 이슈도 없고, 구태의연한 선거문화에 사람들이 지루해할 때쯤 첫 선거권을 갖게 된 젊은 19세들이 '청소년 정치참여' 구호를 들고 거리로 나섰다. 선거법 개정으로 2006년 지자체 선거부터 만 19세 젊은이들이 선거에 참여할 수 있게 되었다. 그동안 어린아이 취급을 받아오던 10대가 비로소 정치의 주역으로 나선 역사적 순간이었다.

이에 YMCA, 흥사단, 청년희망, 21세기청소년공동체 희망 등 40여 개 시민사회단체로 구성된 '531지방선거청소년운동본부'는 청소년의 정치참여를 구호로 내걸고 '파워19세' 운동을 벌였다. 이들은 "낡은 정치, 지역감정, 색깔정치 바꿔" "부패정치, 성추행 바꿔" 등 아주 공격적인 문구를 들고 나와 세상에 외쳤다. 파워19세실천단은 국회 앞부터 명동 골목골목을 누비며 19세가 투표에 참여해야 한다고 호소했다. 또 부패정치, 지역감정을 청산할 수 있는 것은 우리뿐이라고 강조했다.

"우리 19세가 정치를 바꿔야 합니다. 낡은 정치, 부패 정치를 일삼는 정치인들에게 더 이상 표를 주어서는 안 됩니다. 우리가 투표에 참여해야 합니다. 우리의 한 표가 세상을 바꿀 수 있습니다."

또한 캠페인에 머무르지 않고 각 정당에 정책과제를 제시하는 한편, 좀 더 많은 젊은이들이 정치에 참여할 것을 호소했다. 이들의 똑바른 소리는 정치에 염증을 느꼈던 국민들에게 신선한 충격을 주었다. 텔레비전과 라디오 등 언론에서는 이들의 활동 하나하나에 주목했다. 시민들도 "그것 참, 어린 녀석들이 말 한번 잘한다"며 파워19세운동에 관심을 보였다.

군대도 가고 결혼도 할 수 있는 18세, 선거권은 왜 없나

1995년 6월 진보정당추진위원회가 "20세 이상에만 선거권이 부여된 선거법은 위헌"임을 주장하며 헌법재판소에 위헌심판 청구 소송을 한 것을 시작으로 '18세 선거권'은 우리 사회의 주요 이슈로 떠올랐다. 이어 1995년 12월 경실련과 전국연합 등 시민사회단체들은 선거연령을 18세로 하향조정할 것을 본격적으로 제기했고, 1997년 대선을 앞두고 대학생유권자위원회가 선거연령 하향조정을 주장했다. 2001년에는 진보진영 민주노동당의 18세 청소년당원이 20세 이상에만 선거권을 주는 규정에 대해 헌법소

원을 제기했다.

18세 선거권 운동이 활발해지기 시작한 것은 2002년 지방선거와 대선을 앞두고부터다. 특히 촛불시위가 하나의 문화 코드로 자리매김하면서 사회문제에 관심을 갖는 젊은층이 많아졌고, 2004년까지 사회 곳곳에서 18세 선거권 도입 주장이 터져나왔다.

실례로 18세 선거권을 지지하는 단체들로 구성된 '18세선거권 낮추기공동연대'는 2004년 발족해 17대 국회 국민청원 1호로 '선거연령 하향(18세)조정에 관한 청원서'를 제출하고 선거권 하향을 위한 서명 운동, 토론회, 축제 등을 진행했다. 또 120여 명의 국회의원이 18세 선거권을 지지하는 서명 운동을 전개하고, 정치개혁특별위원위의 선거연령 19세 하향조정 합의안을 규탄하는 기자회견을 열었다.

선거권과 관련해서 '18세'라는 나이가 상징하는 의미는 특별하다. 현재 세계 143개국은 이미 18세 청소년에게 선거권을 부여하고 있다. 실제 독일에서는 고등학교를 갓 졸업한 녹색당원 '안나 뤼어만'이 국회의원으로 선출되었고, 미국에서는 미국 미시간 주 '힐즈데일'에서 18세 고등학생 '마이클 세선스'가 시장에 당선되기도 했다.

우리나라의 경우 18세가 되면 국방, 납세, 근로 등 사회적, 법적 의무를 진다. 하지만 참정권은 없다. 군대도 가고 결혼도 할 수 있지만 유독 선거권만은 인정하지 않고 있다.

이에 대해 18세 선거권을 지지하는 시민사회단체는 만 18세가 되면 국민의 4대 의무를 지고, 사회적으로도 병역(18세), 결혼(남자18세, 여자16세)등 성인대접을 받는데 참정권 제한은 명백한 차별이자 권리침해라고 주장한다.

정동현 흥사단 사무총장은 "18세 선거권은 정치적 타협의 대상이 아닌, 18세 인권차원에서 다뤄져야 한다"며, "18세 선거권을 반대하는 논리는 21세기의 10대를 20세기적 잣대로 평가하기 때문"이라고 비판했다.

조여호 한국YMCA전국연맹 정책기획팀장은 청소년에 대한 사회적 인식변화가 선거연령 하향 요구로 나타났다고 평가했다. 청소년을 권리를 갖는 하나의 사회 주체로 인식하고 미래의 주인으로 바라보는 관점이 작용했다는 것이다. 그럼에도 불구하고 청소년을 미성숙한 존재로 여기는 사회 분위기는 청소년 권리주체의식이 약해서가 아니라 사회에서 기회를 줘본 적이 없기 때문이라고 못 박았다. 참여의 기회를 열어주지 않고 선입견으로 대하는 것은 문제라고.

이처럼 18세 참정권의 요구는 사회 각계각층에서 봇물처럼 쏟아졌고, 청소년의 지위와 역할이 사회적 인식 차원을 넘어 정책적으로 보장되어야 함을 널리 알렸다.

기성세대의 편견과 정치인들의 이해타산이 발목을 잡고 있다

청소년의 정치참여는 시작부터 너무나 큰 장벽에 부딪힐 수밖에 없었다. 청소년 선거권을 이야기하려면 흔히 청소년 시기를 '주변인'이자 '질풍노도의 시기'로 규정하는 윤리 교과서 내용부터 바꿔야 한다. 청소년을 아직 미성숙하다고 보는 시각과 학교의 권위주의는 청소년의 정치참여를 제한하는 가장 큰 논리다.

중·고등학교 교칙에는 "학교장의 허락 없이는 어떠한 정치활동도 할 수 없다"는 학생의 정치참여제한 조항이 명시되어 있다. 그뿐 아니라 대한민국 선거법에도 청소년의 정치참여 권리는 없다. 또 선관위는 2007년 대선을 앞두고 "선거권이 있는 사람만이 선거운동에 참여할 수 있다"는 조항을 확대해, 청소년들의 가장 활발한 의견소통매체인 온라인 UCC 제작을 금지했다. 말 그대로 선거권이 없는 이는 선거운동도, 어떠한 정치적 견해도 낼 수 없다는 것이다. 18세와 19세, 대학교 1학년과 고등학교 3학년. 정신적, 신체적 성숙도로는 별반 차이가 없지만 정치적 지위는 사뭇 다르다. "고등학생이 선거권을 갖게 되면 학교가 정치판으로 변질될 것"이라는 주장은 지나친 비약 아닌가. 오히려 청소년기 정치활동을 제한하는 것은 젊은 세대의 정치무관심을 불렀다. 온 사회가 선거 얘기로 떠들썩해도 청소년은 자기 지역에서 어떤 후보가 나왔는지도 전혀 알지 못한다. 심지어 선거일조차 모르거나 설사 안다고 해도 학교에 가지 않는 날 이상의 의미는 없다. 18세선거권낮추기공동연대 김종민 대표는 "현재 우리 사회에는 청소년의 이해관계를 대변해 줄 통로가 없다. 청소년 사안이 정책에 반영되려면 선거권이 주어져야 한다"고 말한다. 또 "청소년이 자기 의견을 표출할 수 있도록 정치참여활동을 금지하는 학교생활

규정 조항을 삭제해야 한다"고 강조했다.

선거연령 조정은 정치권의 이해관계에 따라 미묘하게 입장이 달라진다. 젊은층의 지지세가 강한 정당에게는 10대의 정치참여가 새로운 기회가 될 수도 있겠지만, 주로 중장년층의 표를 통해 집권하려는 정당에게는 젊은층의 표수가 늘어나는 것이 달가운 일만은 아닐 것이다. 하지만 선거연령 하향조정을 부정하는 기성세대(특히 정치인)의 논리가 너무 궁색하다. 이미 10대의 선거 참여는 대세이고, 많은 국가에서 10대도 정치에 참여할 수 있는 방향으로 법안을 수정하고 있다.

2005년 한국을 방문한 세계 최연소 국회의원 안나 뤼어만(23, 독일 녹색당)은 "청소년도 그 사회의 일원이기 때문에 정치참여는 당연히 이뤄져야 하며, 청소년들이 자신의 인권과 권리를 찾기 위해서는 청소년이 직접 참여해야 한다"고 말한 바 있다.

뤼어만 의원은 "국회는 그 사회를 반영하는 것이고 청소년도 국회에 속하는 것이 당연하다. 우리 청소년이 사회를 변혁하는 데 공동책임을 갖고 적극적으로 활동하고 있다는 것을 기성 정치인들도 이해할 것"이라고 말했다.

현재 독일의 녹색당은 선거권을 16세, 피선거권을 18세로 낮추는 법안을 추진하고 있다. 또 18세 참정권이 보장된 영국에서는 16세 선거권 부여 운동이 벌어지고 있다. 영국에서 이 운동을 벌이는 사람들은 16~17세의 청소년들이 자기의 삶에 영향을 미치는 중요한 의사결정 과정에 참여하지 못하는 것은 불공정하다고 주장한다.

김영지 한국청소년개발원 부연구위원은 "16세로 선거연령이 하향되는 것을 반대하는 사람은 청소년이 정치적 판단을 못하고, 부모가 자녀의 요구를 대변할 수 있기 때문에 청소년(16~17세)이 투표에 참여하는 것은 불필요하다고 말한다. 하지만 이 논리는 19세기 초 여성과 흑인의 참정권을 제한하는 논리와 똑같다"고 평가했다.

청소년 선거권으로 대한민국에 희망을

대한민국의 희망은 어디서에서 오는 것일까? 우리 사회는 불행한 정치의 역사를 지니고 있다. 지역감정에 따른 묻지마 몰표, 금권 선거, 부정부패 등은 특정 정치인과 정치집단이 자신의 밥그릇 챙기기에 급급한 나머지 한국 정치를 누더기로 만든 결과다. 뿌리 깊은 곳까지 곪아버린 대한민국 정치에 신물이 난 서민들은 이제 비판마저 포기했다. 누구도 대안을 말할 수 없기 때문이다. 하지만 정치의 대안은 새로운 유권자 집단이 만들어낼 수도 있다. 청소년이 투표권을 갖게 되면 우리 사회에 놀라운 변화를 가져올 것이다. 소통과 공감을 중요시하며 개인보다 공동체를 앞세우는 청소년. 자본주의적 이윤추구로부터 비교적 자유로운 순수한 청소년의 정치적 지향이 망가질 대로 망가진 기존 정치판에 새로운 비전을 제시할 수 있지 않을까? 또한 역대 어떤 정권,

정당도 해결하지 못한 교육문제 역시 청소년이 선거권을 가진다면 해답을 찾을 수 있을지도 모른다.

그간 잠재돼 있던 청소년의 에너지는 우리 사회 곳곳에서 그 영향력을 발휘하고 있다. 두발 자유 운동, 내신등급제 반대 집회, 촛불시위 등 청소년들은 불합리한 현실에 거침없이 대항하고 있다. 아직은 그 힘이 미약할지라도 그들의 순수함과 정의로움은 정치에 대한 불신과 혐오를 없애는 데 결정적인 힘이 될 수 있다.

청소년 스스로도 정치참여에 대한 열망이 커지고 있다. 청소년에게 선거권을 주는 문제는 몇 년, 몇 십 년 뒤의 문제가 아니다. 지금 당장 해야 한다. 이제 더 이상 청소년의 한 표가 세상을 바꾸는 힘이 될 것이라는 데 내놓고 이의를 제기하는 사람은 없을 것이다.

학생회, 청소년들의 자치기구
학생은 학교의 주인이다

"형의 모습을 보면서, 우리가 살아 있다는 것을 느꼈어요.

우리가 비록 두발이나 다른 문제를 바꿀 순 없었지만,

바꾸기 위한 시도를 하면서 너무나 신났어요.

그리고 그것이 바로 학생회가 계속 해야 할 일이라고 생각했어요.

저, 그래서 학생회장 후보에 나가려고요. 계란으로 바위를 치다보면,

언젠가는 바위도 부서지지 않겠어요?"

　　이 글은 학생회 임원들의 애환을 1인
칭 시점에서 재구성한 글이다. "청소년들은 아직 판단력이 부족하
여 선거권을 갖기에는 이르다"고 말하는 기성세대의 논리가 얼마
나 엉터리인지 분명해진다. 오히려 저마다의 사사로운 이해타산
에 붙들려 민주주의를 왜곡하고 훼손하는 기성세대가 부끄러운
마음으로 무릎을 꿇고 청소년들에게 한 수 배워야 할 지경이다.

#1 학생회 시작, "학교의 주인이 되자"

　　오늘은 학생회장 선거가 있는 날이다. 내 마음은 벌써 학생회
장이 된 듯하다. 지난 몇 주간 내가 학생회장이 되어 '학교를 살
맛나게 바꿔보자'라는 생각만 했다.

　　나는 왜 학생회장에 출마하려고 했을까. 친구들은 "대학 갈 때
가산점 받으려고 하는 것이 아니냐"고 의심의 눈초리를 보냈다.
수시 때 '리더십 전형'도 있으니 학생회장이 되면 유리한 것 아니
냐는 눈 흘김이었다.

　　친구들이 그렇게 물어볼 때마다 나는 "학생들을 위해 나가는

것"이라고 말했다. 그 말은 진짜였다. 나는 친구들이 의심의 눈초리를 보낼 때마다 더욱 그들 곁으로 다가가서 공약으로 무엇을 할지 물었다.

"너희들의 의견을 다 공약으로 넣어서 꼭 학교를 바꾸겠어."

내 진심이 통해서였을까. 친구들은 "매점에서 파는 식품들이 다양해졌으면 좋겠어" "두발 규제가 심하지 않았으면 좋겠어" "화장실에 휴지가 있었으면 좋겠어" "급식이 맛있었으면 좋겠어" 등의 다양한 의견을 꺼냈다.

나는 그런 의견을 모두 공약으로 내걸 것을 약속했다. 처음에 설마 하던 학생들도 이제는 "꼭 당선되어서 학교생활 편하게 해달라"고 부탁하기 시작했다. 아직 학생회장도 아니고 내가 바꾼 것은 하나도 없지만 친구들은 이미 다 바꾼 것이나 다름없다는 듯 기대에 찬 눈빛을 보였다.

나를 도와주겠다는 친구들도 하나둘 찾아왔다. 그 덕분에 선거운동본부를 쉽게 꾸렸다. 친구들은 교문 앞에서 선거운동을 하며 나를 열심히 홍보해주었다. 눈물겹도록 고마웠다. 그리고 약속했다.

"정말, 나 당선되면 학교생활 재밌게 만들어줄게."

드디어 선거가 실시되고 내가 300여 표 차이로 기호 2번 후보를 이기고 당선되었다. 이제 시작이다. 이제 우리가 학교를 바꾸는 것이다!

#2 거대한 벽에 가로막힌 암담한 현실

두발은 말도 꺼내지 말란다. 화장실은 학생들이 깨끗이 써야 휴지를 넣을 수 있단다. 오늘 학생부장 선생님에게 쓴소리만 잔뜩 듣고 나왔다. 매점과 급식 운영은 학교운영위에서 결정할 문제이니 우리보고는 신경 쓰지 않아도 된단다. 학생부장 선생님은 학생회의 의견을 다시 짜라고 말했다. 그때 가서야 교장선생님에게 학생회의 의견을 전달한다고 했다.

교실로 돌아가기가 쉽지 않다. 내가 교장선생님에게 우리의 의견을 전달하겠다고 말하는 순간 친구들은 "화이팅" "너만 믿는다"며 응원해주었다. 근데 이게 무슨 꼴이람. 우리의 의견이 교장선생님에게 전달되기는커녕 학생부장 선생님은 "다시 짜면 그때서야 전달하겠다"고 말했다. 그러면서 넌지시 '흡연 예방 캠페인, 쾌적한 교실 환경 만들기 캠페인' 등을 해보는 것은 어떠냐고 제안하셨다. 친구들에게 지금의 상황을 어떻게 설명해야 할까.

대체 이럴 것이면 학생회를 왜 두는 것일까. 학교에서는 학생들의 의견을 대변하는 자치기구로 학생회를 두는 것이 아니란 말인가. 왜 우리의 의견을 단번에 묵살하는 것일까. 그러면서 흡연 예방 캠페인을 해보는 게 어떻겠냐고? 하지만 그 전에 우리가 하고 싶은 것에 먼저 귀를 기울여야 순서 아닌가.

"그러면 그렇지. 학교가 우리 의견 들어줄 리가 없지."

친구들이 속상해 한다. 나는 아무 말도 하지 않았는데, 교실에 들어온 내 표정만 보고 학생들은 이미 선생님과 나 사이에서 있었던 일을 눈치챈 듯하다. 다시 친구들은 원래 생활로 복귀했다.

아무 일 없었다는 듯이 책을 펴는 친구들, 잠시라도 쉬기 위해 잠을 청하는 친구들…….

아, 눈물이 난다. 내가 뭘 잘못한 것일까?

#3 우리의 의견을 하나로 모아낸 대의원 회의

오늘은 대의원 회의를 여는 날이다. 오늘 회의를 위해 몇 번이고 마음을 다잡아야만 했다. 처음에는 대의원 회의를 해서 뭐하냐는 생각을 했다. 대의원 회의를 거쳐 학생들의 의견을 제시해도 들어주지 않을 것이라는 생각을 했다. 그러던 찰나에 학생회 담당 선생님이, 7월 방학을 앞두고 '들뜨지 않은 수업 분위기를 만들기 위한 방안'에 대해 회의를 하라고 하셨다. "우리가 원하는 회의 내용은 따로 있다"는 말이 목구멍까지 올라왔지만 참았다. 말해봤자 "지금 선생님 말이 틀렸다는 거야?"라는 역정만 들을 게 뻔했다.

내 마음을 학생회 부회장에게 털어놓았다. "오늘 회의를 어떻게 진행해야 할지 자신이 없다."

그러자 부회장이 내 어깨를 치면서 말한다. "너답지 않게 왜 이래. 처음에 우리가 학생회 선거에 왜 나왔는지 벌써 잊었니? 친구들을 위해 뭔가 해보자고 나온 것이잖아. 그러면 친구들의 힘을 믿어야 하는 거잖아. 학생회장, 네가 이렇게 축 처져 있으면 나도 할 맛 안 난다. 나는 너만 바라보고 있는데."

학생회 부회장은 학생부장 선생님에게 이야기만 한다고 해서 다 들어줄 것이라고 생각한 우리가 잘못이라고 말했다. 부회장은 학생회의 의견만을 전달하는 대신 대의원 회의를 통해 학생들의 의견을 정식으로 만들어 제출하면, 학교에서는 들어줄 수밖에 없지 않겠냐고 말했다. 부회장의 말이 옳다. 하나의 목소리보다 열의 목소리가, 열의 목소리보다 백의 목소리가 큰 법이다. 어렴풋이 희망이 느껴졌다.

대의원 회의 시간이 다가왔다. 대의원들은 오랜만에 만난 친구들끼리 장난을 치느라 정신없어 보인다. 아직 학생회 담당 선생님이 이 자리에 오지 않은 것 같다. 그래, 이때다. 나는 칠판에 '들뜨지 않은 수업환경 만들기' 대신 또박또박 적었다―"학/생/들/이/ 원/하/는/ 것/은/ 무/엇/인/가/?/"

떠들던 아이들이 조용히 집중하기 시작했다. 그래, 다시 시작이다.

#4 학생회를 학교 운영 주체의 하나로 법제화하는 희망

역시 학생들의 의견은 반영되지 않았다. 두발 규정을 바꾸거나 매점 메뉴를 다양하게 하기 위해선 여전히 학교운영위원회의 통과가 필요했다.

"그렇다면 제가 학교운영위원회에 가서 운영위원님들에게 설명하겠습니다" 하고 선생님을 설득했지만, 선생님은 학생들은 참여 권한이 없다고 말했다. 흔히 교육 3주체로 교사, 학부모, 학생을 말한다. 그러나 정작 학생들은 학교운영위원회에 참여할 수가 없다.

왜 우리가 생각한 것을 교사나 학부모, 학교운영위원들의 허락을 맡아야만 하는 것일까. 왜 우리는 학교운영위원회에 참가해 우리의 의견을 말할 권리가 없는 것일까.

인터넷에 하소연을 했더니, 누군가 답변을 달아줬다. "학생회를 법제화하면 모든 것이 해결된다"는 것이었다. 학생회 법제화가 무엇인가 했더니, 학생들이 학교운영위원회에 참가할 수 있게 제도적으로 만든다는 것이다.

지금까지는 학교에서는 학생회가 동아리처럼 학생 자치기구 중 하나로 인식했단다. 그래서 학교에 무엇인가 요구하는 것보다는 학생들 스스로 수업 분위기를 만들기 위해 노력하는 자치기구로밖에 인식하지 않는다는 것이다.

우리가 학교운영위원회에 정식으로 들어간다니, 정말 꿈같은 이야기다. 학생회에서 무엇인가 요구를 할 때마다 "너희는 그럴 권한이 없다"는 말만 듣지 않았던가. 우리가 학교운영위원회에 들어간다면 축제 예산도 늘려달라고 할 수 있을 것이다. 이번에 동아리 친구들이 축제 예산이 적다고 얼마나 불만이 많았던가. 학생회도 자체 예산으로 겨우 30만 원만 배정되어, 우리도 후원을 뚫으러 동네방네 뛰어다니지 않았던가.

희망이 보인다. 두발 문제도 매점이나 급식 운영 문제도 화장실 휴지 문제도 학생회가 법제화만 된다면 다 해결할 수 있는 것이다.

#5 아무리 거대한 벽이 가로막아도 우리의 희망은 우리 스스로 키운다

　결국 학생회 법제화는 좌절되었다. 하나의 학교 차원에서 바꿀 수 있는 것이 아니라 초중등교육법이 바뀌어야 가능하단다. 언제 우리가 초중등교육법을 바꾸겠는가.

　친구들에게 미안하다. 정말 해볼 수 있는 것을 다했다. 대의원 회의를 통해 학생들의 의견도 전달해봤고, 서명 운동을 통해 학생들의 의견을 제시하기도 했다. 하지만 학생들이 학교를 바꾸는 것은 쉽지 않았다.

　"네가 할 수 있는 만큼 다했다. 학교가 바뀌지 않은 것은 네 탓이 아니야."

　친구들은 나를 볼 때마다 위로한다. 이제 임기도 얼마 안 남았다. 근데 이상하게 기분이 나쁘지만은 않다. 얼마 전에 한 후배의 편지를 받았다.

　"형의 모습을 보면서, 우리가 살아 있다는 것을 느꼈어요. 우리가 비록 두발이나 다른 문제를 바꿀 순 없었지만, 바꾸기 위한 시도를 하면서 너무나 신났어요. 그리고 그것이 바로 학생회가 계속해야 할 일이라고 생각했어요. 저, 그래서 학생회장 후보에 나갈려고요. 계란으로 바위를 치다보면, 언젠가는 바위도 부서지지 않겠어요?"

　내가 학생회장이 되기 전에 학생회를 바라보는 친구들의 인식은 어땠는가. 그저 대학 잘 가기 위한 수단의 하나로 학생회를 바라보지 않았던가. 학생회가 있어봤자 무엇을 바꿀 수 있겠느냐는 의혹의 눈초리를 보내던 그때가 생각난다.

근데 1년 만에 학생회에 대한 시각이 바뀐 것이다. 우리가 학교를 변화시키기 위해 시도하는 모습을 보면서, 학생들 사이에 학생회에 대한 믿음이 싹튼 것이다. 학생들도 변했다. 학급 회의에서 모아진 의견, 서명 운동으로 모아진 의견이 학교 측에 어떻게든 전달되는 것을 보며 우리도 힘을 모으면 뭔가 할 수 있다는 생각을 하게 된 것이다.

그 후배에게 답장을 써야겠다, 고맙다고. 그리고 내가 학생회장으로 1년 동안 학생회 활동을 하면서 학생들의 의견을 모아내고, 그것을 바탕으로 학교를 설득하는 것이 얼마나 중요한지 느꼈다고.

학생회장이 할 일은 학생들을 위하는 길 하나밖에 없다. 학생들의 자치기구인 학생회 역시 학생들을 대변해야 그 존재가치가 생긴다. 우리가 못한 것을 후배들은 꼭 해냈으면 좋겠다.

청소년 활동의 대안, 새로운 희망을 엮는다

참여위원회를 통해 '보호 대상'에서 '참여 주체'로 거듭나는 청소년

"청소년은 이제 더 이상 어리지 않다.

언제까지 '미래의 주역' 운운하며 '관리' 대상으로만 치부할 것인가.

고등학교와 대학교의 경계에 선 주변인으로 규정하고

보호와 규제의 대상으로 삼아 우물 안 개구리로 가둬두기보다

청소년이 참여에 앞장설 수 있도록 여건을 마련해줘야 한다."

　　　　　　　청소년의 특성을 설명할 때 늘 등장
하는 말이 주변인이다. "둘 이상의 이질적인 사회나 집단에 동시
에 속하여 양쪽의 영향을 함께 받으면서도 그 어느 쪽에도 완전
하게 속하지 아니하는 사람"이라는 뜻을 지니고 있다. 오랫동안
청소년은 미성숙한 존재이므로 유해환경에서 보호되어야 할 대
상으로 여겨졌다.

　　그러나 세월은 흘렀고 시대는 달라졌다. 사회가 어느 정도 민
주화되면서 청소년도 사회의 주체라는 의식이 확대되고, '참여'
라는 말이 새롭게 떠오르기 시작했다. 또한 청소년들이 새로운 소
비계층으로 떠오르면서 청소년의 지위는 상승할 수밖에 없었다.

참여 주체로 거듭나고 있는 청소년의 위상

　　이에 청소년 관계 법률도 사회 분위기와 보조를 맞춰 변화했다. 청소년 정책의 방향을 성인 주도가 아닌 청소년 참여에 바탕을 두고 청소년을 정책의 주체로 바라봐야 한다는 것이다. 1990년에 제정된 청소년 헌장도 1998년 "청소년을 사회의 주체로 바라봐야 한다"는 입장으로 개정되었다. 헌장은 청소년은 미래사회의 주역뿐 아니라 현재 삶의 주체로 재인식해야 하며, 청소년의 자기결정권을 존중해야 한다는 내용을 담고 있다. 이는 제3차 청소년육성기본계획(2003~2007년)에도 반영돼 청소년 참여와 인권 정책이 핵심 분야로 자리잡게 되었다.

이러한 법 개정과 더불어 청소년의 의식 또한 변화하기 시작했다. 청소년은 인권운동을 시작으로 자기 목소리를 내기 시작했고, 사회적 영향력도 갖게 되었다. 이제 '참여'는 청소년 정책의 핵심 화두로 자리 잡았다.

특히 지난 2005년, 청소년 육성(문화관광부 청소년국)과 청소년 보호(청소년보호위원회)로 이원화된 체제가 통합된 청소년 정책 전담기관인 '국가청소년위원회'가 출범하면서 청소년 정책 방향에 많은 변화를 가져왔다. 전국 청소년 관련 시설들은 청소년의 정책참여 기회를 확대하고 청소년의 자치활동 경험을 제공하고자 지방자치단체, 청소년단체, 시설 등에 청소년참여위원회를 설치·운영할 것을 권장했다.

유명무실했던 청소년 시설들도 청소년운영위원회의 입김이 미치면서부터는 청소년을 위한 명실상부한 시설로 탈바꿈하기 시작했다. 지자체에도 이 같은 바람이 불었다. 시도 및 시군구 단위별로 명칭의 차이는 있었지만 청소년의 참여를 제도화한 자치기구가 생겨났다. 그 예로 서울특별시의 청소년참여위원회, 경기도의 차세대위원회, 부산광역시의 청소년자치위원회, 인천광역시의 청소년자치위원회가 바로 그것이며, 청소년문화의집, 청소년수련관 등 청소년 수련 시설에는 2003년 이후 '청소년운영위원회'가 점차 조직되고 있다.

물론 청소년운영위원회, 참여위원회 등이 생기면서 과연 제 기능과 역할을 다할 수 있는지 여부는 많은 관계자들의 의심을 살 수밖에 없었다. 청소년을 '보호의 대상'으로 바라보는 낡은 인식과 '주체'로 바라보는 새로운 인식이 공존하고 갈등하는 현실에서 더욱더 강화된 입시위주의 교육풍토는 청소년이 적극적인 활동을 벌여내지 못할 것이라는 우려를 낳았다. 그러나 높아진 청소년들의 참여의식과 헌신적인 청소년지도사들의 노력으로 그들은 서서히 주인 자리를 찾아가고 있다. 그 결과 문제청소년 보호 위주의 정책에서 건강한 청소년의 육성으로, '청소년에 대한' 일방적 정책에서 '청소년에 의한' 수요자 중심으로 변화하는 계기가 됐다.

그 가운데서 '청소년운영위원회'(청운위)는 청소년이 지역사회를 대표하며 사회참여 활동을 하는 대표적 기구다. 청소년활동진흥법 제4조(청소년운영위원회)에 따르면 "청소년 수련 시설을 설치·운영하는 개인·법인·단체는 청소년 활동을 활성화하고 청소년의 참여를 보장하기 위하여 청소년으로 구성되는 청소년운영위원회를 운영하여야 한다. 수련 시설 운영단체의 대표자는 청소년운영위원회의 의견을 수련 시설 운영에 반영해야 한다"고

규정하고 있다.

이에 따라 2006년 5월 기준으로 전국 287개 청소년 수련 시설 중 210개 시설에서 청소년운영위원회를 설치·운영하고 있다. 이는 2003년 85개의 3배가 넘는 수치다.

그렇다면 각 지역의 청소년운영위원회는 어떻게 운영될까?

예산기획부터 프로그램 회의까지 100퍼센트 청소년의 힘으로

청소년이 직접 나서서 지역사회를 변화시키고, 청소년의 권리를 높이겠다는 의지로 지난 5년간 다양한 사업을 추진해온 경기도 구리시 차세대위원회(이하 구차위). 2006년에는 국가청소년위원회에서 선정한 최우수 청소년운영위원회상을 수상하기도 했다.

구차위가 이렇게 '잘나가는' 이유는 과연 무엇일까?

위원들은 구리시 차세대위원회에 참여하게 된 계기는 각각 다양하지만, 활동을 하면서 지역에 대한 관심이 커지고 청소년의 권리증진에 앞장선다는 자부심을 느끼게 됐다고 말한다.

구차위의 특징은 예산기획부터 프로그램 회의까지 100퍼센트 청소년의 자발적인 힘으로 운영되는 것이다. 현재 구차위는 경기도 구리시청에서 매달 30만 원의 운영지원비와 연간 2000만~3000만 원 규모의 사업추진비를 지원받지만, 그 쓰임은 구차위

위원들의 회의를 통해서만 결정된다. 이렇게 순수하게 청소년의 목소리를 바탕으로, 구리의 지역적 특색을 살려 기획한 문화예술 행사는 평균 400~500명의 지역 청소년이 참여할 정도로 큰 호응을 얻고 있다.

또한 나이와 학년에 상관없이 자기 의견을 적극적으로 표현하고 회의를 통해 더 좋은 의견을 채택하는, 차별 없는 운영 절차도 구차위의 매력이다. 규제가 많은 학교와 달리 지역사회에서 청소년의 현실을 파악하고 문제를 해결하는 데 다양한 사람들의 의견을 자유롭게 반영할 수 있기 때문이다.

김효주(중3)는 구차위 활동을 통해 내성적인 성격을 바꾸고 책임감을 키울 수 있었다. "낯을 가리는 성격을 고쳐보려고 지원했어요. 교외활동을 하면서 다양한 사람들을 접하면 성격을 바꿀 수 있을 거라 생각했거든요. 하지만 단순히 모임에 참여해서는 달라지는 것이 없었어요. 봉사분과장, 정보분과장 등을 맡아 워크숍을 진행하면서 책임감도 커지고 더 적극적으로 활동하게 됐어요."

4기부터 활동을 해온 이효준(고3)은 현재 고문위원으로서 구차위 발전에 힘을 보태고 있다. 평소 사회정치적 사안에 대해 관심이 많았던 그는 일주일에 2~3번씩 학교폭력, 체벌, 입시제도 등 청소년 관련 뉴스가 나오지만 제대로 해결되는 일이 없는 것이 답답해 구차위 활동을 시작했다. 또한 유럽, 일본, 프랑스 등 해외교류 활동을 하면서 청소년 참여의 필요성을 더욱 크게 느꼈다. 프랑스 의회 내 청소년의회가 시청에서 직접 회의를 열고 청소년 시책이 최우선으로 반영되는 것은 새로운 충격이었다. 특히 올해부터는 10개 시군 대표가 모인 경기도 차세대청소년위원회에서도 활동하면서 전국적으로 청소년 자치활동을 하는 친구들이 있다는 데 많이 놀랐다.

"나와 같은 생각을 하고 있는 친구들이 있다는 사실 자체가 새로웠어요. 하지만 모두가 청소년 문제에 대한 심각성은 공유하면서도 입시 등의 이유로 해결하려는 의지는 떨어지는 게 아쉬워요. 청소년의 목소리가 시책에 반영될 수 있도록 구차위가 해야 할 역할이 더 크죠."

'학생'이라는 굴레에 갇혀 좌절한 청소년 참여위원회

청소년참여위원회는 청소년의 요구를 지자체 정책에 반영하는 중요한 역할을 하게 되었다. 정책의 수용자인 청소년이 직접 청소년정책을 만들어가는, 그야말로 명실상부한 청소년 참여 조직이 생긴 것이다. 그러나 참여위원회는 탄생한 순간부터 벽에 부딪쳐야만 했다.

특히 경기도의 한 지역에서는 참여위원회의 활동이 학교, 교육청과 심각한 마찰을 빚으며 행사 자체가 무산되기도 했다. 참여위원회가 지역 청소년들의 의견을 수렴하고자 거리설문조사를 진행하려 했는데, 경찰과 교육청의 방해로 무산된 것이다. 경찰청에 집회신고를 낸 것이 문제였다. 지역 경찰청은 시청과 교육청에 상황을 통보했고, 이를 알게 된 교육청은 참여위원이 있는 학교마다 공문을 내려 계도를 요청했다.

이튿날 참여위원회 사무실에는 참여위원으로 활동하는 학생들을 확인하는 전화가 빗발쳤다. 이를 알게 된 대부분의 학교에서 외부 활동을 징계하겠다고 위협하며 참여위원회 활동 자체를 금지했다. 논란이 커지자 지자체 역시 "참여위원회는 학교나 교육 문제에 관련한 활동을 하는 것이 아니라 청소년 육성에 관련한 활동을 하는 단체"라고 정리하면서 참여위원회 활동은 멈추고 말았다. 이에 학교는 참여위원회를 마치 불법단체처럼 취급했고, 열성을 갖고 활동했던 참여위원들은 활동을 접는 사태가 발생했다. 학생들이 받은 상처도 컸다. 시장에게 직접 위촉장도 받으며 지자체를 대표해서 활동을 벌인다는 자부심도 컸기에 더욱 그러했다.

청소년 정책 참여를 위해 만든 참여위원회의 입을 막아버리면서, 참여위원회는 사실상 본연의 역할을 할 수가 없었다. 지역 청소년단체를 비롯한 인권단체들이 강력하게 항의를 했지만 돌이킬 수 없었다. 경기도 수원시 참여위원회를 담당하고 있는 김윤희 간사(35)는 이 사건을 놓고 강하게 비판했다.

"청소년의 90퍼센트가 학생입니다. 하루의 대부분을 학교에서 살아가는 청소년들에게 학교 문제를 다루지 말라는 것은 말이 안되지요. 그뿐 아니라 청소년들이 순수한 의도로 기획한 사업을 어른들의 판단과 잣대로 무시하는 것이 안타깝습니다. 청소년 정책에 너무 힘이 실리지 않습니다. 문화관광부에 있을 때나 지금 국가청소년위원회나 교육부에 비하면 영향력이 너무 없습니다."

청소년 정책 참여 활동이 세상을 바꾼다

지자체, 교육청과의 마찰은 참여위원회의 근본 목표인 정책참여 의지를 꺾었다. 지역 청소년계 담당 공무원들은 참여위원회가 정책참여보다는 청소년문화 프로그램 등을 알아서 진행해주길 바랐다. 동아리 행사나 지역문화 행사도 의미 있는 활동이지만 정책 참여를 하지 않겠다는 말은 참여위원회를 만든 근본 목적 자체를 포기한다는 말과 같았다.

하지만 참여위원회 활동을 하는 청소년들의 의지는 달랐다. 구리시 참여위원회 참여위원들은 근본 목적인 청소년의 목소리를 대변하는 역할을 더욱 높여야 한다고 한목소리로 말한다.

"지금까지는 문화 행사나 축제 사업을 중심으로 진행했지만 올해는 사업 범위를 더욱 확장하여 폭넓은 분야에서 청소년의 목소리를 대변하고 싶어요. 특히 내년에는 청소년문화 활성화, 학교폭력 근절, 장애청소년 자활 프로그램 확대 등 청소년 권리 증진 캠페인을 더욱 활성화하고, 시책에도 청소년 정책이 반영될 수 있도록 할 거예요."

수원 참여위원회에서 간사를 맡고 있는 영통 청소년문화의집

김윤희 관장은 참여위원회의 구체적 미래를 그리고 있다.

"참여위원회가 지역정책을 만드는 의회 같은 모습이 되어야 한다고 생각해요. 지역사회와 정책에 대한 공부도 하고, 지자체 의원들과의 정기적인 미팅을 통해 청소년들의 의견을 반영할 수 있는 구조를 만들어야 해요. 시의 관심을 끌어내기 위해 참여위원회 위원들과 기관을 방문해 지속적으로 필요한 의견을 반영하고 관심을 갖게 할 것입니다."

청소년은 이제 더 이상 어리지 않다. 언제까지 '미래의 주역' 운운하며 '관리' 대상으로만 치부할 것인가. 고등학교와 대학교의 경계에 선 주변인으로 규정하고 보호와 규제의 대상으로 삼아 우물 안 개구리로 가둬두기보다 청소년이 참여에 앞장설 수 있도록 여건을 마련해줘야 한다. 청소년의 현실을 바꾸기 위해 열심히 활동하는 이들의 목소리가 정책에 반영될 수 있도록 청소년을 권리와 자율·참여의 주체로 인정하는 시스템을 마련하는 것, 청소년의 가능성을 믿고 지원해주는 것이 그 무엇보다 시급하지 않을까.

일주일간의 아주 특별한 만남, 청소년활력프로젝트

이근미 | 21세기청소년공동체 '희망' 사무국장

"아이들은 이곳에 와서 자신의 '왕따' 경험을 털어놓으며 눈물을 흘렸다.

신기하게 많은 아이들이 자신이 왕따를 당했다고 말했다.

그것이 사실일 수도 있고, 친구관계의 어려움을 그렇게 표현한 것일 수도 있다.

하지만 이곳에서라도 많은 친구들과 집단적으로 친해지며, 소외된 친구를

배려하고 이해하려는 태도를 배우게 된 것. 그것이 바로 활프의 힘이다."

　　지난 1995년 '청소년열린학교'로 시작한 '청소년활력프로젝트'는 어느덧 세기를 넘어 10년을 훌쩍 넘겨버렸다. 지난 12년 동안 매해 500~600명씩, 2006년에는 천여 명의 졸업생을 배출한 '청소년활력프로젝트'(이하 활프)가 청소년들의 사랑을 한껏 받아온 이유는 여러 가지가 있겠지만, 아마도 자신이 하고 싶은 활동을 스스로 선택할 수 있다는 것과 수십 명의 친구들과 짧은 시간에 친해지며 마음을 나누었던 경험 때문이 아닐까.

　　'활프'와 비슷한 문화 프로그램이 다른 기관에도 많이 있지만, 활프를 거쳐간 학생들이 대학에서 사회에서 만났을 때 서로를 발견하는 눈빛은 예사롭지 않다. 또 한 번 참여한 학생들은 두 번, 세 번 참여하게 된다. 그리고 그런 청소년들의 꿈은 '활프 자원활동 교사가 되는 것'이다. 실제 50여 명의 활프 보조교사는 대부분 청소년시절 활프를 거쳐간 이들이다. 그들이 청소년 시절의 소중한 경험을 다시 청소년들과 나누고 있는 것이다.

　　과연 활프에는 무엇이 있기에 청소년들이 그토록 열광할까?

'청소년활프'는 보통 여름방학을 이용하여 약 10일간 문화강좌 프로그램을 진행한다.

첫 만남, 어색한 우리들
어떻게 난장을 틀까

7월 16일 활력프로젝트가 시작되기 사흘 전, 우리 프로젝트 교사들은 모두 긴장하기 시작했다. 어떤 친구들을 만나게 될까, 모두 어떤 얼굴을 하고 어떤 생각을 하는 친구들일까. 이미 각 프로젝트별로 인터넷에 클럽을 만들어 서로 인사를 나누고 자기소개도 했지만, 막상 처음 만났을 때 어떤 모습일까 걱정이 되었다. 활력프로젝트가 공식적으로 시작되는 첫날, 프로젝트의 기세는 매우 중요했다. 특히나 입학식은 집단적 기세를 모아 진행되기 때문에 같은 프로젝트 친구들끼리 난장을 트는 문제는 매우 중요했다. 그래서 대부분의 프로젝트 교사들은 입학식 전에 미리 모임을 진행했다. 그 모임의 중점은 바로 '난장 트기'다. 학년도 학교도 성별도 모두 다른 친구들, 그러나 '하고 싶다'는 요구와 기대는 같았다. 다소 어색하고 쑥스러운 분위기를 바꾸기 위해 교사들은 청소년들 앞에서 마구 망가졌다. 그런 마음이 전달되었는지, 청소년들은 서서히 자기를 열어갔다. 처음에는 개미만한 목소리로 자기 이름을 얘기하다가도, 이름 외우기 게임에서 적극적으로 다른 친구들을 호명했고, 또한 자리바꾸기 게임에도 적극

참여했다. 서서히 어색함이 사라지자 앞으로 1주일 동안 사용할 프로젝트 구호를 만들었다.

그래도 사전모임에서 얼굴을 익혔다고 우리 VJ 프로젝트 친구들은 금세 친해져 있었다. 입학식을 시작하기 전, 강당 안에서 그 친구들은 쉼 없이 떠들어댔다. 500여 명의 학생들이 한꺼번에 재잘댔지만, 오히려 나는 그것이 시끄럽다기보다는 더없이 힘차고 활력 있어 보였다. 30명이 채 안 되는 우리 VJ 친구들, 오늘 입학식이 제발 그 친구들의 기대감을 충족시켜줘야 할 텐데, 하는 마음에 나는 조금 긴장했다.

"내 삶의 무한도전, 하고 싶은 건 하자."

"청소년활력프로젝트를 시작하겠습니다."

500여 명의 청소년들이 사회자와 함께 개회를 선언하였다. 청소년들의 함성이 강당 안을 가득 메웠다. 간단히 영상으로 활력프로젝트 일정과 프로그램, 교사 소개가 이어졌다. 17개의 프로젝트 소개 시간에 20~30명의 청소년들이 저마다 자기 프로젝트를 집단적으로 소개하고, 구호를 외치면서 입학식의 분위기는 후끈 달아올랐다. 마지막으로 가장 인기 있는 록그룹의 공연이 시작되었다. 신이 난 아이들이 무대 앞으로 달려나갔다. 맘껏 소리지르고, 맘껏 춤추며 자신을 발산하는 아이들, 그들을 보면서 내 마음도 흐뭇해지면서 동시에 아파왔다.

'청소년들이 행복해지는 일이 그렇게 어려운 걸까? 저렇게 맘껏 놀고 소리치며 하고 싶은 일을 할 때 이리도 즐거워하는 것을.'

집단이 함께 만들어가는 수업, 그리고 변화

10년 넘는 세월 동안 활프를 해왔다. 활프를 하면서 일주일간 모든 에너지와 나의 끼를 다 쏟아부어야 하기 때문에 체력적으로는 분명 너무 힘들다. 활프 교사들은 일주일 동안 몸무게 2~3킬로그램 빠지는 것이 너무 당연한 것처럼 우리들은 그렇게 아이들을 만나왔다.

그렇게 힘든 일이지만 또다시 해가 바뀌면 새로운 아이들을 활프에서 만나는 가장 큰 이유는 짧은 시간이지만 그들이 '변화'하기 때문이다.

활프 수업은 보통 학교수업과는 다르게 진행된다. 철저하게 공동체 중심 그리고 이론이 아니라 스스로 체험하고 느끼는 것을 중심으로 구성되어 있다.

처음에 유명 아나운서의 강의 때문에 우리 VJ프로젝트를 신청한 아이들도 이틀만 지나면 우리가 주려는 메시지가 무엇인지 어렴풋하게라도 느낀다.

우선 본 수업을 진행하기 전에 철저하게 '난장 트기'를 기본으로 한다. 서로 마음이 열리지 않으면 아무리 좋은 강의를 해도 소용이 없다. 그래서 교사들은 서로를 이해할 수 있는 그림으로 자기소개하기, 첫인상 나누기, 자리 바꾸기 게임 등을 통해 친밀감을 형성하고 자신을 표현하는 것에 공을 많이 쏟는다. 그다음에는 오늘의 강의를 이해할 수 있는 퀴즈와 자기 관심을 서로 나누는 시간을 갖는다. 그렇게 했을 때 강의에 대한 집중도가 높아지고, 평소 궁금했던 것을 자신의 것으로 만들 수 있다. 강의가 끝나고 나면 늘 특별한 프로그램을 진행한다. 처음에는 강의실 환경미화를 한다. 비록 1주일만 사용할 공간이지만 자기 소개서랑 자기를 표현할 수 있는 사진도 붙여놓는다. 함께 만든 프로젝트 구호도 붙여놓는다. 그리고 어떤 날은 요리대회를 열어 맛있는 것을 함께 먹기도 한다.

그런데 뭐니 뭐니 해도 참가 청소년들이 두고두고 추억하는 활프 최고의 백미는 '물싸움'이다. 잔디밭을 뛰어다니며 30여 명의 학생들과 4~5명의 교사들이 한데 엉켜 물싸움을 하고 나면 서로에 대한 어색함과 쑥스러움이 모두 사라지고 망가진 모습까지 지켜보면서 한 걸음 더 다가선다.

이런 강의실 프로그램이 끝나고 나면 1박 2일 캠프를 간다. 캠프에 가서는 500여 명의 학생들이 동시에 대동놀이를 한다. 서로 얼굴만 스쳐갔던 아이들이 '짝춤'(두 줄로 원을 만들어 짝을 바꿔가며 추는 춤)을 추며 한 번씩 인사를 하고 소개를 한다. 그리고 프로젝트별로 꼬리잡기 등을 하면서는 수백 명이 즐겁게 놀 수 있다는 벅찬 감동도 맛본다.

그리고 캠프의 가장 큰 즐거움은 밤새 신나게 노는 것과 집단상담이다. 집단상담이라고 해서 심각한 이야기를 하는 게 아니라 아이들이 서로 의사소통하고 표현할 수 있는 내용으로 진행한다.

마지막 졸업식은 주로 프로젝트별 매체를 선보이는 장이다.

이것을 준비하는 과정에서 30명의 아이들은 하다못해 '삐끼'라
도 역할을 맡아야 한다. 물론 짧은 기간이기 때문에 문예적 표현
이 부족하긴 하다. 하지만 여기서 우리는 청소년들의 생생한 삶
과 고민을 충분히 느낄 수 있다. 졸업식이 끝나고 아이들은 저마
다 소감을 나누면서 서로 부둥켜안고 울기도 하고, 프로그램이
끝나고 한참 시간이 흘러도 다들 집으로 돌아갈 생각을 하지 않
는다. 너무 아쉬워서 차마 발걸음을 뗄 수 없기 때문이다.

"이제 친구 사귀는 법을 알았어요"

아이들이 공통적으로 하는 얘기다. 학교에 가면 나쁜 친구도 있
고 왕따도 있지만 여기는 좋은 친구들만 온다고. 참 신기하다고.
그러나 어찌 똑같은 사람인데 활프라고 해서 착한 청소년들만
모이겠는가. 그들은 스스로 느끼지 못하겠지만 활프에 참여하면
서 그들은 변화하기 시작한 것이다.

"평생 잊지 못할 추억이 될 거 같아요."
"이렇게 많은 친구들과 이렇게 짧은 시간에 친해진다는 게 신
기해요."
"자신감이 생겼어요."
"이제 친구 사귀는 법을 알았어요."
"제 휴대폰 주소록에 한꺼번에 많은 번호들이 저장됐어요."

"저같이 부족한 사람을 배려해주고 챙겨주는 친구들이 여기 말고는 없었어요."

활프를 평가하면서 아이들이 하는 공통된 말들이다. 그렇다, 아이들은 분명 여기에서 변하기 시작했다. 가장 큰 변화는 바로 '친구'와 '소통'이다.

왕따 문제가 심각한 학교, 그러나 학교는 현재 그것들을 치유할 능력이 없다. 교사가 그걸 알고 있어도 혼자 수십 명을 감당하는 것도 쉽지 않을 뿐 아니라 입시만능의 교육체제에서는 공동체를 만드는 것이 쉽지 않다.

아이들은 이곳에 와서 자신의 '왕따' 경험을 털어놓으며 눈물을 흘렸다. 신기하게 많은 아이들이 자신이 왕따를 당했다고 말했다. 그것이 사실일 수도 있고, 혹은 친구관계의 어려움을 그렇게 표현하는 것일 수도 있다. 하지만 이곳에서라도 많은 친구들과 집단적으로 친해지며, 소외받는 친구를 배려하고 이해하려는 태도를 배우게 된 것. 그것이 바로 활프의 힘이다.

또 하나는 바로 '자신감의 회복'이다. 특별히 공부를 잘하거나 외모가 뛰어나지 않는 이상 아이들은 늘 자신이 부족하다고 생각하며 살아왔다. 실제 학교와 가정에서도 부족하다는 이야기만 들었지, 잘한다는 이야기는 들어본 적이 없는 것이다. 처음에는 쭈뼛쭈뼛했던 아이들이, 스스로 주인이 되어 자기 활동을 만들어가는 과정에서 자신감을 회복하게 되었다.

'아, 나도 할 수 있구나.'

수많은 끼와 가능성을 지녔음에도 무기력하게 하루하루를 살아온 아이들이 자신감을 회복했다는 것만으로도 활프는 큰 의미가 있다.

마지막으로 활프는 아이들을 자기 삶의 주체로 세워줄 수 있는 하나의 대안이 된다. 어디에서도 자신이 주인이 되어본 적이 없는 아이들이 스스로 하고 싶은 일을 선택하고, 그것을 해보는 과정에서 좌절도 하고 성공도 체험한다. 어렵고 힘들지만 마지막 졸업식을 준비하면서 최선을 다해 자기 책임을 다해보는 것은 늘 교육의 객체로 존재해왔던 청소년들이 새롭게 주인으로 일어서는 계기가 된다.

이 모든 것이 가능한 이유는 바로 '집단성'에 있다. 물론 다른 문화 프로그램도 청소년들의 문제를 해결해주는 좋은 대안이 될 수 있다. 그러나 활프는 소수가 아니라 수백 명의 학생들이 집단으로 변화한다는 것, 거기에 가장 큰 위력이 있다.

바이러스가 찾아 나선 희망

2005년 우리가 첫 발을 내딛던 그해, 학생들은 두발 규제에 대한 답답함을 토로했다. 학생들은 강제 이발부터 시작해서, 귀밑 3센티미터, 5센티미터라는 'OTL(좌절)스러운' 상황에 대해 말했다. 기자가 가면 그 주위에 수십 명의 청소년들이 둘러섰다. 학생들은 저마다 두발 길이에 대해 말했고, 어떤 학생은 손톱검사, 양말검사 등 용의복장검사에 대해 말했다.

'사건을 추적해 우리 사회에 고발하는' 기자를 환영하는 사람이 어디에 있겠냐마는, 청소년들은 언제나 우리를 환영했다. 학생들이 두발 자유를 위해 종이비행기를 날리던 날, 우리를 보고 "힘내세요" 하고 외치던 모습을 잊을 수 없다. 기사가 나오면 두발 자유가 되느냐고 문자를 보내던 청소년들을 잊을 수 없다. 그렇게 인터넷뉴스 바이러스는 청소년들의 기대와 사랑 속에서 출발했다.

하지만 바이러스가 처음 본 청소년의 모습은 희망이 꺾인 모습이었다. 인문계 청소년은 0교시부터 시작해 밤 10시가 넘는 시간까지 야간자율학습을 했다. 교육부에서는 주 5일제 수업의 일환으로 '놀토'(노는 토요일)를 만들었지만, 학생들은 놀토에도 학교에 갔다. 심지어 일요일까지 학교에 가는 학생도 많았다.

실업계에서도 마찬가지였다. 인문계가 아니라는 눈칫밥부터 시작해서 21세기 현실에 맞지 않은 수업환경까지 학교에 등교한 청소년이 겪어야 할 좌절은 크기만 했다. 그래서 바이러스 기자들은 더 열심히 뛰었다. 우리가 뛰는 만큼 청소년의 목소리가 세상에 알려진다는 절박함이 앞섰다.

지난 2005년 현장 실습을 나간 실업계 고3 학생이 안전이 보장되지 않은 엘리베이터 위에서 작업을 하다가 떨어져 숨지는 사건이 발생했다. 한 학생이 죽었다는 것. 바이러스는 가만히 있을 수 없었다. 바이러스 기자는 사건이 발생한 여수까지 단숨에 날아갔다. 그리고 밤새워 취재한 결과, 실습생에게 시켜서는 안 되는 일을 시켰다는 것과 위험한 일임에도 불구하고 안전장비가 하나도 없었다는 사실을 밝혀냈다.

2005년 그해 여름, 내신등급제가 도입되면서 많은 학생들이 자살을 했다. 교육부에서는 새로운 대입제도가 들어서면 으레 생기는 불안이라고, 시간이 지나면 곧 안정될 것이라고 태연하게 얘기했지만 청소년들이 체감하는 절망적인 정서와는 너무 동떨어진 한가한 낙관이었다. 그해 우리는 청소년의 죽음을 쫓아다녔다. 더 이상 억울한 죽음은 없애야 한다는, 한 아이의 자살이 "평소에도 우울해 했다"는 개인적인 문제가 아니라 입시경쟁에 시달려 생긴 '사회적인' 문제라고 외쳤다.

바이러스가 가는 길은 우리 사회 청소년이 살아가는 길이었다. 하지만 우리는 이 길에서 '절망'만을 본 것은 아니다. 힘든 현실 속에서도 주체적으로 자신의 삶을 만들어나가고 있는 청소년을 보았다. 동아리에서 자신의 꿈을 키우고 있는 청소년을 만났으며, 학생회 활동을 통해 학교 운영에 참여하는 청소년도 만났다.

어른들은 팬클럽에서 활동하는 청소년을 욕한다. 하지만 우리는 팬클럽 활동을 통해 공동체 활동을 해 나가는 청소년의 모습을 보았다. 학교라는 공간은 '왕따, 학교폭력'으로 얼룩졌지만, 팬클럽 활동을 통해 사랑과 우정을 쌓아나갔다.

무엇보다 우리가 새롭게 발견한 것을 현실을 바꿔나가는 청소년의 모습이었다. 종이비행기 시위를 통해 두발 규제를 바꾸려고 했던 청소년들, 촛불시위를 통해 비평준화 제도의 폐해를 알리던 의정부 여중생들의 모습은 그 자체만으로 희망이었다. '자신을 억누르는 것'에 순응하는 것이 아니라 이 사회의 주인으로 개선해나가는 청소년이었다.

지금도 바이러스 기자들은 청소년을 만나고 있다. 해가 바뀔수록 청소년의 모습은 새롭다. 이제 바이러스는 13~18세의 청소년을 넘어 13~24세의 젊은 세대를 만나고자 한다.

중·고등학생이 입시의 장벽에 꽉 막힌 것처럼 대학생 역시 취업의 장벽에 막혀 있다. 하지만 우리는 이제 이 억눌린 젊은 세대에서도 희망을 발견할 것이다. 청소년이 곧 우리 사회의 현재이자 미래다. 우리는 지금 희망을 만들고 있다.